正说水浒

李同铮
李伯涵 著

中国商业出版社

图书在版编目（CIP）数据

正说水浒／李同铮，李伯涵著．—北京：中国商业出版社，2014.5

ISBN 978－7－5044－8480－2

Ⅰ.①正…　Ⅱ.①李…②李…　Ⅲ.①《水浒》研究　Ⅳ.①I207.412

中国版本图书馆 CIP 数据核字（2014）第 096524 号

责任编辑：许延平

中国商业出版社出版发行

（100053　北京广安门内报国寺 1 号）

010－63180647　www.c－cbook.com

新华书店总店北京发行所经销

北京明月印务有限责任公司印刷

*

710×1000 毫米　1/16 开　16.5 印张　250 千字

2014 年 5 月第 1 版　2014 年 5 月第 1 次印刷

定价：30.00 元

*　*　*　*

（如有印装质量问题可更换）

《水浒传》不是讲农民起义的故事（代序）

《水浒传》中105名好汉、3名巾帼英雄占据山东的水泊梁山，过着“天老大、我老二”的逍遥日子，在中国古代“任是深山更深处，也应无计避征徭”的时候，也算得上是一条不错的出路。有人把《水浒传》英雄的故事归结为农民起义，我总觉得不妥，他们的所作所为，也就能称得上江湖好汉的故事，与农民起义基本无涉。

一、什么是农民起义

农民起义通常是指由农民发动的，武装反对统治阶级的运动。中国历史上大多数的农民起义，都是发生在统治阶级横征暴敛，底层人民生活极度困苦的时期。处于社会底层的农民整日劳作，却难以养家糊口，在大多数人觉得生存得不到保证，社会极端不公的情况下，整个社会就像是一个火药桶，一旦有了导火索，有人振臂反叛不公的社会，很容易群起响应，形成燎原之势的农民武装起义。

中国历史上最早的农民起义发生在秦朝末年。公元前210年，中国第一个皇帝秦始皇病死，小儿子胡亥继位，就是秦二世。他昏庸而残暴，百姓的徭役赋税负担更为沉重，赋税增加到超过农民收入的三分之二，刑法愈加苛毒，被黥劓、斩手足者道路上常可见到，人民在饥饿与暴政的死亡线上挣扎。公元前209年，秦二世下令征发淮河流域900名贫苦农民去防守渔阳，因连绵的阴雨，陈胜、吴广为屯长的这批人不能如期赶到渔阳戍地，按照秦朝的法律，误了期限就要全部被处死。在已无活路的情况下，陈胜、吴广带领戍卒揭竿而起，举起了中国历史上第一杆农民起义的大旗。陈胜、吴广起义动摇了秦王朝统治的根基，成为导致秦王朝灭亡的直接诱因。

中国农民起义的领袖能坐上皇帝大位的屈指可数，算起来只有朱元璋建立了大明王朝，完成了从贫苦出身到国家君王的华丽转变。李自成、黄巢也算是当上了皇帝，但太短命了，屁股下皇帝的宝座还未焐热，就被赶了下来。绝大多数能够推动改换王朝的农民起义，都被别人利用，成了改朝换代的工具，陈胜、吴广起义让沛县的刘邦建立了大汉王朝，著名的赤眉、绿林起义成就了刘秀的东汉王朝的建立，声势浩大的黄巾起义为曹魏王朝的建立打下了基础，隋朝末年的农民起义之后是李渊、李世民父子的唐朝政权等等。

农民起义军的领袖之所以鲜有能坐江山的，主要有以下三个方面的原因：一是这些人大多出身草莽，从小贫穷，生活的圈子很小，眼界很受限制，当个程咬金那样的“混世魔王”还可以，要是真正成为和一个强大朝廷对抗的领袖，还是勉为其难的；二是这些人基本没有受过什么教育，由于知识水平的限制，他们有的是农民的聪明与狡猾，缺少大智慧和长远的眼光，也很容易被一些加入起义队伍的高人取代，东汉光武帝刘秀就很说明问题；三是中国传统的正统观念作怪，伯夷、叔齐不食周粟而死代表的是一种根深蒂固的文化，是一股强大的思想力量，中国许多朝代都有大量的遗老遗少，也是表现，赤眉、绿林农民起义军不约而同尊刘姓为王也应是无奈之举。皇家正统，受命于天，任何其他人觊觎皇权都是逆天的行为，人人得而诛之，这是中国传统文化的一个方面。

像毛泽东主席那样，受过比较系统的教育，对中国传统文化浸润很深，又能跳出传统知识分子劣根性的人，再经过血腥的洗礼，炼就了坚忍不拔、百折不饶的毅力，才能成为伟大的领袖。

二、梁山泊发展的三个阶段都不是农民起义

梁山泊的发展经过了三个阶段：即王伦为大首领的初创阶段；晁盖为大首领的聚义阶段；宋江为大首领的“替天行道”阶段。这三个阶段梁山泊的情况是很不一样的，但都很难称得上是农民起义。

（一）王伦为大首领的初创阶段

王伦是落第秀才出身，从本意上说，他是要到朝廷寻求功名的，那是读书人出人头地的必由之路。但那实在是千军万马走的独木桥，才能差的自不必说，就是才高之人，如果朝中无人，想要走过这座独木桥也堪比登天。落魄的王伦找到了上山落草这条过好日子的道路，也是他人生的重大选择和转变。

王伦自己没有什么大本事，却又妒贤嫉能，生怕有本事大的人夺了自己的位子，这样的人占据要津，就是漫画中的“武大郎开店”，成不了什么气候。也正是这个原因，距离梁山泊很近，又有造反上山愿望的阮家3兄弟不敢投奔，林冲雪夜上梁山后，险些被赶走，幸亏杜迁、宋万念及柴进的江湖情分说了情，林冲才有了栖身之所，但也埋下了王伦被杀的伏笔。

梁山泊在王伦时代，完全就是一群没有目标的乌合之众，一群小强盗，他们的生计就是靠劫掠从山下过路的客商，今天吃饱了，不知道下一次发财是哪一天。这样打家劫舍的盗匪，只是小打小闹，满足自己的口腹之欲。这时的梁山泊没有力量和官军对抗，在抢劫商客的同时，还要防备着捕盗官军的围剿，在官军面前基本就是逃窜、龟缩两条路，否则就像孔明遇到呼延灼那样，落得被擒的下场。

在王伦时代，没有什么能把他们和农民起义相提并论，最多是对社会不满的人，啸聚山林，给老百姓制造点小麻烦，他们基本不敢骚扰官府。

（二）晁盖为大首领的聚义阶段

晁盖是对社会现实不满的人，尽管他在自己的一亩三分地上有一定的社会地位，家中也有一定的财富积累，但他对统治集团的蔡京等人搜刮民脂民膏，占有巨大利益还是非常不满的，他与统治集团高层的矛盾类似利比亚的卡扎菲和其他部族势力的矛盾，生活都好，但分赃不均引发矛盾。晁盖有一身的本事，还胆识过人，他追求更多的财富，更多的利益，所以才给蔡京家族制造了麻烦。

晁盖投奔梁山泊，是走投无路下的选择，也是王伦的噩梦，但对王伦来说，这一天总是要来的，迟早而已。晁盖被林冲推举为梁山泊的老大后，有了比较明确的发展目标，就是要“聚大义”。晁盖等劫生辰纲案发后，已经在石碣村杀死了500官军，在梁山泊坐了头把交椅后，第一件事就是要防官军，这时候的梁山泊已经开始和朝廷为敌了，但原因是朝廷要捉拿晁盖，官军的矛头还不是直接对着梁山泊这个小山寨。

晁盖为大首领的梁山泊已经是文武俱备，有了和小规模官军对抗的条件，有了一点起义军的特点。但他们中包括林冲在内，都不是统治阶级横征暴敛的受害者，他们的活动范围也局限在梁山泊，没有去占领朝廷的州府的行动和想法，和官军开战也是自保的行为，并不是主动出击。他们这时候的财物来源依然是经过山寨周围的客商，还是满足于自己过大碗喝酒、大块吃肉的自在生活，和农民起义“武装反对统治阶级”还是有本质区别的。

晁盖的聚义是要聚拢更多的江湖好汉，这一点他与王伦有本质不同，也可能是晁盖比王伦更有心胸，也更加自信。这时候的梁山泊基本属于人不犯我、我不犯人，他们攻打祝家庄、攻打高唐州、攻打曾头市都是事出有因的，但没有明显的夺州府、抢天下的意思。

晁盖高举了聚义的大旗，但他自己直接安排的聚义并不多，投奔梁山泊的人马中，基本没有因为他个人的原因来的，反到是宋江在上山前、上山后，对梁山泊的发展壮大起到了决定性作用。

（三）宋江为大首领的“替天行道”阶段

晁盖死后，宋江就成了梁山泊的大首领，宋江有明确的目标，那就是“忠义”，要投靠大宋朝廷，实现其知识分子为国栋梁的理想，他有明确的纲领，就是“替天行道”。宋江的本事比晁盖要大得多，晁盖勉强算一个将才，而宋江却是真正御将的统帅，梁山泊来自五湖四海的三教九流都能统一在宋江的大旗之下。

宋江“忠义”的途径就是千方百计接受朝廷招安，成为朝廷的人，他挂起的“替天行道”的招牌，就是昭告天下自己是朝廷的编外队伍，完全就是“借得山东烟水寨”，等着“来买凤城春色”，让世人明白，让朝廷放心。宋江时代的梁山泊实力达到鼎盛，完全具备了夺取朝廷州府的力量，大宋王朝高官童贯、高俅率领的朝廷精锐部队也被打得溃不成军，也正因此，他有了被朝廷招安的资本。

宋江经过不懈努力，终于实现了被朝廷招安的夙愿，紧接着又按朝廷的愿望，去打不“替天行道”的反贼了。宋江时代的梁山泊，就更和农民起义不搭界。

三、梁山泊占主导地位的人和主流思想

梁山泊在宋江上山之后，尽管晁盖还是山寨的大首领，但在很多事情上，权力已经向宋江倾斜，从花荣、秦明等青州的人马上山之后，晁盖一方的人马在实力上就不占优势，在江州人马跟随宋江上梁山泊之后，宋江系人马在梁山泊的头领中，无论是人数还是实力，都是晁盖一方所不能比的，很多时候人们只知道有宋江，不知道有晁盖。

宋江上山后，积极引进军官、大地主出身的人进入山寨，而且其中很多人因为其武艺高强，在江湖上名头响亮，占据山寨头领中排名靠前的位置，在 108 名英雄排座次的时候，军官、大地主出身的人在天罡星中，不仅排名靠前，也占据了绝对的多数，即占据了梁山泊的主导地位。这样的结果是宋江希望的，也是他极力促成了，这些人附和着宋江，在梁山泊有绝对的话语权。

人员把位置占住了，宋江的梁山泊主流思想就有了基础。所谓梁山泊的主流思想，就是宋江的“忠君报国”、“替天行道”。在这个思想指导下，宋江就可以顺利完成他的招安大业。宋江在梁山泊有思想上的同盟军，军官集团和大地主集团（卢俊义、李应、关胜、呼延灼等），有亲如兄弟的核心层支持（花荣、李俊等），就是坚决反对招安、天不怕地不怕的李逵，也只怕宋江，在宋江决心已定的情况下，就算心里有一百个不愿意，也会跟着宋江投降朝廷。因此说，宋江比晁盖厉害多了，两人的领导能力不在一个层级上。

在宋江掌权后，其思想就是成为朝廷的人，为朝廷办事，而且在梁山泊已经有实力和官军抗衡的情况下，他们从来“只反贪官，不反皇帝”，不占朝廷的州府，从占主导地位的人和主流思想上看，从他们的具体行为上看，梁山泊人马从根本上就不能算农民起义队伍。

四、梁山泊的农民起义因素

在梁山泊并不是没有农民起义的因素，在梁山泊的头领中，有一些出身贫苦农民家庭，受到了统治阶级的盘剥，对社会现实极度不满，他们真正要造朝廷的反，这些人以李逵、三阮兄弟为代表，还有就是梁山泊的喽啰中，

宋江被招安的时候，有5000多人毅然离去，这些人中不乏坚决反朝廷的叛逆力量。

(一) 李逵、三阮兄弟代表的农民起义因素

李逵是家里特别贫穷的一类，好在李逵并不像他兄长那样老实，否则这一家人就会既吃不饱、穿不暖，又会受到来自各方面的欺凌。李逵尽管出身农民，但他并没有做过农活，整日在村里惹是生非，是人见人怕的人，但他从不欺压良善，专与强横之人为敌。他的人生一定经历过、看见过许多不公的事件，使其对社会有很多怨气，但受思考能力的局限，都没有形成对朝廷的反叛。

李逵的反朝廷思想是他上了梁山泊之后，一方面他喜欢无拘无束又物质丰富的生活，还处处得到别人的尊重，这是他人生中最痛快的时光，另一方面他会知道高俅陷害林冲、张都监陷害武松等主流社会的黑暗面，因而会对大宋王朝产生由衷的痛恨。李逵很早就喊出：晁盖哥哥做大皇帝，宋江哥哥做小皇帝。尽管幼稚，却表现出他反叛朝廷的彻底、坚决。

李逵是最反对招安的，宋江简直不愿意他出现在招安现场，但怕什么来什么，李逵不但来了，面对皇帝的招安特使，还要给对方老拳伺候，这在宋江看来大逆不道，但也无可奈何。李逵面对招安特使喊出了：

> 你的皇帝姓宋，我的哥哥也姓宋，你做得皇帝，偏我哥哥做不得皇帝？（第七十五回）

其言语中充分表现了农民起义的思想。

三阮兄弟是穷苦渔民出身，早在和晁盖抢劫生辰纲之前，他们就有上梁山泊入伙的愿望，只是听说当时的大头领王伦容不得人，所以才没有行动。朝廷派陈太尉到梁山泊招安的时候，是他们偷换了皇帝给的御酒，在李逵大闹过忠义堂之后，“御酒风波”又引起了几乎是全体头领的义愤，招安只能匆匆收场。如果梁山泊从当强盗向夺江山的农民起义转变，三阮兄弟一定是积极的支持者和推动者。

像李逵、三阮兄弟这样的人，在梁山泊头领中还会有，比如有些出身寒微的绿林好汉，但都成不了什么气候，他们一是被所谓江湖义气所束缚，被

宋江的意志和山寨的主流思想所裹挟；二是由于宋江的精心准备，他们人数少，力量单薄，还排名靠后，没有足够的话语权。所以，在梁山泊的头领中仅仅是存在农民起义的因素而已。

（二）喽啰中的农民起义因素

宋江接受朝廷招安的时候，有5000人不愿意跟随宋江去为朝廷效力，自愿领了一笔安家费，被遣散了。这些人总体上说是一群有主见的聪明人，他们上山是为过好日子，被朝廷招安后还会有好日子吗？别说是他们，那108个头领又如何呢？君子不立危墙之下，他们知道危墙在哪，就及时地躲开了。

自愿离去的喽啰有4种情况：一是过去受到过贪官污吏的迫害，对朝廷有比较清醒的认识，他们离开梁山泊会到别的山头去入伙，继续过打家劫舍、过他们认为快活的日子，相信在那样的乱世，这样选择的人不是少数；二是当初因为贫穷或生意赔本过不下去了离开家的人，他们思乡心切，现在虽然不是衣锦还乡，总算是有钱娶妻生子，延续家族香火了，回去在乡亲面前也不算丢人，就回到家乡过平凡的日子去了；三是年岁大的人，不愿意再过颠沛流离的生活，希望安稳过自己的以后的日子，他们中选择回家乡的也会占多数；四是看清了宋江的真面目，他要自己封妻荫子，靠的是喽啰们为他卖命，为他牺牲，宋江的成功意味着很多人要付出生命的代价，献出人生只有一次的生命，所以他们义无反顾地选择离开，无论去哪也不跟着宋江混了。

因第一种和第四种情况离开的人，都有农民起义的因素，一旦出现有人带头反叛朝廷，他们就可能是响应者、参加者。

梁山泊领导人是忠于朝廷的宋江，主导力量是军官和地主出身的人，他们只打恶霸和贪官，从不占领朝廷州府；他们反对贪官污吏，却强调“替天行道”，对皇帝“忠义”。这样的队伍从实质上是和朝廷一条心的，当然算不上是农民一起的队伍，《水浒传》讲的也就不是农民起义的故事。

作者

2012年7月27日

目 录

第一章　正说孝义黑三郎

只要说到《水浒传》，无论怎样的方式，第一个要说的必然是宋江，如果不说宋江，《水浒传》可说的内容就少多了，也逊色多了。“孝”和“义”是《水浒传》贴给宋江的标志性的招牌，所以本书第一要说的就是宋江的“孝”和“义”。本章正说孝义黑三郎。

一、宋江的外貌特征

施耐庵老先生第十八回才让宋江出场，这个对水泊梁山的命运起决定性作用的人，无疑是《水浒传》全书的第一重要人物，在全书已写完了15%，鲁智深拳打镇关西已经过去，被逼上梁山的英雄林冲精彩已经完成，才姗姗而来，真有点千呼万唤始出来的感觉。

但这么晚出场的男主角，并没有给人闪亮登场的感觉，倒是宋江作为国家工作人员，在得知晁盖等犯下弥天大案之后，马上徇情枉法去报信，让晁盖等人得以逃脱国法的制裁。这与前些年赖昌星案发后，有政府工作人员给其通风报信类似，在哪个朝代都是为国法所不容的。宋江只是个刀笔小吏，充其量就是个黑恶势力的帮手，还算不上保护伞，但他接待何观察还是很周到的，体现了他为人的特点，这在后面再讨论。

宋江的第一个特征是黑，人称“黑三郎”，这是宋江给人留下的最直观的第一个特征：为他面黑身矮，人都唤他做黑宋江；又且于

家大孝，为人仗义疏财，人皆称他做孝义黑三郎。（第十八回）

施耐庵先生在宋江一出场，就是这样介绍他的，李逵见宋江第一面时问戴宗："哥哥，这黑汉子是谁?"俗话说"一白遮百丑"，只要长得白，其他方面有点缺陷也没什么大碍，我们把俊男称作"奶油小生"，而能称得上奶油小生的必定是白净面皮。《水浒传》中的阎婆惜不喜欢宋江，一个原因就是因为宋江不是帅哥，另一个原因是因为看上了"眉清目秀，齿白唇红"，与宋江同为郓城县押司的张文远。宋江空有钱财也拴不住十八岁的芳心，如果用现代的眼光来看，阎婆惜没有大的过错，感情不和她提出离婚也就是了，而在施耐庵老先生看来，阎婆惜属于该杀的妇人。

宋江的第二个特征是矮胖。《水浒传》中介绍他"身躯六尺"，那已经是很矮了，书中介绍到的人物，身高基本都在七尺以上，有名的矮人武大郎是"身不满五尺"，因为个矮被称作"三寸丁谷树皮"，而宋江比他也高不了多少。宋江身矮是很明显的特征，他到花荣的清风寨时，正赶上元宵节，他去看元宵花灯的热闹，却因为：

宋江矮矬，人背后看不见。那相陪的体己人，却认的社火队里，便教分开众人，让宋江看。（第三十三回）

若不是花荣派的伴当帮忙，让宋江钻到了前头，他就看不到元宵灯火了。也正因为到了前头，看得爽了开怀大笑起来，才被清风寨文官知寨刘高的老婆看见：

兀那个黑矮汉子，便是前日清风山抢掳下我的贼头。"（第三十三回）

恩将仇报的妇人造就了宋江清风寨一难，却给自己全家挖好了坟墓。很显然宋江个小人矮，按现在的标准来说超不过 1.65 米，甚至还要矮一些，在 20 世纪 80 年代末 90 年代初期，是被划为"三等残废"之列的，所以他站到后面，元宵节的灯火就什么也看不到了。

其实光是身矮也没有什么，法国著名的皇帝拿破仑就是个小矮个，在高人林立的法兰西，从身高上说，到哪儿都不会引人注目。但这个皇帝在他是个穷小子的时候，就很受女人青睐，在男人中也很有号召力，不难推测，拿破仑一定是英俊中不乏男子汉气概，所以才会男人女人都欣赏他。在世界的领袖中矮人大有人在，中国有、美国有、俄罗斯也有，所以宋江个矮一些本没什么，但宋江是又黑又矮，难怪他就没什么女人缘了，年轻又有些姿色的阎婆惜正处如花年华，心中满是浪漫，宋江当然不会是她心中的白马王子，偏偏那么快就见到了年轻俊秀的张文远，背叛宋江也就是什么都挡不住的了。

宋江的第三个特征是胖，这其实没什么需要过多的说，他家里比较富裕，自己又在县里做押司，还是个一人吃饱全家不饿的光棍汉，吃喝不愁，饭局也多，日子过得安逸轻松，当然人就胖了。

宋江的外貌就是黑、矮、胖，这样的长相实在是很不起眼的，他第一次见到武松的时候，他在清风山被燕顺等抓住的时候，在揭阳岭被李立麻倒的时候，那些第一次见到他的人都没觉得他有什么异相，都没对他表现出什么尊重。其实这很正常，一个又黑又矮又胖的人，我们想一想，怎么说他也是一个其貌不扬的人，可施耐庵老先生在告诉了我们宋江长相的同时，又告诉我们：

坐定时浑如虎相，走动时有若狼形。年及三旬，有养济万人之度量；身躯六尺，怀扫除四海之心机。志气轩昂，胸襟秀丽。（第十八回）

这种描写和我们后面见到的宋江相差甚远。《水浒传》中与这样描写能够呼应的是宋江被刺配江州时：

蔡九知府看见宋江一表非俗。（第三十七回）

但蔡九知府从此也没有与宋江有任何往来，这可以有三个解释：一是蔡九知府是权贵人家出身，又是当地最高首长，宋江仅仅是个囚徒，当然也不会放在心上；二是蔡九知府是个文人，不喜欢武人，尽管宋江是“一表非俗”，也无意把宋江收到自己左右，成为自己的亲信；三是“一表非俗”只是施耐庵老先生呼应第十八回对宋江的描写，蔡九知府对宋江其实并没深刻印象。我觉得第三种可能性最大，这样就能解释宋江题写反诗之后，蔡九知府对这个他认为“非俗”的人没有一点印象。

施耐庵先生把《水浒传》中第一重要人物的外貌描写成如此不堪，不知是出于什么样的考虑，倒让我想到了大汉朝的开基皇帝刘邦。这位汉高祖小时经常逃学，常被老师训斥，还因为不事农桑，常被父亲责骂，但他性格豪爽对人很宽容。人们都认为刘邦没有大志，不能治理商业，也不能干活，没有收入，但刘邦依然我行我素。刘邦长大后做了泗水的亭长（亭长是管十里以内的小官），时间长了，和县里的官吏们混得很熟，在当地小有名气。吕公因和家乡的人结下仇怨来到小沛定居，他有一次大席宴客，但要求凡是去的人须带贺礼一千钱。刘邦分文没有却大言不惭地高呼：出贺钱一万！吕公听说有人送如此大礼，赶忙亲自来迎接他，刘邦酒足饭饱之后，分文未给，但吕公并未责怪他无赖，反而要将自己的女儿吕雉（即后来的吕后）嫁给他为妻。施耐庵先生饱读经史，对这一段典故一定是知道的，我推测老先生也许认为：一个无赖都能成为开国的皇帝，长相差一点做个梁山泊的老大又有什么不可以呢？无赖可以善“御将”，相貌平平但“有养济万人之度量”，“怀扫除四海之心机”的人当然可以领导群雄，成就一番事业了。

尽管司马迁先生对刘邦的无赖行为言之凿凿，但我总持怀疑的态度，仅就吕公嫁女来说，如果他真认为刘邦只是个无赖，怎么肯只见一面就决定嫁女，除非他是存心要把女儿往火坑里推，要不就是他通相面之术，有识人之能，已经看出刘邦以后会成为大汉朝的开国皇帝，而自己的女儿会因之成为一代国母。

二、宋江的“孝”

《水浒传》给宋江的一个标签是“孝”，“于家大孝，为人仗义疏财，人皆称他做孝义黑三郎。”（第十八回）但在他刚出场的一系列描写中，让人对他的“大孝”存疑。

（一）难称"孝道"典范

宋江从三个方面表现出的不孝，使其难称"孝道"典范。

一是作为家庭老大的宋江没有尽孝。宋江排行第三，但家中只有一个弟弟宋清，很显然老大、老二是早就没了，这在古代本不奇怪，那时候医疗条件很差，中医本身在治疗急症上又存在很大的局限性，小孩子得一场病就可能夭亡，就是古代的帝王、后妃也经常出现正在壮年，忽然患上急病，就一病不起，呜呼哀哉。施耐庵老先生显然也没把这当回事，所以从头到尾也没有介绍宋家的老大、老二是怎么个情况，宋江就是家中实际的老大。

宋江的父亲宋太公已老，作为已经 30 岁的老大其理所当然应该把家撑起来，让老父亲颐养天年，含饴弄孙，这是中国家庭中老大的责任，是孝子不可推卸的孝道。但宋江却离开家去县里做了个押司，是负责文案工作的刀笔小吏。此事宋江的作为不能称为孝，好在弟弟宋清还在家侍奉老父。

二是宋江早到了结婚的年纪却不娶、无后。古人说：不孝有三，无后为大。没有传宗接代就是最大的不孝，在举国、全民倡导"忠孝"为主题的古代社会，"有后"就显示出了无限魔力，为了延续香火，无论贵胄还是贫寒之家，都无所不用其极，随之还产生了过继等一系列特殊的社会现象。这也是为什么现在的中国农村依然存在生了两个女孩，还要东躲西藏，即使并不富裕的人家也甘愿冒着被罚款的危险，去生个男孩的现象。把自己一支的血脉传承下去，这不仅是自己的需要，更是对祖宗的交代，有了后代，就使九泉之下的先人能有香火供奉，不至于在另一个世界忍饥受冻，而没有个男孩承接香火，就是对祖先犯下了大罪。

汉朝的经学家赵岐在《十三经注疏》中说："于礼有不孝者三，谓阿意曲从，陷亲不义，一不孝也；家贫亲老，不为禄仕，二不孝也；不娶无子，绝先祖祀，三不孝也。"其意思就是一味顺从，见父母有过错而不劝说，使他们陷入不义之中，这是第一种不孝；家境贫穷，父母年老，自己却不去当官吃俸禄来供养父母，这是第二种不孝；不娶妻生子，断绝后代，这是第三种不孝。宋江 30 不娶，在古代已经是很大的年龄了，尽管还有弟弟宋清在，不至断了宋家的香火，但从宋江的主观上说，不娶使自己无后，实在是不孝，而且是大不孝，完全违反了圣人的训诫。宋江这样熟读圣贤书的人来说，简直就是明知故犯，应该罪加一等。

三是宋江偷取阎婆惜为妾。宋江本来是做好事，周济阎婆些银子去埋葬老伴，可这阎婆发现了宋江没有妻妾，就要把自己的女儿送给他做妾。阎婆的心思很容易明白，她是个外来户，在郓城县无依无靠，连生活的来源也断了，眼看她和女儿就要乞讨度日，就在这个时候遇到了扶危济困的宋江，在衙门里做押司，是个吃官饭的，依阎婆的精明，她肯定还知道宋江有一个很好的家境，从她自己的意愿出发，当然愿意女儿跟了宋江，那样她的后半辈子就都有指望了。引发“鲁智深拳打镇关西”的金翠莲，后来给一个赵财主做了妾，就觉得很是满足，遇到逃难中的鲁智深，请到了家里，金翠莲衣服华美行了拜六拜的大礼，并说：

若非恩人垂救，怎能够有今日。（第四回）

可见在那个年代，卖唱的人家女儿给富贵人家为妾，并不是丢人的事，如果遇到善良的正室夫人，甚至可以认为是一个好的归宿，因此阎婆的做法并无不妥的地方。

在古代文化中，为官、为富者不纳妾反而让人觉得有些不正常，连古代的皇帝都关心自己大臣纳妾的事情。唐太宗李世民的大臣房玄龄年老无妾，唐太宗想赐给他貌美的年轻女子为妾，以示恩宠，但房玄龄屡辞不受，唐太宗后来了解到是他的夫人既妒且悍，房玄龄惧内，因此不敢接受皇帝的好意。唐太宗就召见房夫人，告诉她大臣娶妾是有规定的，而且房玄龄年岁大了，又是国家重臣，皇上想对他表示特殊的优待，做臣子的必须接受。唐太宗还准备了一杯“毒酒”，吓唬执意不许纳妾的房夫人说：“若宁不妒而生，宁妒而死?”房夫人毫不退让，“妾宁妒而死”，并一口把酒喝光了。那当然不是毒酒，房夫人也没有死，唐太宗无奈地说：这个女人，我见都怕，何况房玄龄呢。唐太宗赐妾未成，却成就了一段历史佳话。

宋江娶妾本身并没有什么过错，他的不孝表现在“不告而娶”。孟子在评价舜结婚的事情时说：“不孝有三，无后为大，舜不告而娶，为无后也，君子以为犹告也。”娶妻（妾）本应先告诉父母，舜帝没告诉父母而娶尧帝的二女为妻，是因为担心绝了后代，还有情可原。而宋江则不然，他离家很近，骑上马一个时辰差不多就到家了，退一步说，就是娶时仓促来不及禀告父亲，娶后那么长时间也不禀明，他的行为显然不符合古代孝道的规范，不能说是孝的。特别是他杀死阎婆惜犯事之后，差点连累年迈的老父亲被拘上公堂，而老父亲对事件的来龙去脉还未必清楚，险些被扯进官司。宋江的行为实在是有违古训，可称得上是明显的不孝！

（二）还称得上是个孝子

宋江虽然称不上“孝子”的典范，但他也有很突出的孝的表现，也还称得上是个孝子。

一是宋江为不连累父母，“出了籍册，各户另居”（第二十二回）。这是一种计谋，就相当于和家庭划清了界限，断绝关系，自己犯了事自己承担，与家庭无关。就像《水浒传》书中交代的，在宋朝做押司是一种高危行业，出了纰漏轻则本人流放，重则家被查抄，财产充公。为防备出现不测事件，宋江早在“数年前”就留了这样的后手，还真就派上了用场，几次县里派人来要拘宋太公，都是前官的“执凭文帖”做挡箭牌，免于被带走。在这件事情上，宋江一定顶着很大的压力，“举孝廉，父别居”，是被人不耻的，宋江以孝著称，做出这样的选择实在是无奈之举。宋江行事之周到，做事之缜密，从中可以窥见一二。

在他见到济州府缉捕晁盖等人的何观察时，其处事周到的特点也表现的很是突出。他已经知道了何观察来的目的，还要假意说：

> 这是实封公文，须是观察自己当厅投下，本官看了，便好施行发落，差人去捉，小吏如何敢私下擅开？这件公事非是小可，勿当轻泄于人。（第十八回）

他这个时候表面冠冕堂皇之下，心里已经准备给晁盖报信了，但还是故作镇定地稳住对方：

> 观察略待一时，少刻坐厅时，小吏来请。（第十八回）

这还不够，他自己去报信了，还吩咐茶馆的掌柜给上茶，自己回来一块儿付钱，又派人到茶坊侍候，告诉何观察“押司便来”，让人家略等一等。何观察怎么也想不到就是这个吃官饭的押司，泄露了重大机密，终令他的使命功亏一篑。《水浒传》中写这一段时有一点让人费解，何观察作为上司衙门里的人，干的是有关太师府的重要案件，见到地位比他低的宋江，也没有什么交情，却“倒地便拜”，不知是为了什么，难道他担心宋江会拖延他见县官的时间吗？如果因宋江耽误造成了晁盖等人逃跑，宋江恐怕吃罪不起吧，被蔡家人打成死罪，连累老父亲家被抄是必然的，还没人敢讲情。这样的不可理解之处还有，只是没有机会去向施耐庵老先生求教。

宋江搞“执凭文帖”，首先要老父亲到县官处告他忤逆，告下来后出了他的户籍，让他单立一户。“执凭文帖”是真的，但明显是骗人的，县官知道，其他人也知道，所以当被派出去抓宋江的人用那个东西来回复，县官也有意偏袒，准备蒙混过关的时候，阎婆就在厅上喊冤，说谁都知道宋江是“孝义黑三郎”，并威胁说要“去州里告状”，押司张文远因死了相好，也是绵里藏针地提醒县官，如果阎婆到州里告状危害：

> 相公不与他行移拿人时，这阎婆上司去告状，倒是利害。倘或来提问时，小吏难去回话。（第二十二回）

在这种情况下县官只好又派人去宋家庄捉拿宋江。又要去政府做事，又要给家里留好后路，特别是出事后能不连累老父亲，宋江在这里显示了真正的孝心，而且在县官等人的帮助下，真就自己罪名自己担，家人成功躲过一劫。

二是宋江很听宋太公的话，遇到重大事件都让父亲顺心满意。按宋江的聪明和做人的八面玲珑，本不需要老父亲的嘱咐，但宋太公知道儿子和梁山泊好汉们的关系，放心不下的就是宋江流放江州的路上，要路过梁山泊的地面，十分担心儿子被拉进山寨入伙，成为国家的敌人，成为和皇上做对的人。在中国古代几千年的封建社会中，皇家就是国，国就是皇家，本是不分的，“忠”就是忠于皇上，尽管孟子时就有了“民为贵、社稷为重、君为轻”的民本思想，而且把社稷（国家）和君进行了区分，但在之后的封建社会并没有成为主流思想，作为国家统治者“君”只接受“普天之下莫非王土”，当然不会接受“君为轻”的观念，也不会让其成为流行的观念。在老百姓的心中，当然“忠”就是忠于君王，“君君臣臣”，“君为臣纲”天经地义，深入人心。

西汉末年王莽篡位后，爆发了赤眉军和绿林军农民起义，在已经动摇王莽新朝政权的根基，胜利在望的时候，赤眉军和绿林军都推举出一个对起义没有什么贡献的刘姓汉朝皇族后裔做了起义军的首领，以示正统和师出有名。《三国演义》更是将“忠君”的正统思想提升到了新的高度。尽管西晋陈寿的《三国志》尊魏为正统，北宋司马光作《资治通鉴》沿袭陈寿的观点，但在民间“拥刘反曹”却是深入人心，刘备生就福相，宽厚仁爱，在他战败的时候也不放弃百姓，老百姓更是拖家带口，冒死相随，而曹操虽然成就了辉煌的事业，在民间却永远摆脱不了白脸奸臣的命运。可见“忠君”思想在民间是多么的根深蒂固，多么的有市场。

宋太公应该是个中等大小的地主，也算是统治阶级中的一员，他的“忠君”除了正统思想的影响，还与自己的切身利益息息相关。如果宋江在梁山泊入了伙，成了大宋皇帝的对立面，必然全家被报复，那时宋太公家几代人辛苦建立的家业必将毁于一旦。因此，从儒家文化的角度，从现实利益的考虑，宋太公都不会允许儿子成为强盗，成为皇家的反叛。所以在宋江被流放的时候，他要叮嘱儿子：

> 你如今此去，正从梁山泊过，倘或他们下山来劫夺你入伙，切不可依随他，教人骂做不忠不孝。此一节，牢记于心。（第三十六回）

宋江此时的表现确是孝子，他先是告诫弟弟宋清只须在家侍奉父亲，不要到江州去看自己，免得父亲“无人看顾”；过梁山泊的时候，为了躲避梁山泊的人下山来夺他，要求两个押送他的解差：

> 明日早起些，只拣小路里过去，宁可多走几里不妨。（第三十六回）

在被梁山伯的人截住之后，宋江表现的异常坚定，没有丝毫的回旋余地，刘唐请他上山，他说是要：

> 陷我于不忠不孝之地，万劫沉埋，若是如此来挟我，只是逼宋江性命，我自不如死了。（第三十六回）

就是他最铁的哥们花荣说要给他打开脖子上的枷锁，他也一口回绝：

> 贤弟，是甚么话！此是国家法度，如何敢擅动。（第三十六回）

到了梁山泊后，也是泪如雨下地要求：

> 如哥哥不肯放宋江下山，情愿只就兄长手里乞死。（第三十六回）

晁盖、吴用等人没有办法，只好安排宋江离开。宋江这样做，和父亲宋太公有很大关系。

> 临行之时，又千叮万嘱，教我休为快乐，苦害家中，免累老父仓皇惊恐。不争随顺了哥哥，便是上逆天理，下违父教，做了不忠不孝的人在世，虽生何益。（第三十六回）

这里提到的“忠孝”其实就是在说“孝”，因为报信放走晁盖等人，在青州杀朝廷命官，对抗并杀死大批官军，已经是不忠了，只是还没有连累到家里。人们说“孝”的时候经常是说“孝顺”，“顺”是“孝”的一个很直观的表现，听老父亲的话，不去放纵自己去享乐，宋江的“顺”还是很突出的。其实，宋太公的态度宋江很清楚，他匆忙赶回家中被官府抓住流放，就是因为宋太公怕他“一时被人撺掇，落草去了”，才让宋清写了个父亲病故的家书，把他骗回家来的。

另外，无论在什么朝代，与朝廷为敌，与国家的法度为敌，其付出的成本都会很大，鲜有善终的结局，家破人亡是很平常的事情，即使后来夺取天下者，在其造反之初，和系统完备的国家机器相比，也是明显的弱者，丢掉生命的结局随时可能降临。所以只要还有生计，大多数人是不会选择走这条路的，宋江也是如此。

三是时刻记挂着老父亲，孝道表现得很是充分。宋江一做押司，就让父亲宋太公到县里告他忤逆，也就是不孝，使宋江和家里划清界限，领到的“执凭文帖”是给宋太公的护身符，这其实也是宋江记挂老父亲的表现。另外宋江时刻记挂老父亲在《水浒传》中三个地方表现得尤为突出。

1. 宋江杀了阎婆惜之后，为了避祸和兄弟宋清一起踏上了江湖路。出门在外，如宋江、宋清兄弟，本是富人家子弟，并不缺少银两，却也是：

> 两件事免不得：吃癞碗，睡死人床。（第二十二回）
>
> 一般旅人的艰辛更不用说了。宋江在柴进家住了半年就恐父亲烦恼，先发付兄弟宋清归去。（第三十二回）

出门在外，两个人毕竟有个照应，在旅途也会有趣得多，更何况那个时候一个人在路上还危机四伏，搞不好就可能走进孙二娘的黑店，自己变成馒头馅，或是遇到专做无本买卖的张横之类，自己葬身鱼腹。但宋江记挂着老父亲，早早的就让宋清回去报信，还让宋清在家陪伴父亲。

2. 宋江、花荣等人大闹青州，实际上就是公开造反之后，去投奔梁山泊的路上接到了石勇传来的家书，宋清说父亲病故，专等他回家安葬。宋江得到这样的噩耗，马上乱了方寸，先是又捶胸，又撞壁自责：

> 不孝逆子，老父身亡，不能尽人子之道，畜生何异！（第三十五回）

而且大哭起来，一直哭到昏死过去，“半晌方才苏醒”。其后，他不假思索就做出决定：自己马上赶回家奔丧，让兄弟们自己去梁山泊，而他自己“正是度日如年，烧眉之急”，两次说出要连夜赶回家，也不等花荣、秦明等人见上一面，只是让燕顺、石勇：

可为我上复众兄弟们，可怜见宋江奔丧之急，休怪则个。（第三十五回）

最后，一个人“飞也似”地走了，也不管后来的人会怎么埋怨燕、石二人。宋江的表现是发自内心的，也正因为他有这样的孝心，才被江湖上称为“孝义黑三郎”，也才配得上这个称号。

宋江归家路上一定满是歉疚与自责，所以“容颜不乐，眼泪暗流”，连自家村口开酒店的人一见他就看出了他满心的烦恼。归家之后，知道父亲健在，就大骂宋清忤逆、不孝，也害得自己“两三遍自寻死处，一哭一个昏迷”，如果不是宋太公出来说是自己的意思，揍宋清一顿都有可能。

3. 宋江在江州犯下弥天大罪，无奈上了梁山之后，第一件想到的事情就是老父亲。他知道自己做下的事一定连累家人，因此提出尽快接父亲上山：

宋江道：“只恐江州行文到济州追捉家属，以此事不宜迟。今也不须点多人去，只宋江潜地自去，和兄弟宋清搬取老父连夜上山来，那时乡中神不知，鬼不觉。若还多带了人伴去，必然惊吓乡里，反招不便。”

晁盖道：“贤弟路中倘有疏失，无人可救。”

宋江道：“若为父亲，死而无怨。”

当日苦留不住，宋江坚执要行，便取个毡笠带了，提条短棒，腰带利刃，便下山去。（第四十二回）

在回家被县里军士围捕脱险后，回到梁山泊的第一句话就是“老父何在”，见到宋太公后才“喜从天降，笑逐颜开”，就是在这个时候，也不忘请罪：

老父惊恐，宋江做了不孝之子，负累了父亲吃惊受怕。（第四十二回）

但这个时候宋江已经不能回头了，没有命在，哪有孝尽，宋太公本来也是明理之人，对上到梁山已经安之若素，也没有抱怨宋江什么。

三、宋江的仗义疏财

宋江在江湖上名头响亮，最主要的原因是他“济弱扶倾心慷慨”，“把他比的做天上及时雨一般，能救万物”，《水浒传》中对他进行了完整的素描：

> 他刀笔精通，吏道纯熟，更兼爱习枪棒，学得武艺多般。平生只好结识江湖上好汉，但有人来投奔他的，若高若低，无有不纳，便留在庄上馆谷，终日追陪，并无厌倦；若要起身，尽力资助，端的是挥霍，视金似土。人问他求钱物，亦不推托，且好做方便，每每排难解纷，只是周全人性命。如常散施棺材药饵，济人贫苦，周人之急，扶人之困，以此山东、河北闻名，都称他做及时雨；却把他比做天上下的及时雨一般，能救万物。（第十八回）

宋江真能配得上“仗义疏财的及时雨”这块大招牌吗？战国时代的孟尝君门客3000人，是要有财力支撑的，宋江有“疏财”的能力吗？有了金钱视金钱如粪土是一回事，没有金钱又高喊视金钱如粪土是另一回事，具体到宋江，他有多雄厚的财力呢？

第一是要看看宋家的财力。宋朝做官有三个途径，沿袭了唐朝科举取士的制度是正途，许多著名的人物如苏轼、曾巩等人，都是进士出身走入官场的；另一个途径就是“买官”，在宋徽宗时代，买官明码标价，有钱又有愿望进入官场的人都有机会；还有就是先造反，把势力搞大后再被朝廷招安，随高俅征剿梁山的10个节度使就是被招安做了大官的，但这是一条险途，因大逆不道，先是要把自己的家搭进去，本人还要冒很大被朝廷剿灭丢命的危险。宋江这样的家庭出身，自然是要参加科举的，他自称“自幼曾读经史”也可算是证明，但很明显是名落孙山，但能成为押司，也应该是个秀才。宋江还是个出仕愿望很强的人，尽管是家里实际的老大，也不肯安守田园，务农度日，近30岁时仍不甘寂寞，到县里做了个负责文案工作的小吏——押司。宋江这样的出仕愿望，如果家庭的财力允许，按正常的逻辑一定会捐个官的，毕竟官与吏是不同的，官是朝廷正式任命的，而吏是地方政府聘用的，不在国家编制之内，有机会做官当然不为吏。

宋朝朝廷公开卖官，明码标价，地主、富商是买官的主力；宋朝、明朝官员私下卖官也不是什么秘密。宋江做小吏而不买官，宋家的财力不够应是主要原因。宋家的财力一般，在《水浒传》中也有交代，介绍宋江家庭时说到他的兄弟宋清：

> 铁扇子宋清，自和他父亲宋太公在村中务农，守些田园过活。（第十八回）

从中可以看出，宋家不是大地主，按现在的标准来说，大概也就是个小康之家，不说没有和梁山泊作对的祝家庄的气派，应该也赶不上晁盖家的庄园，晁家还有 30～50 个常住的庄客，而宋家始终就没有这样的描写，到是有几点侧面的描述，可以佐证宋家的财力。一是财力雄厚的大地主家都担任里正，如史进，晁盖，陷害解珍、解宝的孔太公家等，而宋家并不是里正，可见宋家在当地影响还不够大，影响不大的主要原因应该是财力稍弱；二是已经年迈的宋太公应该喜欢喝点小酒，他喝酒的方式是约了人到村口的小酒店去喝，如果宋家是大地主，完全可以招待自己喜欢的人到家里喝酒，很难想象柴进、祝家庄的祝朝奉会约人在小酒馆里小酌；三是宋江在江州反了朝廷之后，宋太公被接上了梁山泊，他告诉宋江：

> 听得你在庄后敲门，此时已有八九个士兵在前面草厅上，续后不见了，不知怎地赶出去了。（第四十二回）

宋江是负重罪之身悄悄回家，惟恐被别人发现，他敲门也应该是轻重适当地叩敲，那样也被在前面的人听到了，可见宋家的院落并不大，也就是说宋家并不是大富之家。

第二是看看宋江自己的财力。宋江是押司，是衙门里的书吏。在古代通过国家选拔后，由吏部任命有品级的称为官，以明朝为例，中了举人、进士以后才可以当官，地方官只到县一级，设县令一人、县丞一人、县尉一人、学正一人，但仅此4人不可能管得过来一个县的所有事务，各县必须自己招一些帮助干活的人，就是吏，吏不在国家的编制序列。官的薪水是朝廷下发的，吏的薪水是县令从每年的税收中留下的行政资金中列支。据有人考证，一个县一般有8个押司，他们虽然被正式的士大夫阶层看不起，但属于官吏阶层，而且衙门中的书吏要比官多，他们近水楼台先得月，直接和知府、县官接触，又代表官府同百姓打交道，都掌握着一定权力，可以满足一些人做官的感觉。

那押司的薪水是多少钱呢？宋朝是我国古代经济最发达的一个王朝，官员的薪水很高，生活得相当惬意，有人比较后发现宋朝官员的薪水是清朝的2~6倍。宋朝正一品官，月领禄米150石，俸钱12万文（约合120两银子），外加每年绫20匹，罗1匹，绵50两；除薪水外，官员还有名目繁多的福利补贴，包括茶酒钱、厨料钱、薪炭钱、马料钱等等，连官员家中仆人的工钱也由政府“埋单”。据《宋史·职官志》载，被誉为青天大老爷的包拯在开封府做第一把手时，每月有30石月粮，其中包括15石米、15石麦，此外每月还有20捆（每捆13斤）柴禾、40捆干草、1500贯（约合1500两银子）“公使钱”。小县的县令也有每月12千文（约合12两银子），禄粟每月不少于5石，还有其他一些福利补贴。但这些都是官才有的，而作为官招聘来帮助工作的吏，当然不能和官相提并论。押司尽管是比较重要的岗位，毕竟是县令聘用的吏员，有县令的收入做比照，其每月薪水应该不超过8两银子，甚至会更少一点。宋江以这样的收入来仗义疏财真是牵强了一点，更何况他动辄送人10两银子，就算是押司有些灰色收入，也支撑不了宋江这样的出手大方。

可见，无论是宋江家里还是宋江自己，都没有能力像柴进那样大把往外撒银子，做散财童子，“盛名之下其实难符”，把这句话用在宋江身上，应该是恰如其分的。既然是这样，那宋江在江湖上怎么有那样响亮的名头呢？笔者以为主要有以下几个方面的原因：

一是宋江的确乐于助人，且不分贵贱。阎婆一家三口投奔人不遇，流落在郓城县，阎公又染病死了，因为：

> 无钱津送，停尸在家，没做道理处。（第二十一回）

阎婆母女窘迫可知。这一家和宋江却毫无瓜葛，热心的王婆却要宋江帮她们，而且见到宋江就对阎婆说：

> 你有缘，做好事的押司来也。（第二十一回）

施耐庵老先生在这里给我们两个信息：首先是宋江没架子，和生活在社会下层的人很熟，人家和他不生分；其次是求到他就会有收获，至少王婆认为不会落空，这王婆不是见过就是自己亲历过宋江的慷慨。宋江帮助的当然不止阎婆，我们看到的就有卖汤药的王公，宋江送他棺材钱，这在实行土葬的古代，是很大的善举；打了阎婆，让宋江趁机走脱的唐牛儿，也是平时得到宋江帮助的，所以关键时刻才肯卖力气。宋江在助人上不在乎小钱，还真有及时雨的风范。

二是宋江情商极高，善于和人相处。宋江对和自己根本不相干的人都肯施以援手，慷慨解囊，对同僚当然会做得更好，无论是工作上还是私下里也更会让上司满意。宋江在既要救晁盖，又要何观察满意还不起疑心时，已经展示了他做事的周到，让人佩服。他杀了阎婆惜之后，阎婆在县衙前抓住宋江，大喊“有杀人贼在这里”的时候，根本没有人相信，也没人去动手，几个县衙负责抓人的“做公的”反劝阎婆：

> 押司不是这般的人，有事只消得好说。（第二十一回）

县官也帮宋江，把唐牛儿没头没脑地打了几十板子，还压在了牢里，想让唐牛儿顶宋江的罪，只是因为没办法了才派人到宋家庄去拿人。

前后有两拨人去宋家庄抓人，都是敷衍了事，见宋太公拿出的“执凭文帖”，就回县里复命了，他们都知道县官也不认真，当然自己不会受责罚，也是给自己的朋友做了顺水人情。第二拨的朱仝最离谱，他知道宋家有个应急的藏身地窖，找到地窖见到宋江后，只是告诉宋江要快点逃走，他自己会在县里上下打点，让宋江放心。宋江闹了青州回家被抓后，也是包括知县在内的上下有人帮他，再加上阎婆死了，没了苦主追着告，还有成批的人去做张文远的工作，宋江最后流放到了江州，风景如画的庐山脚下的一个鱼米之乡，不知是被罚还是去享福去了。

中国是个人情社会，古来如此，看《水浒传》中发生的事情，有的地方和今天惊人的相似，张文远不堪压力，也许还收到了不少的雪花银，只好作罢。今天的人承受的压力比那时候更大，好像人情无所不在，人情无所不通，如果不认识几个人，你走在路上会骤然发现许多的沟沟坎坎，搞得你措手不及，还寸步难行。也有不通人情的，如战国的商鞅，其行为的结果是让地处偏远的秦国走上强盛的道路，其个人的结局却是在最严酷的刑罚下死亡。

宋江是个公关高手，其情商之高，对人情认识之透彻，绝非常人可比，这也为他统领梁山泊众好汉埋下了伏笔。

三是宋江确实喜欢结交江湖朋友，而且真有舍命相助的豪气。宋江自己其实文不成，武不就，他找了第三条道路在江湖上立足，就是结识江湖好汉：

> **但有人来投奔他，若高若低，无有不纳，便留在庄上馆谷，终日追陪，并无厌倦。若要起身，尽力资助，端的是挥金似土。（第十八回）**

除了对他挥金如土的能力有怀疑外，对他待人的诚意和周到还是要相信的，而且他能和人交往一次，就让人永难忘怀。

看看宋江和武松的交往，就能让人领略到宋江的厉害了。宋江本来没见过武松，见面之后，他认定武松是个豪杰，尽管武松不招柴进庄客们待见，柴进也对武松有些怠慢，但宋江却如见到了亲人一般，“每日带挈他一处饮酒”，已经感到了世态炎凉的武松心里会多感动啊！武松要回家寻兄，宋江专门回到房内取了银子去送别，那可不是一般的告别，已经送了“五七里路”，宋江还要“何妨再送几步”，就又送出了“三二里”。仅靠双腿10里送别，武松肯定是对宋江表现出的爱意不好意思了，就挽住宋江说：

> **尊兄不必远送。常言道：“送君千里，终须一别。”（第二十三回）**

这时候的武松从心里已经觉得和宋江很亲近了，肢体语言把心中的感觉很自然地流露出来，肢体语言更能表达人心中真实的想法。宋江再次表现出依依惜别的样子：

容我再行几步。兀那官道上有个小酒店，我们吃三钟了作别。（第二十三回）

从小就失去父母的武松早已被感动得一塌糊涂了，在酒馆里喝了两杯，就要和宋江结拜：

哥哥不弃武二时，就此受武二四拜，拜为义兄。（第二十三回）

宋江要的就是这个效果，结拜之后又送给武松 10 两银子，不收都不行。武松和宋江告别时是洒泪而去的，可见武松感动之深，宋江在江湖上多了一个有本事的生死弟兄。宋清好像就在旁边看着，除了递银子，就如没他一般，施耐庵老先生反复提他是铁扇子，不知是何意，铁扇子在那个时代有特殊的含义吗？

可以推想，如果宋江在灵官庙见到了刘唐，看到那是一个落魄的真汉子，一定也会请到家里好生款待，甚至还会有一段对话：

宋江：兄弟，遇到难处了吧？怎么睡在这儿了！

刘唐：咳，不瞒哥哥说，命运不济，做点小生意把本赔光了。

宋江：这哪是睡觉的地方，我家里还有几间空房，如蒙不弃就到我家里将就一下吧。

刘唐：怎好打扰哥哥。

宋江：四海之内皆弟兄，今日是我们兄弟有缘，不要客套才好，再说谁没有落难的时候。

刘唐：多谢哥哥，敢问兄长高姓大名？

宋江：小可宋江。

刘唐：莫非是山东及时雨宋公明哥哥！

宋江：那是江湖朋友抬爱，愚兄实不敢当。

刘唐：久闻哥哥大名，如雷贯耳，今日得见尊颜，真是三生有幸，请受小弟一拜。

不用说，自然就会把刘唐领回家中，自己没有时间的时候，也会让弟弟宋清相陪，走的时候还会送银子，刘唐也会把他见过宋江的事情向他见到，他认识的人广为传播。这仅仅是合理的推想，但宋江也确有舍命相助的豪气。

宋江给晁盖通风报信的风险极大，尽管他已经做了周密的安排，但仍可能穿帮。他并不认识何观察，那人是州府来的上差，如果是个急性子，公文又的确是紧急公文，宋江去的时间长了，何观察闯进县衙也并非不可能，那样宋江就有嫌疑了，甚至会被发现通匪，他也就吃不了兜着走了。自己被斩首，连累老家被抄、被抓都是很正常的结果。那时候知县撇清自己还来不及，哪还敢去包庇他、救他呢？晁盖说：

结义得这个兄弟，也不枉了。（第十八回）

这是对宋江义字当先的赞许，是对自己能逃脱追捕的庆幸。此事件中，宋江有舍命的豪气，在江湖上也会得到肯定。

四是郓城县是个小地方，江湖好汉除非是专门来拜访，来找宋江的会很少，真要宋江花出银子的自然不多。宋朝政府工作人员待遇很高，他们在旅途都会带足盘缠，几乎不会出现需要“及时雨”帮助的情况。政府工作人员往往公务缠身，也没有多少时间到处跑，何况他们大多都有家室，属于有钱没闲的一类，和宋江有交集的人很少。那些江湖上有闲没钱，需要帮助的人，如石将军石勇等，因为古代交通不便，一年也来不了几个。交通阻隔是古代人交往的一大障碍，俞伯牙与钟子期那样千古知音，也只能约一年再相会。跑上千里的路程去见个人，去寻求一点帮助，实在是很不值得的事情。来访的人少，宋江的花费当然就不多，一年来个两三个人，了不起花费 20 到 30 两银子，虽然单次花费不菲，但还是可以承受的，宋江也乐意承受。

真正需要宋江破费的是郓城县的三教九流，还有宋江的上级和同僚们。从《水浒传》中可以看到，宋江救助、交往了很多生活在社会底层的人，那些人需要帮助，但肯帮助又有能力帮助他们的人很少，经常见到“朱门酒肉臭，路有冻死骨”，为富不仁者比比皆是。就是在今天，真正给患病穷孩子救助的，给希望工程捐款的，大都是普通家庭、普通人，富人搞慈善就成了受人高度关注的新闻。宋江对社会底层人的救助实际是小恩小惠，但却收获颇多，在那个需要口碑相传的年代，只有人数众多老百姓的口口相传，才能把宋江“孝义黑三郎”、“及时雨”的美名传遍大江南北，让宋江成为“义字当先”的江湖好汉都想见的大哥。

《水浒传》中对宋江佩服得五体投地的人，大多都没有见过他，如燕顺、李俊、李逵、石勇等等，这些人都生活在社会底层，有的落草为寇，有的流落江湖，有的为匪为盗，如果仅靠几个江湖好汉赞扬，没有众多百姓传播，几乎是不可能形成宋江如雷贯耳的大名。在上层社会中也有人知道宋江，但影响很小，因为他们不需要人救助。柴进知道他，三番五次邀请他去，和柴进家里收留逃犯、江湖英雄、落难人员等各种类型的人有关。花荣是个下级军官，大概不会高过八品，与宋江有过交往，有武松的情况为样板，我们大略也能知道花荣为什么那么爱戴宋江，舍弃前程，甚至是舍命保宋江的原因。

宋江没有多少钱，实际上也没有花很多钱，却获得了“江湖大哥”的好名头，江湖好汉人人都认，人人想认，这是宋江找到了花钱的角度有关，他用最少的投入，获得了最大的宣传效果，使得他在文武之道外，从江湖这个“第三条道路”上取得了辉煌的成功。

现在广告人的梦想就是像宋江这样，能策划出一个投入不大，却炒作出轰动性的广告效应，使自己从一个四处寻觅机会，做梦都想有一个好饭碗的人，一夜之间捧上金饭碗。

第二章　正说宋江的出仕路线图

学而优则仕，成为“仕”是中国古代读书人的最高理想，个人价值实现的直接表现，更是光宗耀祖的大事。是人才不出来做官，被看成是误己误国的事，“学成文武艺”，就是要“货与帝王家”，不肯出仕的读书人很少，有些人隐居在名山大川，其目的是走终南捷径，唐朝的卢藏用、东晋的谢安都是代表人物。宋朝词人辛弃疾把文人的思想进行了豪迈的表达，“了却君王天下事，赢得生前身后名”，就体现忠君、报国、有为的思想。宋江自幼熟读经史，儒家的修身、齐家、治国、平天下思想，在他的脑子里必定根深蒂固，所以尽管做吏会有很大的危险性，他也无所顾忌，出仕的愿望无可阻挡。宋江的出仕路线图是怎么样的呢？本章正说宋江的出仕路线图。

一、宋朝做官的几个途径

宋朝做官主要有以下四个途径。

（一）参加朝廷的科举取士

科举制度应该说是中国人才选拔的一大发明，科举制从隋朝大业元年（605 年）实行，到清朝光绪 31 年（1905 年）止，经历了 1300 百多年。通过这一制度朝廷笼络住了读书人，还发现了一大批有真才实学，又肯为朝廷卖力的栋梁之才，唐朝的白居易、杜牧、韩愈，宋朝的王安石、司马光、苏轼等历史名人都是进士出身。唐朝的科举制度比较好地解决了“上品无寒门，下品无世族”的现象，在武则天时期还出现了武举。当时在大唐的外国人也可以参加科举考试，新罗人崔致远、日本人阿倍仲麻吕都曾考中进士，并在唐朝为官。

宋朝在唐朝的基础上，科举制度进一步完善发展，一是放宽了录取范围，录取人数成倍增加，给了读书人更多上进的机会。屡考不中的也允许他们在遇到皇帝策试时，报名参加附试，叫特奏名。二是确立了 3 年一次的三级考试制度，所有进士都要经过殿试，及第的人都称天子门生。三是实行糊名[注]和誊录，防止徇私舞弊。四是在考试内容上也作了较大的改革。

宋朝的科举制度为国家选拔出大量的人才，如寇准、王安石、司马光、范仲淹、曾巩等等，为宋朝的经济、文化的繁荣起到了积极的促进作用。也有走入歧途者，如“奉旨填词”的柳永，整日混迹烟花柳巷，潦倒一生，靠红颜知己才得以安葬。

科举取士的路还是太窄了，一些读书人在历经十年寒窗而又屡试不第的情况下，便会想方设法以其他途径入仕当官，还有的人也为不同的目的，希望混进官场。

（二）买官获得前程

宋朝的朝廷公开卖官，被称为制度性卖官。宋朝卖官有多种方式，可以用“粟”买，可以用钱买，还出现过雇工修城池折合成钱来买的。卖出的官位一般都比较低，但价格很高，从八品官要 12000 到 15000 贯钱，约合白银 12000 两到 15000 两，正八品官要 23000 贯到 30000 贯钱，约合白银 23000 两到 30000 两，这样的高价不是一般人家能出得起的，所以买官者一般为大地主和城市的富商。

除了朝廷卖官，一些手中握有权力的官员私下卖官也不鲜见，这就是今天说的腐败。中国古代卖官鬻爵在哪个朝代都有，很多的王公、重臣、后宫妃嫔，甚至太监都参与其中，买官卖官严重后，使整个官场变得腐朽不堪，甚至蔓延到整个社会政治、生活中。有人在总结明朝灭亡的原因时，其中之一就是“无官不贪”，已经将明朝这棵大树从里面蛀空了，有点外力就会轰然倒下。1949年之前，国民党的腐败同样严重，所以中国共产党才能由弱变强，把这个外强中干的纸老虎打败。正因为此，才有黄炎培先生和毛主席关于反对腐败问题的著名对话，可见腐败之害更猛于虎。

宋朝被史学家称为经济最繁荣的封建朝代，却那么不堪一击，靖康之难两个皇帝被虏，称为千古之耻，许多贵族甚至皇家女儿、媳妇遭受奇耻大辱，读着那段历史都让人唏嘘。造成那样结局的原因有多种，腐败应是其中的一个方面，《水浒传》中政府工作人员公开向与其发生关系的人伸手索贿，应是一个历史时期的写照，那样的王朝想去救也很难吧。

（三）先造反再被招安

招安是古代朝廷对反叛力量的一种优抚。如果哪个反叛力量足够大，势力足够强，朝廷的军队去清剿的时候消灭不了，就会采取招安的方式。既然是招安就要给人家一个能“安”的条件，谈一个反叛者能接受的待遇，进行合理的安置。古代招安也很常见，明末清初收复台湾的郑成功的父亲郑芝龙，年轻曾在福建海上为盗，被称为“海上阎王”，明朝招安了他，任命为福建参将。参将是正三品，是职位很高的官了，怎么也相当于现在的大校。《水浒传》中随高俅征剿梁山泊的10路节度使都是受朝廷招安的，后来都做了大官，节度使应该是正二品的高官。鲁迅先生评《水浒传》时说：因为不反对天子，所以大军一到，便受招安，替国家打别的强盗——不替天行道的强盗去了。

不过先造反的危险性很大，朝廷在剿灭造反者的同时，会对造反者的家人进行疯狂的报复，有的挖祖坟，有的灭掉家族。明朝末年起义风起云涌，各路首领为迷惑朝廷，保护家人，都不用自己的真名，闯王、曹操、老回回等等，让朝廷摸不着头脑，无从查找这些人的底细。《水浒传》中造反的梁山泊首领也有许多人30多岁没有娶妻，甚至没有家人，也是为给书中的人物卸点包袱吧。

（四）官员后代可以直接授予官职

宋朝为照顾高级官员子弟，设有“荫补”制度。朝廷的高级官员，文臣自太师至开府仪同三司，其儿子、孙子、侄子、异姓亲属，甚至门客都是“荫补”范围内的，古代说的宰相门前七品官一点也不为过；武臣自枢密使至观察使、通侍大夫，儿子、孙子、侄子、异姓亲属都是“荫补”对象。遇到皇家嫁娶，臣僚亦可荫补，一般中级官员可荫及子孙，宰相、执政则可荫“本宗、异姓、门客、医人各1人”。高级官吏退休，曾任宰相和现任三少、使相，可以荫补3人，曾任尚书、侍郎等官以上也可荫补1人。大臣病故，据所留遗表也可荫补，曾任宰相及现任三少、使相，最多可以荫补5人。由于官吏荫补机会多，名额扩大，最高记录曾同时荫补子弟4000人，使平民出身的士人有的10年得不到一任。

由于荫补名额多，机会多，还可以有异姓人和门客，就给循私舞弊创造了条件，提供了舞台。可以设想，在那种情况下，必定有人钻国家制度的漏洞，进行权力寻租，而且这种荫补的外衣下进行的买官卖官行为，是很难被人发现的。荫补制度使大量不学无术的纨绔子弟进入官场，加速了官僚系统的腐败，还造成了官僚机构臃肿，办事效率低下。南宋嘉靖年间，全国官员中科举出身的占28%，而恩荫补官的占到了57%。“荫补”制度也是腐败产生的温床，但更为隐蔽，得到“荫补”的官员，因裙带或金钱关系，更容易得到实缺、肥缺。

二、宋江能选择的出仕道路

（一）宋江没有机会通过买官和“荫补”出仕

宋江家是中小地主，没有直接买官的经济实力，而且动辄10000多两白银，只买一个从8品的小官，性价比不高，特别是对中小地主来说有些不值，还被科举获得官职的人看不起。还有就是宋江也未必能看得上那样的小官，他的抱负在第三十九回的《西江月》词里有明确的表述：

自幼曾攻经史，长成亦有权谋。
恰如猛虎卧荒丘，潜伏爪牙忍受。
不幸刺文双颊，那堪配在江州。
他年若得报冤仇，血染浔阳江口！

他对自己的才能还是有点自负的，更重要的是，他要做惊天动地的大事，“血染浔阳江口”，一举成名天下知。这样内心深处的思虑是要“潜伏爪牙忍受”的，绝不肯为外人道，只有在喝酒之后，近乎胡言乱语时才透出真言。

“荫补”制度也基本与宋江无缘，他没有显赫的家世，住在郓城县那样一个小地方，接触到最大的官就是知县。宋江那样的情形，根本就没有机会和公卿产生交集，也就没有获得“荫补”的可能。如果想钻“荫补”的空子买官，就又出现了家中财力负担的问题，更何况还可能提着猪头找不到庙门，根本就没人搭理他这样出身庶族的人。

（二）宋江只能通过科举和“招安”出仕

1. 参加科举出仕是读书人做官的正途。

科举是读书人出仕的正途，只有通过科举当了官，才能得到世人的重视，光宗耀祖。从宋江的家庭出身看，他无疑是要参加科举的，他“自幼曾攻经史”的目的，毫无疑问就是要参加科举，那是宋江实现报国愿望，光大家族门楣最理想的途径。

但通过科举进士及第很难，是千军万马过独木桥，有机会到达对岸的人是极少数。最后能成为天子门生的人，要么胸怀锦绣，要么有特殊的渠道（如大贵、大富人家上下串通作弊），绝大多数人永远到不了河对岸。宋朝考中进士的人数比唐朝大为增加，但3年一考，每次录取200到300人，和庞大的读书人群相比，还是极小的比例。但是很明显，宋江属于学无所成的一类，是挤这个独木桥的失败者，这是古代许多读书人都有的辛酸经历，想通了也没什么。《儒林外史》中的范进54岁才中了举人，之前历尽了人间的辛酸，接到喜讯的那一刻几乎乐极生悲，可以想见科举之途的艰辛。

宋朝还有“制举”制度，具体科目和时间均不固定，必须待皇帝下诏才举行，最初对应试人的资格没有限制，现任官员和一般士人均可应考，并允许自荐，后限制逐渐增多，自荐改为要公卿推荐，布衣要经过地方官审查。这一制度也要考试，但应该比正式的科举容易些。宋江对此也应该了解，他冒着风险到县里做押司，也许与此有关，他如想参加“制举”，还需要过郓城知县这一关。宋江在县里上上下下人缘极好，或许就是未雨绸缪的准备，这符合宋江做事的一贯作风。

2. 被朝廷“招安”做官。

这种曲线做官的方式前提就是要造反，成为强大国家机器的敌人，这样自己要被清剿，要冒杀头的危险，家人也要被殃及。中国古代起义的队伍中，很少有善终的，唐朝的王仙芝、黄巢是这样，北宋初年的王小波、李顺也是如此。除非推翻了前朝政权，自己做了皇帝，但那是极其困难，几乎不能完成的小概率事件。

对宋江来说，他会更加的纠结、犹豫，家中老父在堂，家里尽管不是大富，也有一些粮田和庄园，丰衣足食无问题，完全丢弃现在的一切，为并看不清楚的前途去冒险，没有多少人会有项羽“破釜沉舟”的决心，所以项羽“生为人杰、死为鬼雄”。具体到宋江，他也结识江湖豪杰，在江湖上留下响亮的名头，但造反后被“招安”为官，应该是他最无奈后才会选择的道路。

三、宋江通过科举为官道路的破灭

宋江为吏只是他人生道路的一个小驿站，小恩小惠帮助底层劳动者，是他广结善缘的手段，仗义疏财结识江湖好汉是他人生大计的积累，和知县关系很好为他参加“制举”埋藏了机会。但他的人生设计因为一个偶然的生活选择，改变了轨迹，那就是他无奈之下杀了阎婆惜，成了一个国家的罪犯，考试为官的道路就此破灭。

假如宋江是个普通的人，出了这样的事以等待大赦，躲过重罪，发配几年后回家守着田园过日子也就算了，希望还可以寄托到下一代身上；或者就浪迹江湖，在其他地方找个落脚的地方发展，再闯出一片新天地。但宋江不是普通人，他有很强烈的出仕愿望，甚至有精心设计了江湖上响亮的名头，平庸不是他的人生印记。

宋江满口忠义，在梁山泊掌权后，还把“聚义厅”改为了“忠义堂”，实际上他真的那么“忠”吗？在第一时间放走了晁盖，从那个时间算起，他已经站到了国家、朝廷、皇帝的对立面，已经是不忠了，也正因为这次不忠被阎婆惜抓住了把柄，在谈判不成的情况下，宋江激情杀人，断送了通过正当途径出仕，进而光宗耀祖的机会。

宋江是个很会演戏的人，他发配江州路过梁山泊的时候，晁盖组织好汉们劫他上山，花荣见到他提出把套在他脖子上的木枷打开，宋江马上说：

> 贤弟，是甚么话！此是国家法度，如何敢擅去！（第三十六回）

他把自己打扮成模范遵守国家制度的君子。他如果真如自己表现的那样坚定守国法，放走晁盖等人算是怎么回事呢？杀死阎婆惜后逃入江湖，不接受国家的审判，怎么面对国家法度呢？在清风山与山上的强盗一起对抗官军，杀死官军，还设计杀死大批青州无辜百姓，使秦明有家难回，有国难投，无奈地跟着他，从国家的高级军官变成强盗，他的国家法度又在哪里呢？

其实“国家法度”只是他在那个特定情况下的招牌和借口，他和两个解差在揭阳镇穆家投宿，解差跟他的对话就更说明问题：

> 两个公人道：“押司，这里又无外人，一发除了行枷，快活睡一夜，明日早行。”
>
> 宋江道：“说得是。”（第三十七回）

宋江对解差的建议马上就同意了，可见宋江所谓“国家法度”只是对付花荣等人的挡箭牌，完全是“为我所用”的，需要了就拿出来，不需要就收起来的实用主义。花荣是他最好的哥们，他却要这样的心眼，他的“人生如戏”演的实在有点过分。

从宋江杀死阎婆惜开始，他通过考试做官的道路已经被堵死了，要是还想当官，就只剩下先造反再被招安的一条路。但是造不造反，他还很犹豫。如果真要反抗朝廷，也可能以后接受了招安，成就自己传奇辉煌的人生；也可能从此自己和家人都走入万劫不复的境地。这是投入全部身家性命的大赌注。

谁的人生都一样，在面临命运重大转折的时候，下一个决心很难、很难，需要做很多的准备。宋江这时还没有理清思路，没有做好准备，很难下定决心，还需要一个思考的过程，甚至是外力的推动。

四、走上造反的道路

在中国古代的历史上，有的造反、起义是因为偶发事件，突然有人振臂一呼，应者云集，遂成烽火燎原之势；有的则是经过认真的策划，甚至是数年的准备，一朝发动就四方响应，抢州夺府势如破竹。

第一种情况的典型是秦朝末年的陈胜、吴广起义。公元前 209 年 7 月，朝廷征发人员屯戍渔阳，陈胜、吴广为屯长，他们行进到大泽乡（现在的安徽宿县东南），被大雨所阻，不能按期到达。秦朝严法重刑，过期要被杀头，于是 2 人带领大家揭竿而起，形成中国历史上第一次大规模农民起义，直接动摇了秦王朝的统制，最后由项羽、刘邦实现了楚人“楚虽三户，亡秦必楚”的复仇愿望。

第二种情况的代表是东汉末年的黄巾起义。河北人张角兄弟 3 人以传教、治病为掩护，用 10 年时间发展了近 40 万信徒，遍布全国四分之三的土地，于公元 184 年发起黄巾起义，他们头扎黄巾，号称“苍天已死，黄天当立，岁在甲子，天下大吉”。黄巾起义严重动摇了东汉王朝统制的根基，形成了军阀割据天下的局面，被誉为“治世之能臣，乱世之奸雄”的魏武帝曹操，就是收服了青州的黄巾军，最后发展成了东汉末年最大的军阀。对以治病传教名义进行的活动应充分重视，邪教势力一旦做大，容易形成尾大不掉的之势，造成许多意想不到的麻烦，甚至是更严重的后果。

宋江如果在发配江州的时候就造反，条件应该还不是很成熟，只能算是有了一定的基础。

1. 广结江湖好汉。宋江通过在郓城县做好事，博得了仗义疏财的美名，在江湖上广为流传，使他在江湖上人气很旺，很多江湖好汉久闻其名，盼见其人，如李俊、李逵、欧鹏、石勇等等，尽管他其貌不扬，但到哪都被江湖好汉尊为大哥。宋江自己未必是为造反做准备，却有能力集合起一支队伍，而且这些人大都处于社会底层，有反政府的冲动，还有天不怕地不怕的性格，很容易聚集在“义”字的大旗下。

2. 有和官军作战的经验。偶然的机会，宋江在清风山和青州的官军进行了一次战斗，小试了锋芒，也对官军的实力摸了底。其实宋朝的地方军队实力很弱，青壮年都被征为禁军了。宋朝从建国开始，就面临着北方强敌辽国的威胁，后来又出现了比辽国更为凶悍的金国，主要力量都放在边防上抵御外敌，所以宋江等与官军的对抗中才屡屡获胜。

3. 有一个现成的基地。被宋江救下的晁盖等人成了梁山泊的主人，清风寨、清风山的花荣、秦明等又去山寨入了伙，迅速壮大了梁山泊的军事力量，朝廷的州府都不敢派兵去征剿。梁山泊四面环水，号称有 800 里，是个易守难攻的地方，在冷兵器时代是一个很好的根据地。晁盖等人也是希望宋江能到山寨聚义，一同过大块吃肉、大碗喝酒，不受皇帝管，不被官府欺的自由、快乐生活。

宋江还没有做好准备，下不了与朝廷决裂的决心。有时候重要的决定需要突发的外力促一下，他独自一人在江州浔阳楼喝醉酒的时候，“外力”来推他了。趁着酒劲，他写出了“他年若得报冤仇，血染浔阳江口”。不知道他要向谁报仇，在江州他活得很舒服，为什么要“血染”呢？这本是莫名其妙的狂言，不知是想起了什么。但和后面的诗句联系起来，就显得“图穷匕首见”了：

心在山东身在吴，飘蓬江海谩嗟吁。
他时若遂凌云志，敢笑黄巢不丈夫！

黄巢出身盐商，积财聚众，好收留亡命之徒。公元 875 年，他起兵响应王仙芝与唐朝军队作战，公元 881 年占领唐朝都城长安，建立大齐国，他险些彻底摧毁唐王朝政权。宋江的“凌云志”如果就如他所说的，是成为比黄巢还要厉害的人物，更加无法无天，那无疑是要与大宋王朝作对，以推翻赵姓家国为己任的，明显是一首反诗。黄文炳有很高的政治敏感性，抄下了反诗，还报告给了地方行政长官蔡九知府，任宋江如何抵赖，也改变不了铁证如山，所以宋江根本就没有抵赖，而是想通过有精神病来逃过一难，可黄文炳真是个明察秋毫的厉害角色，不仅看穿了宋江的假精神失常，还把戴宗带回的假蔡京家书中，一个落款的瑕疵一语道破，让蔡九知府恍然大悟，把戴宗和宋江一块下了大狱，即刻在江州问斩。

这时候的宋江已经没有退路了，他要么被朝廷砍头，要么造朝廷的反，在晁盖带领梁山泊的人马和李逵从法场救了他之后，他被迫选择上了梁山泊落草，走上了与朝廷对抗的道路。他酒后题写反诗，已经被拉上法场要被杀头了，这就是突发的外力，促使宋江走上了造反的道路。

宋江题写反诗并非偶然事件，作为内心自视很高的读书人，一个总想着通过为官光耀门庭的读书人，在他出仕的道路一条一条破灭之后，心中知道自己只有一条路好走了，又因其艰险难下决心。黄巢是自己的一个榜样，心中羡慕又不敢对他人说，其心中的寂寞苦闷可想而知。偏偏宋江又是一心要出仕的人，酒后题诗，就是他酒后的爆发，是酒后吐真言，反诗表面上是反映他一时的冲动，实际是暴露了他内心深处的真实想法。可时间没选对，又遇上了有心人，命运就这样的转折了，或者说是按照他内心深处的期待发展了！

五、做被朝廷招安的准备工作

宋江造反是无奈的，是他“出仕”道路的下下策，但作为一名普通人，命运有时候像是天定的，人为显得那么的无助、无力，宋江先造反再被朝廷招安的道路，就这样被命运安排了。因为还要“出仕”，所以宋江一上山，就开始准备被招安的事，并一步一步去实施。宋江被招安绝不是一时的心血来潮，而是有其思想基础的。早在离开孔家庄宋江去清风寨，武松去投奔二龙山时，宋江就劝诫过武松：

> 兄弟，你只顾自己前程万里，早早的到了彼处。入伙之后，少戒酒性。如得朝廷招安，你便可撺掇鲁智深、杨志投降了。日后但是去边上，一刀一枪，博得个封妻荫子，久后青史上留一个好名，也不枉了为人一世。我自百无一能，虽有忠心，不能得进步。兄弟，你如此英雄，决定做得大事业，可以记心。听愚兄之言，图个日后相见。（第四十二回）

可见这条道路是宋江早就考虑过的，他也希望自己的兄弟走这条路，在宋江看来，没有办法的时候可以造反，可以上山去当强盗，但那只是权宜之计，一定还要回到正途上来，出仕为官，搭上朝廷这条大船，才是人生的正道。

宋江上梁山泊后，为接受朝廷招安，做了充分的准备：

（一）夺取梁山泊的领导权

客观地说，宋江是有远大理想的人，必不肯久居人下，在江州梁山泊人马和李逵劫了法场就现了端倪。当时晁盖准备回梁山泊，宋江却要去找黄文炳报仇，花荣马上说“哥哥见得是”，很明显花容更听宋江的话。杀完黄文炳全家，宋江提议大家都去梁山泊入伙。

说言未绝，李逵跳将起来，便叫道：“都去，都去！但有不去的，吃我一鸟斧，砍做两截便罢！”

众人议论道：“如今杀死了许多官军人马，闹了两处州郡，他如何不申奏朝廷？必然起军马来擒获。今若不随哥哥去，同死同生，却投那里去？”

宋江大喜，谢了众人。当日先叫朱贵和宋万前回山寨里去报知。（第四十一回）

宋江提出上梁山泊，众人都要跟着去，却没有人看看梁山泊老大晁盖的眼色，听听晁盖的意见。宋江还没进山寨，就指挥上朱贵、宋万了，真是有点离谱，不像宋江平时谦恭的做派。

上了梁山泊之后，宋江做的第一件事就是新旧头领站队，而且刚上山就反客为主，没容山寨老大晁盖发话，就让众头领站了队。

宋江道：“休分功劳高下，梁山泊一行旧头领，去左边主位上坐。新到头领，去右边客位上坐。待日后出力多寡，那时另行定夺。”

众人齐道：“哥哥言之极当。”

左边一带是林冲、刘唐、阮小二、阮小五、阮小七、杜迁、宋万、朱贵、白胜；右边一带，论年甲次序，互相推让。花荣、秦明、黄信、戴宗、李逵、李俊、穆弘、张横、张顺、燕顺、吕方、郭盛、萧让、王矮虎、薛永、金大坚、穆春、李立、欧鹏、蒋敬、童威、童猛、马麟、石勇、侯健、郑天寿、陶宗旺，共是四十人头领。

老头领只有9人，而且杜迁、宋万、朱贵并不是晁盖的嫡系；新头领却有27人，而且实力明显远远胜过老头领。晁盖尽管真心让宋江坐第一把交椅，但这时的心情肯定没有救宋江的时候爽了，宋江的风头明显盖过了他，但木已成舟，后悔药没处去买。

宋江一上山，就有了自己的门派，还是山寨中实力最强的。但在新老头领站队的时候，已经在梁山泊生活了几个月的清风寨、清风山的人马，为什么作为新头领站到了右边，让人有点小的疑问。按道理说，新上山的人马，只应该是江州帮、揭阳岭帮和欧鹏的黄门山人马才更合适。这一站队方式，明显是要分清楚宋江系和晁盖系。

宋江上山后，梁山泊进行了几场关键的战役，晁盖每每被宋江以“哥哥是山寨之主，如何可便轻动”为由劝住，由宋江带领人马下山，为山寨建功。

1. 攻打祝家庄战役

祝家庄是豪强地主组织，他们有一定的经济、军事实力，因为离梁山泊比较近，随时防范着山寨来借粮打庄。宋朝的地方军队指不上，他们就自救，组成了祝家庄、扈家庄、李家庄的军事同盟，其目的主要不是和梁山泊对抗，而是要保自己平安。如果在青州、清风山人马上山之前，梁山泊还真不一定是其对手，但江州人马上山后，已经兵强马壮的梁山泊根本不把祝家庄放在眼里。

引发这个战役的是杨雄、石秀、时迁投奔梁山泊，他们路上正好投宿在祝家庄的客栈，惯于偷鸡摸狗的时迁，把客栈报晓的雄鸡给偷吃了，造成口角、打斗，时迁被擒。杨雄、石秀跑上山寨，说明了原委，晁盖觉得报梁山泊名号偷鸡，丢了山寨的脸面，要斩二人，被宋江拦住。这时出现了奇怪的一幕：

> 吴学究道：“兄长之言最好。岂可山寨自斩手足之人?”
> 戴宗便道：“宁乃斩了小弟，不可绝了贤路。”（第四十七回）

吴用完全是在对宋江说话，似乎没有理会山寨的老大晁盖，这很不正常，吴用毕竟是晁盖的老哥们；戴宗就有些不像话了，他的语气、用词，简直就是在和老大叫板。这时候宋江等人上梁山泊还没有多少日子。

宋江率军攻破祝家庄，把庄里的财物“四五十驮”运回了山寨，宋江为山寨立下第一件大功。这是梁山泊第一次主动下山发起的战役，附近的州府都会感到威胁。

2. 攻打高唐州战役

柴进的叔叔柴皇城住在高唐州，知府高廉的小舅子看上了柴家的院子，二话不说就让柴皇城搬家，权贵子弟真是无法无天。柴进赶到高唐州，正遇到高廉的小舅子到柴家赶人，几句话下来，对方就要打柴进，还叫嚣不怕"丹书铁券"。看着柴进要吃亏，正跟柴进在一起的李逵暴怒，抡上几拳打死了高廉的小舅子。

柴进让惹祸的李逵回梁山泊了，他自己以为凭赵匡胤颁发的"丹书铁券"可以免死、甚至免责，但他太天真了，县官不如现管，死去几代的皇帝，如何抵得上现管的权贵，人家根本不给你告御状的机会，直接打入死牢，就在高唐州范围内，要把柴进斩首，给自己的小舅子报仇。

柴进与梁山泊关系很深，应该说是有恩于山寨，他有大难，山寨发兵相救义不容辞。宋江再次主动请缨，带领人马杀奔高唐州。高俅的堂弟高廉本事毕竟有限，很快城破被杀，高唐州府库的财帛、粮米和高廉的所有家私都装车运上山寨。

这是宋江为山寨立下的第二件大功，救下柴进使宋江在江湖名声更为响亮。这是梁山泊第一次主动下山攻打朝廷州府，和强大的朝廷军队面对面的较量，这次战役的胜利，使山寨附近的州府会有人人自危的感觉，朝廷也会被震动。

3. 反呼延灼围剿战役

因高唐州被攻破，太尉高俅的堂弟死于非命，朝廷对梁山泊给予了高度重视，第一次派重兵对梁山泊进行围剿。派出的是汝宁郡都统制，宋朝开国名将之后呼延灼，呼延灼又保举陈州团练使韩滔，颍州团练使彭玘为副将，率领 8000 人马进剿。

迎战呼延灼完全是宋江安排的：

> 我自有调度。可请霹雳火秦明打头阵，豹子头林冲打第二阵，小李广花荣打第三阵，一丈青扈三娘打第四阵，病尉迟孙立打第五阵。将前面五阵一队队战罢，如纺车般转作后军。我亲自带引十个兄弟引大队人马押后。（第五十五回）

晁盖在一开始就没发什么言，只在宋江对阵失利时，“同吴用、公孙胜下山来动问”，基本没有参加战役的过程。经过曲折，宋江把专破连环马的专家金枪手徐宁请上山寨，一举打败了正准备乘胜消灭梁山泊的呼延灼。

这是宋江为山寨立下的第三件大功。这次战役是梁山泊第一次面对朝廷军马的围剿，胜利的意义十分重大，标志着梁山泊已经拥有和朝廷主力部队直接对抗的能力。

4. 攻打青州战役

攻打青州战役，起因于宋江个人的关系，他的徒弟孔明、孔亮兄弟造反占据了白虎山，住在青州的舅舅被知府抓了起来。兄弟二人胆大却学艺不精，孔明被征剿梁山泊失利，投靠青州慕容知府的呼延灼所擒。鲁智深、杨志、武松等二龙山的人马前去救援，但还觉得力量单薄，让孔亮到梁山泊找师傅宋江求救。

以仁义示人的宋江当然要去救援，晁盖也很支持，花荣、秦明、朱仝等一批能征惯战的头领率大队人马杀奔青州。青州城中基本只有呼延灼有战斗力，其他军官没人敢和强盗为敌，所以李忠、周通那样的水货，也能占据桃花山多年，官军却奈何不得。在吴用智擒呼延灼之后，青州基本就是囊中之物了。

青州战役收获颇丰：

> 把府库金帛，仓廒米粮，装载五六百车，又得了二百余匹好马。（第五十八回）

还有就是鲁智深、杨志、呼延灼等实力派人物加入到山寨，壮大了山寨的实力。秦明一棍打死慕容知府，还杀死了知府全家，报了举家被杀之仇。史进、朱武等少华山人马的加入，也是青州战役的附属品。

这是宋江为山寨立下的第四件大功。青州战役标志着梁山泊已经有能力派出人马进行远征，而且信心十足，战之能胜。

5. 收服樊瑞等人战役

樊瑞、项充、李衮三人在芒砀山占山为王，他们的行为很是奇怪，和梁山伯并无仇怨，自己的实力又明显不如梁山泊，但却扬言要“吞并大寨”，显得有点不自量力。他们的行为很像是故意造出声势，等加入的时候，让人家不看轻自己，就如朝廷第一次招安梁山泊的时候，吴用说的“纵使招安，也看得俺们如草芥”，所以要闹出点动静来。

晁盖在芒砀山的事情上表现的很奇怪：

> 晁盖说道：“我有一事，为是公明贤弟连日不在山寨，只得权时搁起；昨日又是四位兄弟新到，不好便说出来。”
>
> “这三个结为兄弟，占住芒砀山，打家劫舍。三个商量了，要来吞并我梁山泊大寨。”（第五十九回）

晁盖的表现完全不像一个山寨老大，更像是在向宋江请示工作。以晁盖的脾气，对方都扬言要吞并山寨了，他却一点脾气都没有，这样的懦弱不符合晁盖托塔天王敢作敢为的性格。史进要求带兵攻打芒砀山在情理之中，他没想到对方那么厉害。其后的事情又很奇怪，史进战败后，花荣、徐宁前来接应，花荣对史进等人说：

> 宋公明哥哥见兄长来了，放心不下，好生懊悔，特差我两个到来帮助。（第五十九回）

谁是山寨的老大？花荣眼里除了宋江还有别人吗？史进是个粗人，对这些细节可能不在意，但朱武是个精细人，他对其中奥秘必然洞若观火。收服樊瑞等人战役，也对山寨的发展有一定的作用，项充、李衮是两员猛将。

宋江通过 4 次主要战役，确立了自己在梁山泊事实上的领导地位，他在聚集财富，引进人才上，都为山寨做出了巨大贡献，就是山寨的小喽啰也会知道，是宋头领带来了山寨的繁荣。

6. 晁盖之死

晁盖带兵攻打曾头市，是自我救赎的表现，宋江的风头太强劲，已经把他这个老大刮得有些承受不住了。

鲁智深见到宋江说：

> 久闻阿哥大名，无缘不曾拜会，今日且喜认得阿哥。（第五十八回）

他是个实在人，心里怎么想就怎么说，不会说谎。引发攻打曾头市的原因之一是：段景住要把盗得的大金王子坐骑“照夜玉狮子马”献给宋江，因为：

> 江湖上只闻及时雨大名，无路可见，欲将此马前来进献与头领，权表我进身之意。（第六十回）

可见在人们心里，只知有宋江，不知有晁盖。山寨老大心中郁闷可知。晁盖对宋江已经不像原来让山寨头把交椅时那么客气：

> 不是我要夺你的功劳。你下山多遍了，厮杀劳困。我今替你走一遭。下次有事，却是贤弟去。（第六十回）

晁盖才毅然决然地领兵出征，很可能与心中受到压抑有关。从晁盖带的人来看，晁盖和宋江的势力已经明显分成派了。

> 当日晁盖便点林冲、呼延灼、徐宁、穆弘、刘唐、张横、阮小二、阮小五、阮小七、杨雄、石秀、孙立、黄信、杜迁、宋万、燕顺、邓飞、欧鹏、杨林、白胜，共是二十个头领。（第六十回）

晁盖点人是“启请二十个头领相助”，与宋江去青州时气象完全不同，当时厅上厅下一齐都道：

> 愿效犬马之劳，跟随同去。（第五十八回）

宋江系人马已经占了绝对优势，宋江在梁山泊的话语权已经超过了老大晁盖。宋江看似无意，实际是在有意架空晁盖，边缘化跟着晁盖打天下的兄弟。晁盖带领的刘唐、阮小五、阮小二、阮小七从来没有机会跟着宋江下山建立功勋；林冲、呼延灼、徐宁、杨雄、石秀、孙立也是和宋江没有什么渊源的战将。很奇怪晁盖没有带着吴用、公孙胜一起下山，那可是晁盖的老班底，是因为吴、公孙二人和宋江的关系太近了吗？

晁盖一战殒命，但他立了遗嘱：

若那个捉得射死我的，便教他做梁山泊主。（第六十回）

完全不是宋江刚上山时，他请宋江坐头把交椅的样子。但死人的作用毕竟有限，晁盖死之前，真正能跟着他的铁杆兄弟只有刘唐、三阮兄弟、白胜，吴用、公孙胜已经靠不住，林冲根本就不是铁杆弟兄。宋江从心里就没准备执行遗嘱，在梁山泊没有人能和他争老大。

（二）培植支持招安的势力

宋江十分重视培植两个队伍，一是从心里对招安有认同感的队伍，这些人以军官和大地主出身的为主；二是自己的嫡系队伍，这些人就算是心里不赞成招安，但却讲义气，老大定了的事情就跟着走。

1. 对招安有认同感的人

对招安最有认同感的是两类人，一是军官、二是大地主，他们原来就是统治阶级中的一员，从思想观念上认同朝廷为正统，愿意回归正统行列，重为朝廷服务。

军官出身的人以关胜、呼延灼为代表。梁山泊 108 人聚义时，军官人数达到了 21 人，占头领总数的 19.4%。而且这些军官出身的人大多武艺高强，天罡星居多，在山寨有话语权，还有很强的战斗力。

贵族、大地主出身的人以卢俊义、柴进、李应为代表，梁山泊 108 人聚义时，地主出身的有 11 人（包括宋江、柴进），占头领总数的 10.2%。这些人在山寨很有话语权，势力很大。

这两部分人已经占了梁山泊首领人数的近 30%，他们的影响力更为强大，在天罡星中，这部分人为 16 人，占 44%。

2. 宋江的嫡系队伍

清风山、清风寨一起上梁山泊的人马，江州劫法场的人马，郓城县的人马，还有武松、戴宗、段景柱等等都可以归到宋江的嫡系人马中。在梁山泊，不属于宋江嫡系，又反对招安的人很少。由此可见，宋江在梁山泊培植招安势力十分成功，客观地说，是由于宋江的加入，梁山泊的事业才得到大的发展。

在宋江的嫡系人马中，并不都从心里支持招安，但他们认定了宋江这个大哥，跟着老大宋江是他们的心愿，他们不会直接反对老大的决策，李逵、李俊是这类人的典型代表。李逵的行为有时显得很矛盾，他坚决反对招安，又坚决听宋江的话，所以招安的时候他也就是闹一闹，还是要跟着走的。

一个领导者要想在组织中达成目标，可以有三种方式，一是自己有威信，别人信服自己，没有人反对自己的决定；二是大多数人从心里拥护，因为目标的达成符合大家的利益；三是大多数有话语权的人拥护，其他的人没有能力反对。宋江主张招安，三种方式都用上了，所以招安基本顺利。

（三）进行招安的舆论宣传

晁盖一死，宋江在众人簇拥之下，坐上了山寨的头把交椅，宋江还是要表演一番：

宋江道："晁天王临死时嘱咐：'如有人捉得史文恭者，便立为梁山泊主。'此话众头领皆知。誓箭在彼，岂可忘了？又不曾报得仇，雪得恨，如何便居得此位？"

宋江道："军师言之极当；今日小可权当此位，待日后报仇雪恨已了，拿住史文恭的，不拘何人，须当此位。"（第六十回）

但宋江心里清楚，这暂代之后，以梁山泊的实际情况，谁能和他抗衡呢？所以他坐上第一把交椅就按自己的意志，进行招安的宣传。

1. 改聚义厅为忠义堂

宋江做了老大后，一点也没客气，直接就把聚义厅改为了忠义堂，一点铺垫都没用，他相信经过前期的细致准备，会得到大家的认可。这哪是临时老大的行为，就是一个主人改朝换代的宣示。从此梁山泊成为朝廷的编外队伍，再也不是草莽英雄聚义的场所了。

2. 悬挂"替天行道"大旗

宋江悬挂起"替天行道"的大旗，应该让附近州府的官僚们松了一口气，敏感的人大有人在，替天行道的招牌很快就传遍四方，宋徽宗的朝堂上也有人议论其含义，并据此开始了对梁山泊的第一次招安。传到朝廷，让皇帝知道在梁山泊有一支朝廷编外的队伍，正在翘首以盼为朝廷出力，这正是宋江想要达到的目的。

3. 制作招安歌曲

梁山泊英雄排座次之后，重阳节临近，宋江和众兄弟同赏菊花，乘着酒兴作《满江红》一词一首，并由乐和吟唱：

> 喜遇重阳，更佳酿今朝新熟。见碧水丹山，黄芦苦竹。头上尽教添白发，鬓边不可无黄菊。愿樽前长叙，弟兄 情如金玉。
>
> 统豺虎，御边幅；号令明，军威肃。中心愿 平虏，保民安国。日月常悬忠烈胆，风尘障却奸邪目。望天王降诏早招安，心方足。（第七十一回）

宋江的这次招安试探遭到激烈反对：

> 乐和唱这个词，正唱到望天王降诏早招安，只见武松叫道："今日也要招安，明日也要招安，去冷了弟兄们的心！""黑旋风"便睁圆怪眼，大叫道："招安，招安，招甚鸟安！"只一脚，把桌子踢起，颠做粉碎。（第七十一回）

这时候，宋江的江湖地位起了作用：

> 宋江大喝道："这黑厮怎敢如此无礼？左右与我推去，斩讫报来！"便叫武松："兄弟，你也是个晓事的人，我主张招安，要改邪归正，为国家臣子，如何便冷了众人的心？"（第七十一回）

宋江对李逵和对武松的态度还是有所区别的，对家仆一样的李逵，他连喊带骂，一点也不客气；对武松就缓和多了，还是一个大哥开导、教育兄弟的口气。宋江凭自己的在江湖时的准备，牢牢控制着局势，不因突发事件乱了方寸。

宋江经过演练一样的组合拳，逐步在梁山泊众人的心中树立招安的信念，在真正实行招安的时候，大家才觉得不突兀，才会把事情办得顺理成章。宋江心机之深，在这里也有明白的体现。

（四）和朝廷接触，探寻招安的路径

宋江急于实现招安出仕的愿望，在做过多方面准备之后，开始探寻和朝廷接触的路径。他不听众人苦劝，执意要冒险进东京看重阳节灯会，行为很是可疑，应该是怀有更深的目的。

> 宋江在京城三转两转就到了李师师的门前，他吩咐燕青："我要见李师师一面，暗里取事。"（第七十二回）

宋江应该是早有准备的，他做事计划周密，基本不打无准备之仗，和莽汉有本质区别。他还随身带了很多金银，送给了李师师。见到李师师之后，宋江有意作乐府词一首：

> 天南地北，问乾坤何处可容狂客？借得山东烟水寨，来买凤城春色。翠袖围香，绛绡笼雪，一笑千金值。
>
> 神仙体态，薄幸如何消得？想芦叶滩头，蓼花汀畔，皓月空凝碧，六六雁行连八九，只等金鸡消息。义胆包天，忠肝盖地，四海无人识。离愁万种，醉乡一夜头白。（第七十二回）

碰巧赶上宋徽宗来会相好，宋江几乎要"取事"成功了，等见到宋徽宗，诉说"借得山东烟水寨，来买凤城春色"的衷肠，天子金口玉言一开，宋江从强盗换官衣的愿望就实现了。但李逵闹起来，好事还需多磨。

经过不懈的努力，宋江找到了两条招安的路径：一是通过李师师，给皇帝吹枕边风，让皇帝知道梁山泊是朝廷的编外力量，随时准备为朝廷效力；二是通过皇帝的宠臣宿太尉，在朝堂上为宋江说好话，提出招安的主张。最后是李师师的渠道为主线，这是一条暗线，发挥了至关重要的作用，确定了招安的方略；以宿太尉的渠道为附线，却是朝堂上的明线，实施了招安的行为。宋江终于实现了招安出仕的夙愿。

对招安最有功的人非燕青莫属，朱武提出了宿太尉的一条线索，是有眼光之人，也应记上一功。古人说有志者事竟成，只要瞄准一个目标，并为之不懈奋斗，一定会实现既定的目标。宋江出仕成功也诠释着这个道理。

注：有资料显示，考试糊名从武则天始。“武后以吏部选人多不实，乃令试日自糊其名，暗考以定等第。判之糊名，自此始也。”（《隋唐嘉话 唐国史补》107 页，盛钟键等选译，浙江古籍出版社出版）

第三章 正说宋江的心狠手黑

宋江在郓城县就以扶危济困，乐于助人闻名，说他是那时候的雷锋也不为过。他为人还很低调，动辄“纳头便拜”，见人自称“小可”，但这只是表象，他心狠起来，手黑起来，一点都不含糊。杀死阎婆惜仅是一时冲动，是很多人都可能犯的错误，他“心狠手黑”却经过深思熟虑，恐非常人所及。本章正说宋江的心狠手黑。

一、血洗青州，无辜者成冤魂

宋江第一次出黑手用在了秦明身上，这个大宋朝的高级军官，青州最高的军事长官，30 多岁的年纪，正是年富力强的时候，武艺高强，前途不可限量，尽管清剿强盗失利了，大不了受个处分，在朝廷正需要人才的时候，其未来仍是很光明的。但宋江一出手，秦明马上变成家破人亡，遭到朝廷通缉的罪犯。

秦明对剿匪捕盗和打击反叛朝廷的人还是很坚决的，他听说了清风寨的事，知道徒弟黄信被困，很是愤怒，见到花荣也是义正词严地责骂：

> 秦明大怒道：“红头子敢如此无礼！不须公祖忧心，不才便起军马，不拿了这贼，誓不再见公祖！”

秦明大喝道："花荣，你祖代是将门之子，朝廷命官，教你做个知寨，掌握一境地方，食禄于国，有何亏你处？却去结连贼寇，反背朝廷。我今特来捉你，会事的下马受缚，免得腥手污脚。"（第三十四回）

秦明在被俘后，当燕顺出面劝他在清风山落草的时候，他十分坚定地拒绝了，与后来那些征剿梁山泊失败被俘后，几乎马上就投降的军官，还是形成了很鲜明的对比：

秦明生是大宋人，死为大宋鬼。朝廷教我做到兵马总管，兼受统制使官职，又不曾亏了秦明。我如何肯做强人，背反朝廷！你们众位要杀时，便杀了我，休想我随顺你们。（第三十四回）

宋江等人见劝不住，就由花荣出面，请秦明喝酒，几个人轮流敬，把他灌醉了，直到第二天早晨8点来钟才醒。这时候早已经物是人非了，他回到青州城外，看到的是：

原来旧有数百人家，却都被火烧做白地一片。瓦砾场上，横七竖八，杀死的男子妇人，不记其数。（第三十四回）

秦明正纳闷呢，慕容知府在城墙上指责他：攻城、杀人、烧民房，已经上奏朝廷要通缉他。知府杀了他全家，还让他看了老婆的首级。在城上如雨的箭簇中，已经走投无路的秦明，又被宋江请上了清风山，当面承认这条毒计就是他想出来的：

宋江开话道："总管休怪！昨日因留总管在山，坚意不肯。却是宋江定出这条计来，叫小卒似总管模样的，却穿了足下的衣甲头盔，骑着那马，横着狼牙棒，直奔青州城下，点拨红头子杀人。燕顺、王矮虎，带领五十余人助战。只做总管去家中取老小。因此杀人放火，先绝了总管归路的念头。今日众人特地请罪。"（第三十四回）

秦明怒火中烧，又无可奈何。宋江又出面，把花荣的妹妹许给秦明为妻，秦明当官的路就此断了，又有了新家，也就认了命，被迫站到了朝廷的对立面。

宋江为拉秦明下水，不惜血洗青州，多少无辜的百姓，成为青州城外的孤魂野鬼，人有魂魄，这些因宋江一己之念，就遭惨死横祸的冤魂，就不跟定他，向他索命吗？屠村之人，其心之毒无以复加，可向毫无人性日本侵略者“烧光、杀光、抢光”的三光政策看齐。宋江的表现哪有一点江湖道义！此心之狠几人可比，此手之黑几人可敌！秦明自己也很明白：

> 你们弟兄虽是好意，要留秦明，只是害得我忒毒些个，断送了我妻小一家人口。（第三十四回）

但想活命的秦明已经没办法了，只好随波逐流，和宋江混在一起。“霹雳火”面对实际害死自己全家的人，竟毫无血性。

那个皇亲慕容知府的智商也有问题，如此很低级的反间计，要戳穿也并不难，他却一点也没有疑问？大概是国之将亡，运数如斯，就如明朝崇祯皇帝，因为皇太极并不高明的反间计，就自毁长城，杀死当时惟一可以和清兵对抗的大将袁崇焕，自己也最终吊死在景山的一棵树上。

二、有仇必报，老幼皆不免

宋江还是个报复心很强的人，在报复人的时候，同样表现出他的狠与毒。

宋江在江州流放期间，因为整日思考如何出仕，结论就是只有先造反，再被朝廷招安一条路可走，可又下不了置之死地而后生的决心，所以心中十分焦虑，又无处排遣，独自一人在浔阳楼醉酒之后，吐了酒后真言，题写了反诗，扬言“敢笑黄巢不丈夫”，要做比唐朝末年农民起义军领袖黄巢更大的事。那还有什么事？只有推翻大宋朝廷了。

如果就是写在浔阳楼，过几天人家酒楼给擦掉也就没事了，可偏偏遇到一个赋闲在家，曾是辅佐知州或知府处理政务的通判黄文炳。这个通判有很高的政治敏感性，见到反诗，马上抄录下来，并立即向江州知府做了汇报。如此的铁证如山，谁也抵赖不得，慌了神的宋江、戴宗也知道抵赖不了，慌乱中只想出来装疯的办法，企图蒙混过关，渡过眼前的危机。

蔡九知府还好骗，但黄文炳通判却是个高智商的厉害角色，还是一个认真负责的官员，他不仅戳穿了宋江是装疯，还把梁山泊吴用等精心炮制的，蔡太师家书中的破绽一眼看破。写反诗、和反朝廷的强盗勾结，大罪坐实了，连戴宗也一并打入死牢，为防止押送中有人劫囚车，就决定在江州问斩。还是吴用发现了蔡家家书中造假的瑕疵，及时劫了法场，救下了宋江和戴宗。

宋江的狰狞面目再次显露，他要马上报仇，调动了自己的所有人马，杀到黄文炳家。

晁盖、宋江等，纳声喊，杀将入去。众好汉亦各动手。见一个，杀一个，见两人，杀一双。把黄文炳一门内外，大小四五十口，尽皆杀了，不留一人。（第四十一回）

就算黄文炳该杀，他家的幼童何罪？就算是要斩草除根，黄家的佣人、仆役何罪？杀得黄文炳家寸草不留，和后来宋江攻打高唐州时，把“高廉一家老小良贱三四十口，处斩于市”（第五十四回）如出一辙。多少平时受尽磨难，被人欺压的人，却因宋江一人报仇之念，成了所谓主人的陪葬品，他们会甘心吗？这是多大的冤屈！

那个通判黄文炳还算个人物，他知道难逃一死，先是投河自尽，后来被抓之后，只是说“小人已知过失，只求早死”，并无哀怜求生之举，最后受剐刑而死，也还算是个有气节的人。读书人中，这样的人也并不多见。

宋江杀人与武松屠张都监家相似，不分青红皂白，武松杀马夫还可以说是自我保护之举，那杀了该死的张都监、张团练、蒋门神之后，又一气杀了10个人，就是没有道理的了，都监府的下人被杀，就是不折不扣的冤魂。周作人先生认为武松是《水浒传》最令人憎恶的滥杀无辜的典型，实在有误，若论《水浒传》中滥杀，宋江超过武松，李逵最甚。

三、疯狂报复，鸡犬都不留

有胆敢和我作对的人，一定要报复；尽管我是强盗，有人和我作对的时候，你要是不帮我，我一定用最严厉的方式惩罚你。这样的非理性的逻辑，你很难想得到，是那个在郓城县四处行善，人人夸其“忠义”的宋江的逻辑，还身体力行。

祝家庄一直防备着梁山泊来劫掠，自己养着一支地主武装不说，还发下号令，要全庄人都武装起来，对付梁山泊。祝家庄尽管做得有点过，也有点不自量力，还把朝廷州府的一些责任也担起来了，但也并非全无道理。像梁山泊这样的山寨，如果他们想过好日子，在打不过州府之前，祝家庄这样富庶的豪强地主家，就是他们打劫的首选目标，杨雄、石秀事件只是让时间提前了。

宋江打祝家庄一共打了 3 次，前两次损兵折将，可见祝家的实力不可小觑，最后还是在孙立等人的里应外合之下，在第三次打破了庄子。宋江攻庄损失很大，有些恼羞成怒了，破庄之后竟丧心病狂地要“屠庄”：

> 宋江与吴用商议道：“要把这祝家庄村坊洗荡了”。（第五十回）

宋江其心何其狠毒！还是石秀说钟离老人曾帮助指路，是善心良民，才作罢。还说：

> 不是你这个老人面上有恩，把你这个村坊尽数洗荡了，不留一家。因为你一家为善，以此饶了你这一境村坊人民。（第五十回）

从青州屠黄家满门到祝家庄屠庄，在宋江眼里，别人的生命根本就不算回事，多少人的生命也不能和他要达到的目的相比，也要为他的目标服务。决定不屠庄之后，宋江马上又变了副嘴脸：

> 今日打破了祝家庄，与你村中除害。所有各家，赐粮米一石，以表人心。（第五十回）

还让钟离老人为头发放。其实米是祝家的米，宋江在打劫之后，还不忘顺便捞了自己的名声。钟离老人算是惨了，宋江走了之后，朝廷会派人来，钟离老人明显是通匪，被斩首处死也算是比较轻的刑罚了。

宋江在攻破曾头市之后，对曾家也是一门老少尽数不留，其报复心可谓强。

四、随我心意，垂髫幼童何辜

朱仝是个很厚道的人，处事义字为先，他先后放走了晁盖和宋江，尽管都是明知故犯的枉法行为，但他似乎觉得那是义不容辞的。宋江杀人以后离家出走，他在县里、州里上下打点，尽朋友的本分。朱仝是为人厚道的好哥们，但不是一个合格的执法人员，这样的人一旦交友不慎，自己就很容易因“义”字受害。

放走雷横的过程，是他为人厚道最抢眼的地方，更体现他重情义，敢担当的性格。雷横是个孝子，因知县的情人白秀英殴打自己的老娘，失手将对方打死，犯下重罪，知县一心想让他给情人偿命。朱仝一面安慰雷横的老母亲：

> 老娘自请放心归去。今后饭食，不必来送，小人自管待他。倘有方便处，可以救之。（第五十一回）

一面“央人去知县处打关节，上下替他使用人情。”实在不行了，在押解雷横去济州府的路上，他直接就把雷横放走了，自己担下干系。

> 朱仝独自带过雷横，只做水火，来后面僻静处，开了枷，放了雷横，分付道：“贤弟自回，快去取了老母，星夜去别处逃难。这里我自替你吃官司。”
>
> 雷横道：“小弟走了自不妨，必须要连累了哥哥。”
>
> 朱仝道：“兄弟，你不知；知县怪你打死了他婊子，把这文案都做死了，解到州里，必是要你偿命。我放了你，我须不该死罪。况

兼我又无父母挂念，家私尽可赔偿。你顾前程万里，快去。”（第五十一回）

这时的朱仝不仅有担当，还很聪明，他放走重罪在身的雷横，自己顶了罪却是轻刑。在没有名利诱惑的前提下，纯粹是为了朋友，甘愿以自己清白之身去试法，这样的行为真称得上义薄云天，有几个人能做得到呢？朱仝做起来毫不犹豫，断送了自己在政府中的职位也在所不惜。

正是因为朱仝的厚道，也是救了孝子，所以他被发配到沧州后，知府没有难为他，还把他安排在府衙听用，在自己的孩子要朱仝抱着玩耍时，也没有因为朱仝的犯人身份，有什么戒心和疑虑。这时候的朱仝已经在沧州府安定下来，他自己又没有太多的奢望，平平安安日子过下去，也许会生活得很好。

从朱仝的内心说，尽管放走过 3 个朝廷的犯人，但从来也没有想过要反叛朝廷，到梁山泊去入伙，他一直想着回想复为良民，回郓城县和亲人团聚：

雷横兄弟，他自犯了该死的罪，我因义气放了他，出头不得，上山入伙，我亦为他配在这里。天可怜见，一年半载，挣扎还乡，复为良民。我却如何肯做这等的事？你二位便可请回，休在此间惹口面不好。”

兄弟（雷横），你是甚么言语？你不想我为你母老家寒上放了你去，今日你倒来陷我为不义！（第五十一回）

但宋江却不给他这样的机会。宋江想到朱仝了，他大概觉得山寨的日子更逍遥，所以想把自己的哥们兼恩人拉上山，共同过快活的日子。有这样的想法可以理解，也表现出宋江的仗义，但总要人家朱仝乐意吧，得给人家一点选择权吧，何况人家对自己的日子还满意。宋江不是这样，他想到朱仝，朱仝就得上山寨，不去也不行，为断朱仝的后路，宋江又使出了出人意料的“狠与黑”的手段。

沧州知府的小公子只有 4 岁，是全家的命根子，而且长得可爱：

> 生得端严美貌，乃是知府亲子，知府爱惜，如金似玉。（第五十一回）

那孩子和朱仝有缘，一见朱仝就要他抱着去玩儿，朱仝一定也很喜欢那个孩子，小孩被害后，朱仝见到李逵，就“心头一把无名烈火，高三千丈，按纳不下，起身抢近前来，要和李逵性命相搏。”这种搏命的姿态，绝不仅仅是因为自己的后路被断了，而是有失去亲人的表现。朱仝被逼上了梁山泊后，还是恨李逵入骨，见到李逵就要拼命。

其实，朱仝也明白，李逵就是个杀手、执行人，真正的黑手还在幕后，吴用一见面也就向朱仝招了。

> 吴用，雷横从侧首阁子里出来，望著朱仝便拜，说道：“兄长，望乞恕罪！皆是宋公明哥哥将令分付如此。若到山寨，自有分晓。”
>
> 朱仝道：“是则是你们弟兄好情意，只是忒毒些个！”（第五十一回）

宋江也和后来也和朱仝交了底儿：

> 宋江与朱仝陪话道：“前者杀了小衙内，不干李逵之事；是军师吴学究因请兄长不肯上山，一时定的计策。今日既到山寨，便休记心，只顾同心协助，共兴大义，休教外人耻笑。”（第五十二回）

朱仝与宋江、吴用都是旧相识，自己的后路也确实断了，他奈何不了宋、吴两人，只好揪住李逵出气，也是没有办法。李逵那样全无头脑的蠢人也难找，对4岁的幼童也能下得了毒手，还有什么宋江吩咐的事是他干不了，不肯干的？朱仝自己对4岁孩子的歉疚不知会伴他多久，也许一生都挥之不去。济州知府更会肠子都悔青了，囚犯什么时候都不可信任，这是他一辈子都会牢记的，刻骨铭心的教训。

4岁的孩子，天真烂漫，只因他信赖的人和宋江有瓜葛，就惨遭毒手。他是被人有计划谋杀的，针对一个孩子的杀戮！宋江的心不知是什么做成的，为一己之私，竟然冷血至此，垂髫幼童何辜，忽成斯人刀下之鬼。宋江之“义”又何在呢？

五、己所不欲，偏要施于他人

宋江上梁山泊之前，有时候也能表现出一点老大的范。一次是他从清风山去梁山泊的路上，接到了石勇带来的家书，看到父亲已死，马上就飞奔而去，任谁也劝不住，丢下了一大群跟随他的兄弟；还有一次是他发配江州途径梁山泊，兄弟们请他上山入伙，被他严词拒绝，连木枷都不肯打开。那种我行我素，非常人所能。

宋江请李应、卢俊义上梁山泊，根本就不考虑人家的意愿和感受，搞得别人家破人亡也在所不惜。他可以我行我素，想上山就上山，想不上山就不上山，别人就没的选择，完全要遵从他的意愿。三国时的曹操曾说：宁可我负天下人，不叫天下人负我！宋江的有些作为，与曹操的语录十分契合。

先看李应上山的经过：梁山泊攻破祝家庄后，知府带了一群人到了李应的家里，不由分说把李应和管家杜兴带走了，半路却被宋江杀了知府及从人，把李应迎到梁山泊。李应喝完酒提出要回家，马上形势变了：

> 吴学究笑道：“大官人差矣！宝眷已都到山寨了。贵庄一把火，已都烧做白地。大官人却回那里去？”（第五十回）

李应一时还不相信，这时他的家眷出来了，告诉他同样的话。李应叫苦也晚了，只好落草。好好的大地主的日子，转瞬之间就开始了强盗的生涯。有时候在转念之间，在转身之间，人的命运就出现了天壤之别的变化，不论你愿意还是不愿意，一切都已不可逆转，不以个人的意志为转移，“人们啊，你们可要警惕啊！”

卢俊义上梁山泊就更加离谱，就因为宋江、吴用知道人家的英名，就一厢情愿地要把人家拉到山寨入伙，而人家是著名的富商，怎屑于和强盗为伍呢？可宋江就是这样，己所不欲，偏要施于他人，非要把卢俊义搞到山寨来。

先是吴用冒充算命先生，把卢俊义骗上梁山泊，后是老婆和管家陷害把卢俊义下到大牢，又是梁山泊兵马去攻打大名府救出卢俊义。整个过程很是离奇，有的地方根本不合逻辑，但卢俊义进山寨了，坐了梁山泊的第二把交椅。从此卢家几世勤俭、奋斗积累的家业，因宋江的一闪念，就全都化作了乌有；卢俊义美好的生活因宋江的需要，就如黄粱一梦，忽然消散得无影无踪。卢俊义老婆和管家在那么短的时间苟合，必定是早有暗度陈仓之事，否则就太不合乎逻辑了。卢俊义已到壮年，但尚无子嗣，这也是令人疑惑的地方。

李应、卢俊义妄称豪杰，空有一身好武艺，自己的命运却完全掌握在别人手里，竟一点由不得自己。宋江的“狠”让人心惊，也让人叹气。人啊，有谁能看得透、理得清自己的命运呢？也许每个人都是网络游戏中的人物，每一步都在走别人设计好的路径，听任别人安排你命运的结局。

六、替天行道，抛洒他人鲜血

宋江坐上梁山泊头把交椅之后，马上举起了“替天行道”的大旗，这是让朝廷尽快招安的大招牌，他可以帮助朝廷去打“不替天行道”的强盗。在这背后暗藏着宋江最心狠手毒的阴谋，去达成自己的目的。

一将功成万骨枯，这个道理宋江当然清楚，但为了自己“白首为功名”的愿望，为了自己出仕成功的理想，让别人付出什么样的代价，他都是在所不惜的。宋江出征方腊很有戏剧性，燕青、李逵违反蔡京禁令，在元宵节偷偷溜进汴梁去开眼界，遇到一个军汉耍赖，李逵要去主持公道，结果那个军汉大叫：

> 即日要跟张招讨下江南出征去，你他惹我。到那里去也是死，要打便和你打，死在这里，也得一口好棺材。（第九十回）

很显然，宋朝的军兵是怯战的，和明朝派兵征剿努尔哈赤时一样，上战场就如上刑场，有的军将当场就嚎啕大哭，这样的军队还能指望得上吗？从中也可看出方腊起义军的厉害。

别人是避之惟恐不及，但宋江却托关系请缨，终于争下了剿方腊的先锋官。宋江立了大功，却没有得到预期的封赏，正在愁闷，把这件事争下来，再立下新功，也许就能坐上大官的位置了。宋江说是“今日连累众兄弟无功”（第九十回），其实是自己没有封妻荫子，他还要用梁山泊士兵的鲜血换来自己的乌纱帽，用兄弟的生命换来自己的高官厚禄。古语说慈不掌兵，宋江的心里却无妇人之仁，不达目的他是不肯罢休的。

现在看去，梁山泊接受招安时，那些当时就离开的人是多么的明智。接受招安要为朝廷去拼命，为了和自己不相干的目标去拼命，十有八九要战死在沙场，勉强能活下来的人，基本也不会得到多重的封赏。宋江等人得到官职都那么艰难，小兵还能有什么指望呢。拿点钱去过自己的日子，也许真是人生的正途。

果然征剿方腊过程中死者累累，不光是士兵，连山寨的大首领也大多把尸骨留在了江南水乡，“去时三十六，回来十八双”的豪迈已成过去，但宋江却完成了自己的华丽转身，抛洒他人的鲜血，成就了自己的高官厚禄，宋江的“武德大夫，楚州安抚使兼兵马都总管”至少应该相当现在的少将，或许还更高一些。

七、忠于朝廷，拉兄弟陪葬

宋江在梁山泊的时候，早就把蔡京、童贯、高俅等权贵得罪遍了，高俅的堂弟高廉就死在宋江之手。尽管宋江得了高官，却落到了人家的手心里，当然难逃被算计的命运，也许宋徽宗也不放心，早就希望除掉这个曾经的魔头。

蔡京等人的一杯毒酒，就要宋江的命。宋江知道小命不保，采取的惟一措施就是把李逵召到跟前，和他一起喝下毒酒，原因是怕自己死后，李逵为他报仇去反叛朝廷，累他的忠义之名。荒唐绝顶的理由，让李逵去给他陪葬。可怜李逵生是宋江的枪手、走卒，死给宋江陪葬，也许在地下还要伺候宋江。

宋江的心狠手黑，在他死前的最后一刻，仍体现得淋漓血腥。

俗话说，不叫的狗才咬人，宋江是根本就不知道什么是叫，你看着他在向你摇尾巴，转眼就把你咬得血淋淋了，不咬下肉来不松口。宋江对晁盖就是这样，整天堆满了笑脸，其实早就把人家架在了高空，晁盖就是个名义上的老大，如果晁盖不死，施耐庵老先生的《水浒传》就不知道怎么写下去了。宋江对李逵也是这样，满口“兄弟、兄弟”的叫着，在自己将死之时，恶毒地把李逵拉去陪葬。

宋江的狠不是和人斗狠，宋江的黑不是街头流氓的手黑，他是隐藏在善良的背后，为达到自己既有目的，不惜让别人付出任何代价的“狠”与“黑”。

第四章　正说宋江与晁盖

宋江与晁盖是同乡，还是好哥们，晁盖等人抢劫蔡京的生辰纲案发，是宋江舍命通风报信，使他们免于被官府一网打尽，宋江从铁哥们升格为救命恩人。晁盖上梁山泊后，一直想报答宋江，还想拉宋江入伙，过大碗喝酒、大块吃肉的生活，等到宋江真入了伙，二人的关系微妙起来。晁盖中毒箭临死前，给宋江和众兄弟们的遗嘱是“若哪个捉得射死我的，便教他做梁山泊主”，把二人的复杂关系推向了高潮。宋江被架在仁义的“空中楼阁”上，尴尬的处境无以复加。本章正说宋江与晁盖的关系。

一、晁盖的性格特点及与宋江的比较

晁盖的性格特点很鲜明，基本上可以用几句话概括：为人豪爽，喜欢结交江湖朋友；敢作敢当，遇不平事敢出头；讲义气，对朋友实心实意；遇事急躁，不善于团结人。晁盖性格的形成与其生活经历相关。

（一）晁盖的家世

晁盖是大地主出身，他能做村子的里正，说明他家在村里很有影响和威信。他一出场的时候，已经没了双亲，只有他自己和一群庄客，守着一个大院子生活，当然能养一帮人，还会有很多的土地。晁盖有一个姐姐，后来远嫁到南京，也就现在的河南省商丘市，远嫁的原因不详，也没必要讨论。这是晁盖对雷横说的，雷横是本地人，晁盖如果撒谎，很容易就穿帮，所以可信度比较高。

古代女子 15 ~ 16 岁就出嫁，17、18 岁左右生小孩很正常，如果真如晁盖所说，他的外甥小时候在家里住过几年，按晁盖比刘唐大 10 岁左右算，晁盖的姐姐比晁盖大 7 至 8 岁左右。古代女子出嫁了，当然要住到夫家，姐姐一家之所以住在晁家，原因只有一个，就是晁盖父母去世得早，晁盖大约只有 12 ~ 13 岁，还撑不起一个家，于是姐姐一家到晁家暂时代管家事，等晁盖成人再把家交给他。

晁盖姐姐这样做十分合理，是晁家老人临终托孤也未可知。这还需要晁盖姐夫不是家中独子，还不能是老大，否则人家不能撇下自己的家，来打理晁家的院子。委托外人帮助管家也是有的，但如果所托非人，就会暗度陈仓地把主人家的财物逐渐转到自己家，等主人成人时，家就变成了空壳，也就败了。

姐姐对弟弟更多是照顾，很难像家长那样管的那么周全，晁盖喜欢舞枪弄棒也就由他，“不读书史”也就由他，由于小时候随性惯了，所以晁盖有点天不怕、地不怕的劲头。古代地主家的孩子也不是都读书，他们并不追求书中的“黄金屋、颜如玉”，晁盖不喜欢经史与史进有些相似，在过去的农村，很多人家也是这么过的。

如果推测可信，晁盖的姐夫真是良善之人，他到晁盖成人就把家还了，带着自己一家人回到了南京。晁盖豪爽、仗义疏财的性格，就可能是受了他姐夫的影响。晁盖姐姐惟一没做到的就是帮晁盖娶上媳妇，这也由不得姐姐，还要看晁盖的意愿。晁盖成人后，可能是因为离得远，晁盖和姐姐来往并不多。

（二）为人豪爽，喜欢结交江湖朋友

晁盖自己不干什么营生，他的财产主要是上一辈留下来的，还有就是他家土地上的收益，宋朝的时候，由于人少地多，土地大多还都很肥沃，除非遇到大的水灾、旱灾，都能保证较好的收成。所以晁盖也不用担心什么，他整天的主要任务就是练习枪棒，结交朋友。

晁盖结交朋友很随便，只要是来投奔他的，无论什么人都留到庄上：

平生仗义疏财，专爱结识天下好汉，但有人来投奔他的，不论好歹，便留在庄上住；若要去时，又将银两赍助他起身。（第十四回）

晁盖结交的人中，大概江湖匪类和蒙骗吃喝的人士较多，如果真是有义气的江湖好汉，晁盖在梁山泊当了老大后，怎么就没有人去投奔呢？晁盖容留匪类要冒一定风险，他没有柴进家的丹书铁券，一旦被朝廷追究，自己也得亡命天涯，家当然也就不存在了。为了避免这样的危险，晁盖和郓城县负责治安的朱仝、雷横都成了铁哥们，还当了官方色彩的保长，一般不会有人找他的麻烦。

晁盖结交江湖人士和宋江差不多，都是来者不拒，晁盖的接待能力要强一些，他家的财力比宋家雄厚，他家没有老人，庄园也大些，在他家里住着不拘束。但毕竟郓城县不是交通要道，来投奔的人并不会很多，真正上门的人也是一些生活在底层的人，晁盖和宋江在江湖上结交的圈子就是这样，没有什么社会地位高的人。很明显，晁盖在江湖上的影响远不如宋江，说明宋江自我宣传本事更大，情商比晁盖高。

宋江注意接济自己周围的穷人，晁盖似乎没有这样的行为，宋江在这方面更胜一筹，用的银子少，传播的覆盖面广，传播的速度快，在那个时代，主要靠口口相传，宋江抓住了一个最有效的宣传途径。

（三）敢做敢当，遇不平事敢出头

中国人一般不愿意出头，像枪打出头鸟、出头的椽子先烂等等，都是说领头做事没有好处，只能倒霉，所以人们更愿意看别人去出头去斗争，自己跟着享受利益，最多是别人什么都没争取到，自己并没有损失什么，更不用承担任何风险。由于这样的人生哲学，中国的英雄显得很孤独，但获得利益的时候，来分肥的人却很多。

晁盖是敢出头的，他住在东溪村，和西溪村只一条溪水之隔：

当初这西溪村常常有鬼，白日迷人下水在溪里，无可奈何。忽

> 一日，有个僧人经过，村中人备细说知此事，僧人指个去处，教用青石凿个宝塔，放于所在，镇住溪边。其时西溪村的鬼，都赶过东溪村来。那时晁盖得知了，大怒。从这里走将过去，把青石宝塔独自夺了过来东溪村放下，因此人皆称他做“托塔天王”。（第十四回）

用现在人的眼光看，闹鬼之事纯属无稽之谈，但在中国古代迷信盛行，信鬼神之人远远多于不信鬼神的人，再加上确有一些奇异的现象发生，混沌未开的村民没有合理的解释，只能算到鬼神的身上。晁盖的行为对西溪村的人来说，不啻是灾祸，但对东溪村的人就是莫大的福音。西溪村明显没有晁盖这样敢做敢当的人，否则两个村子必然形成械斗，而晁盖的行为使他一举成名，江湖上的名号“托塔天王”，就是他勇夺宝塔的形象，他夺塔的事迹当然会被江湖人传颂。

晁盖的形象勇则勇矣，但却没有显示出其有怎样的智慧，也就是个冲锋陷阵的勇夫形象。宋江则不然，尽管说宋江喜欢枪棒、武艺，却从无攻陷敌阵的本事，反而一到战阵就要靠别人保护，否则不知被擒多少回了。但如果晁盖是将，宋江就是“御将”的角色，比晁盖更厉害的关胜、秦明等人，也在宋江指挥之下，宋江实在是比晁盖厉害不知多少倍。

汉朝时的韩信用十面埋伏，把人见人怕、神遇神逃的项羽逼到自刎乌江的绝境，留下历史的悲剧。洋洋得意的他认为自己统兵“多多益善”，而汉高祖刘邦只能带兵 10 万，但却不得不承认“陛下善御将”。善统兵的韩信终被善“御将”的刘邦玩弄于股掌之间，刘邦开创了大汉朝的基业，韩信死无葬身之地。

（四）义字当先，有恩必报

晁盖对江湖人士的救助，已经能够体现他的“义”字，与朱仝、雷横等人结交，不能说没有功利成分，但义气也是很重要的原因。在讲义气、报恩上，还突出地表现在对宋江、白胜、阮氏 3 兄弟的态度上。

1. 晁盖对宋江的“义”

晁盖在梁山泊当上老大后，马上就要报答宋江，当时他们抢劫生辰纲的案子正被朝廷通缉，又犯下了对抗官军，杀死大批官军的重案，这时候去郓城县是要冒一定风险的，但晁盖是有恩必报的人，明知有危险，还是派刘唐带着重金去见宋江。宋江没想到晁盖那么快就派人来见他，看到刘唐后大吃一惊说：

> 贤弟，你好大胆！早是没做公的看见！险些惹出事来！（第二十回）

然后好说歹说让刘唐连夜回梁山泊了。

宋江从清风寨回家后，被官府擒住发配江州，晁盖等人知道后，认为囚犯的生活怎么也比不上梁山泊“天老大、我老二”的日子快活，就要把宋江请到山寨做老大，因为担心路多错过，让认识宋江的人分头守在各个路口。在宋江执意不肯上山为匪的情况下，又给了宋江银子，礼送宋江下山。晁盖请宋江的做法与宋江请朱仝、卢俊义的做法相比，晁盖对宋江给予了充分的尊重，而宋江却是为达目的不择手段，甚至不惜把人家的生命至于极度危险的境地。

宋江在江州题写反诗被捕，就要开刀问斩。以当时梁山泊的实力，依靠梁山泊的“地利”对抗官军进行自保应无问题，但离开老巢远征去救人还有些吃力，但晁盖毫不犹豫，知道宋江有大难，立即亲自出马，率领山寨精锐奔赴江州去劫法场。江州有 7000 官军，就是劫法场成功，也会有一场凶多吉少的恶斗，另外从江州回到梁山泊路途遥远，路上难免被其他地方的官军阻截，同样凶险无比，但晁盖为救宋江这个兄弟义无反顾。晁盖只要稍有顾虑，延宕两天，宋江必然身首异处。

把宋江从江州救上山寨后，晁盖立即请宋江做山寨第一把交椅，晁盖的行为并不是让贤，而是与其讲义气，知恩图报的思想一脉相承，他的理由很清楚：

> 当初若不是贤弟担那血海般干系，救得我等七人性命上山，如何有今日之众！你正是山寨之恩主。你不坐，谁坐？（第四十一回）

晁盖的话语直白、真诚，明显是发自内心，没有做戏的成分。以宋江的为人，做事很有分寸，不可能刚上山就反客为主：

> 仁兄，论年齿，兄长也大十岁。宋江若坐了，岂不自羞”（第四十一回）

宋江的推辞很得体，继续让晁盖做老大，自己坐了第二把交椅。他们二人大概都忘了，晁盖的头把交椅可以说是林冲给的，他们已经不把林冲当回事了，好在林冲是谦谦君子，并无争抢山寨老大的野心。

2. 晁盖对白胜

白胜是个闲汉，就是在农村不务正业，没有正当营生的人，他的绰号是“白日鼠”，大概是说他有些胆量，与别的老鼠晚上活动有点区别，但毕竟是老鼠，也是做些偷鸡摸狗的勾当，干不出什么好事、正事，基本就是个二流子。他在混不下去的时候，曾投奔过晁盖：

> 也曾来投奔我，我曾赍助他盘缠。（第十六回）

他的本事有限，和晁盖的关系就是曾经到晁家蒙吃蒙喝，晁盖就是来者不拒的人，难免让这样的人钻空子。

晁盖、吴用实在是找不到人了，以吴用的精明，如果有办法应该不会让白胜加入进来，最后坏事也就是坏在白胜身上。刚刚做下惊天大案，不外出躲避风头也就算了，白胜反而马上以大款的样子，出手阔绰地到赌场赌了起来，案发前后的出手判若两人，很容易引起别人怀疑，吴用这一纰漏实在太大，险些葬送了大家的性命。白胜这样的人，打架斗狠可能是好手，光棍一人，无牵无挂，一副无法无天的样子，但被投进监狱后就完了，光棍不吃眼前亏，动点刑法就什么都招，晁盖等人的惊天大案，突破口就是白胜。

对白胜的背叛，晁盖给予了充分的理解，能够顶得住重刑的人，真需要有钢铁般的意志，是特殊材料制成的人。对大多数人来说，一刀毙命他可能连眼都不眨，是一条好汉，但面对一道道刑具，就难以承受住折磨，对白胜当然也不能过分苛求。晁盖多方努力，花费金钱，把白胜从牢里救上梁山泊，成为一个头领，表现了晁盖的度量与义气。

3. 晁盖对阮家兄弟

阮家兄弟是打渔的出身，日子过得紧紧巴巴的，只有阮小二娶上了媳妇，兄弟3人对过上好日子有强烈的愿望，不管通过什么途径，只要能有好衣穿，有好饭吃就行，去抢劫也行，去山寨入伙当强盗也行。他们家紧邻梁山泊，要不是王伦气量狭小，容不下好汉聚义，他们早就投奔山寨入伙了。吴用邀他们去劫生辰纲，夺一场大富贵，双方一拍即合，他们从内心就是朝廷的反叛者，是社会的不安定因素，一旦有机会就揭竿而起。他们不会成为组织的领袖，是造反领袖的坚定支持者。

打劫生辰纲成功后，晁盖等人坐地分赃，朝廷追查到晁盖的时候，阮家兄弟已经拿着分到的钱，回家过好日子去了。晁盖这个大哥还是很不错，在大把银子到手之后，没有亏待兄弟们，无论是白胜还是阮家兄弟，都对赃物的分法比较满意，很平静的就离开了，这样的大哥，别人以后还能跟着他出生入死。有的人做事之前说得天花乱坠，真到成事之后，恨不得自己独吞所有财宝，这样的所谓大哥，也就当得了一时，不定哪一天就会死在自己兄弟的刀下，刻薄待人者人亦刻薄待之。

从阮家兄弟那么快离开也可看出，晁盖等人就是要图一场大富贵，最多也就是发财的同时，发泄对贪官污吏不满，并没有与朝廷决裂的革命思想，他们甚至没有考虑一旦被朝廷发现，自己的后路在哪。朝廷抓捕时，他们匆忙到阮家兄弟那里暂避，然后再准备上梁山泊，要不是林冲火并王伦，推举晁盖做了山寨老大，他们的结局还不知道会是什么样子。

抢劫生辰纲事败的最大输家是晁盖，他必须丢弃自己原有的家业，那也应该是能管三代丰衣足食的一份大产业。而其他人基本就没失去什么，上了梁山泊反倒是进了天堂一般。

4. 晁盖对其他人

首先是对柴进。晁盖和柴进并没有什么交情，但柴大官人仗义疏财的江湖名声一定是知道的，宋江上山后，柴进和梁山泊有些礼品往来，甚至帮山寨做些事情也是免不了的，仅此而已，他二人没有见过面。但当柴进有难的时候，晁盖的表现充分体现了江湖道义：

> 柴大官人自来与山寨有恩，今日他有危难。如何不下山去救他。

我亲自去走一遭。（第五十二回）

晁盖的表现可以称得上义薄云天。

孔明在青州被呼延灼所擒，孔亮到梁山泊求助，晁盖的表现也无可挑剔：

晁盖道："既然他两处好汉尚兀自仗义行仁，今者，三郎和他至爱交友，如何不去？三郎贤弟，你连次下山多遍，今番权且守寨，愚兄替你走一遭。"（第五十八回）

孔明、孔亮是宋江的徒弟，孔亮到梁山泊求救是走宋江的门路，但晁盖知道后不但要救援，而且要自己亲自下山。在他看来，鲁智深、杨志等人都出手了，和孔家兄弟关系最近的宋江当然不能袖手旁观，也就是梁山泊必须承担责任，在"义"字上不能输给别人。在这件事情上还有更深一层意思，就是晁盖一直记得宋江救命之恩，从心里把宋江看做至亲兄弟，遇事都给足宋江面子。

从晁盖的为人上，从他对宋江的态度、行为上看，他是个实心眼的人，从为人上没什么可挑剔的。但一个好人，却未必是一个好的领导者，不一定能领导好一个组织；一个黑社会的大哥，并不一定能成为一项事业的领袖，领导一项事业走向兴旺发达的道路。晁盖能定义成一个好人，做梁山泊的领导者就有点吃力了，他没有能力把事业引向辉煌。

（五）遇事急躁，容易坏事

晁盖性格中的急躁时有表现，他"托塔天王"称号的取得，一方面表现了他敢作敢当敢出头，同时也表现了他的急躁性格。他听到和尚用塔镇鬼贻害东溪村后，马上大怒，过去就把塔抢了过来，单枪匹马，完全不计后果。在处理杨雄、石秀和曾头市的问题上，急躁的性格也暴露无遗。

1. 对杨雄、石秀的急躁表现

杨雄、石秀投奔山寨，本来谈得很好，山寨的人都因有好武艺的来投奔而高兴，但当杨雄说到时迁偷了祝家店里报晓鸡的时候，晁盖的急躁脾气显露出来，在众人猝不及防的情况下，立马就翻脸：

孩儿们，将这两个与我斩讫报来！

俺梁山泊好汉，自从火并王伦之后，便以忠义为主，全施仁德于民。一个个兄弟下山去，不曾折了锐气。新旧上山的兄弟们，各各都有豪杰的光彩。这厮两个把梁山泊好汉的名目，去偷鸡吃，因此连累我等受辱。（第四十七回）

晁盖发怒并非没有一点道理，把堂堂正正的梁山泊和偷鸡的事联系在一起，实在很可气，但却显得有点无的放矢。偷鸡的事主犯是时迁，主犯还未到，就要斩两个并没有多少过错，又一身本事的好汉，宋江、吴用等人求情也就是必然的。另外，祝家庄公开与梁山泊为敌，当然要把收拾祝家庄作为主要任务，正在用人之际，却要斩杀来投奔的人，晁盖的急躁后面还显得缺少智慧。杨雄、石秀投奔山寨本是无门无派的，晁盖这一闹，宋江救人做了好人，二人自然要感谢宋江，也就成了偏向宋江一派的人物了。

2. 急躁是晁盖在曾头市毙命的间接原因

处理曾头市问题，晁盖同样急躁。听说曾头市抢夺梁山泊马匹，还编造传唱歌谣，公开与梁山泊为敌。

晁盖听罢，心中大怒道："这畜生怎敢如此无礼！我须亲自走一遭！不捉得这畜生，誓不回山！"

晁盖道："不是我要夺你的功劳。你下山多遍了，厮杀劳困。我今替你走一遭。下次有事，却是贤弟去。"

晁盖忿怒，便点五千人马，启请二十个头领相助下山。（第六十回）

晁盖带领的人马也还实力强劲，但没有吴用那样的谋士算是缺憾，另外对曾头市的实力估计不足，以史文恭领衔的曾头市比祝家庄还要强大，所以像花荣、秦明那样的战将也应该再带三四个才稳妥，可能晁盖已经不太调得动宋江的嫡系了。急躁之人难免犯错误，晁盖轻易中计，在林冲等人苦谏不从的情况下，被曾头市法华寺的僧人领进曾头市的包围圈，被史文恭在乱军中用毒箭射死。晁盖下山急躁、求胜急躁，急躁可算是他间接的死因。只一战就毙命，晁盖的能力上有缺陷也是毋庸置疑的。

曾头市的行为也很奇怪，从正统观念上说，他们主动为国家分忧，是和祝家庄一样值得提倡的，但仅靠一寨的力量对付强大的梁山泊，还是显得不自量力，所谓：

扫荡梁山清水泊，剿除晁盖上东京！生擒及时雨，活捉智多星！（第六十回）

更是痴人说梦。如果真要为国分忧，必须和朝廷的兵马结合起来，如果梁山泊兵马来攻，马上有至少两支朝廷兵马来救援，断梁山泊人马后路和补给，对寨前敌人形成合围之势，那样才有胜算。史文恭等人妄自尊大，曾头市灭亡纯属咎由自取。

二、晁盖和宋江曾经真是好哥们

晁盖和宋江都是山东郓城县人，百里小县，经常在县城里露头的人都互相认识。宋江是县里的押司，公职人员，在县令面前又很受赏识；晁盖是村里的保长，也经常有事向县令汇报，他尽管不是县里的头面人物，因为人豪爽，又是大地主，和头面人物的联系会很多，也广泛结交朱仝、雷横那样在县里有一定地位、权力的人。

晁盖家和宋江家在一个县，县城本身就不大，二人都是地主出身，相差10岁，宋江小时候就知道晁盖敢作敢为的威名，也不是什么奇怪的事。长大后他二人相互闻名，见面、遭遇是必然的事情，两个在江湖上名声响亮的人，好名声在县城里也会有所传播，可以想像二人见面后都表现得很豪爽，会感到闻名不如见面，都会有一见如故、相见恨晚的感觉。宋江对晁盖的吹捧会多一些，马屁也会拍在晁盖最舒服的地方，这是宋江的强项，晁盖必然对宋江印象极深，印象极好。

如果二人第一次见面时凑巧有时间，一起到酒楼去吃饭，尽管晁盖财力更雄厚一点，但买单的一定是宋江，以宋江的本事，不管晁盖多想买单，也不可能掏出钱来，还会觉得和宋江在一起十分的舒心。晁盖是有恩必报的人，结识了宋江这样的兄弟，他每次到县城都会想着请宋江吃饭，给宋江送礼品，二人的关系会迅速升温，成为莫逆之交。

二人都仗义疏财，但交往对象上还是有些区别的。晁盖接纳的人基本是社会底层的人，到他家里就是寻求帮助，有的就是混几天饭吃，走的时候再拿点银子，晁盖在江湖只留下了助人的名声；宋江也接纳类似晁盖接纳的人，但还有像花荣、孔家兄弟那样的人，而且宋江待人比晁盖细心，对找到他的人“终日追陪，并无厌倦”让人很舒心，并不是管吃管喝，给银子送走人了事。所以，晁盖结交的人往往一去不返，而宋江结交的人更铁，日后可以帮助宋江成就大事。宋江还有一点从心机上胜过晁盖，就是对社会最底层人员的救助，使宋江的名声更加传奇，传播的也更快、更远，所以柴进反复请宋江去做客，而并不太在意晁盖。

晁盖劫生辰纲事情败露，那是天大的干系，宋江担着全家受牵连、获重罪的风险，及时给晁盖报信，使晁盖、吴用等人逃脱厄运，能把自己的生死置之度外的兄弟，当然是真哥们，宋江说：

> **哥哥不知，兄弟是心腹兄弟，我舍着条性命来救你。（第十八回）**

一点也没夸张，所以晁盖说：

> **亏杀这个兄弟，担着血海似干系来报与我们。（第十八回）**

如果不是真正的好哥们，谁肯这样赌了身家性命相帮呢？反过来想想晁盖，他如果遇到这样的情况会给宋江报信吗？那是一定会的，晁盖还可能就跟着一起走了，不像宋江那样没事人一样又回到了县里。

三、晁盖自身的缺陷

晁盖从小没有受过什么教育，不学经史、不好经史，依靠祖上庇荫，过着随心所欲、丰衣足食的生活。他喜欢舞枪弄棒，羡慕江湖人豪爽，他那样的爱好许多年轻人也都有过，也是可以理解的，但这样的生活造成了他自身的缺陷。

（一）没有远大的理想

晁盖这样的人家，参加科举获得功名才算是人生正途，但他从小没人管、没人教，错过了学习的时光，也可能本身就不是学习的材料。生活在偏僻的乡村，没有什么学识，限制了晁盖的眼界，他满足于自己土财主的生活，基本没有什么远大的理想。

晁盖、吴用等人劫了生辰纲之后，马上就把钱财分了，在案发的时候，阮氏3兄弟已经回家去过好日子了，白胜分了钱就像大款一样去赌博，案发的端倪就出自好赌的白胜身上，这是吴用做事的百密一疏。晁盖劫生辰纲有两个原因：一是要过更富足的生活，10万贯的钱财，就是10万两白银，那是一个很大的数目，一个人分个1万两，几辈子的生活全都解决了，当然是很诱人的；二是对贪官污吏不满，怀有朴素的正义感，对贪官搜刮民脂民膏极端愤恨。宋朝的治安实在有问题，梁中书那样的封疆大吏，给自己做当朝太师的老丈人送贺礼，居然很发愁怎么送，多次被人抢劫，竟还一筹莫展，这样的混乱有点国将不国了。

晁盖、吴用劫掠生辰纲的行为，应该定义为黑吃黑，梁中书是凭借朝廷命官的权威，利用自己手中的权力，明火执仗地欺凌、搜刮百姓，才有了他的家私和为老丈人祝寿的财宝；晁盖、吴用等人抢夺财宝的起因尽管有朴素的正义感成分，但目的完全是为满足个人私利，财宝要收入他们私囊之中。他们的行动表现了社会乱象，本身并不代表正义。

刘唐听到梁中书要送生辰纲，不远千里寻到晁盖，公孙胜得到消息，也寻到素未蒙面的晁盖庄上，从侧面说明江湖对晁盖的认识，即晁盖是一个敢作敢为的人，违法的事情他也敢去做。江湖上对人的评价还是靠谱的，就和现在传的小道消息差不多，晁盖几乎没有犹豫就决定干一票，几个兄弟去共同富裕，同时恶心一下当朝的大奸臣蔡京。但宋江的江湖形象与晁盖一定不同，知道生辰纲事情的人还会有，其中不乏有人知道宋江的大名，但不会有人找宋江去劫生辰纲。

晁盖、吴用等人劫了生辰纲，并没有给自己准备后路，他们自以为机密，却不知道“若想人不知，除非己莫为”，做下惊天大案，在一个法制健全的社会，不被发现的可能性甚微，侥幸躲过一时的，往往“不是不报，时候未到”。晁盖等人在犯案后，几乎是仓惶逃窜，没有什么章法。

（二）晁盖在个人能力上存在缺陷

晁盖的教育背景，决定了他最多也就当个黑社会的老大，如果成为一个组织的首领就显出了缺陷，如果想成为一项事业的领袖，就更勉为其难。劫了生辰纲后，众人好聚好散，各自满意地分手，不能不说晁盖是一个处事公平的老大，重利当前一点也不心黑，这一点看似容易，真在摆到面前的时候，没有几个人能控制住贪念。晁盖能力上的欠缺主要表现在以下几个方面：

1. 在山寨的队伍建设上

林冲火并王伦后，把晁盖推到了梁山泊老大的交椅上，这看上去有点水到渠成。从林冲来说，王伦是个既没本事，又妒贤嫉能的腐儒，自己空有一身本事，在山寨处处受到压制，而且王伦还阻塞贤路，使一些有本事的人没有机会上梁山泊，壮大山寨的力量，三阮兄弟就是例子。从晁盖来说，他有 7 个兄弟一起投山寨入伙，其中文武兼备，他不做山寨的老大，山寨内部就不能安定，这是谁都能看明白的。

晁盖做了梁山泊老大后，明确要“各人务要竭力同心，共聚大义”，但缺乏聚义的具体措施，他当上梁山泊的老大后，只把白胜救上了梁山泊，再没有其他英雄好汉来投奔，在聚拢人才、建设队伍上基本没有建树。这说明了晁盖有聚义的打算，但缺少聚义的具体措施；同时也从侧面表明晁盖在东溪村仗义疏财，救助过的江湖人士大多和白胜一样，就是江湖混混，混完吃喝拿走盘缠之后，并没建立很深的感情。从这一点上看，晁盖和宋江相比还是很有差距的。

晁盖做了梁山泊老大后，在山寨的发展上基本维持原样，在人才队伍建设上没有什么主动的行为，梁山泊没有什么大的发展。

2. 在队伍的管理上

晁盖在梁山泊队伍管理上也明显存在欠缺，宋江介绍花荣、秦明等清风寨、清风山的人马上山后，壮大了梁山泊的实力，从武力上说，有林冲、花荣、秦明领衔的梁山泊，已经使周围的州府没有军事清剿山寨的力量，即使朝廷派大队人马清剿，梁山泊也有能力依靠地利，进行周旋作战，还会有很高的胜算。

晁盖对这支队伍的管理是不到位的，宋江在江州题写反诗，被梁山泊人马救到山寨后，宋江一句：

> 休分功劳高下，梁山泊一行旧头领，去左边主位上坐，新到头领，去右边客位上坐。（第四十一回）

就让山寨的头领站成晁盖派和宋江派，晁盖一边只有 9 人，宋江一边却有 27 人。花荣、秦明等人上梁山泊后，山寨已经排了座次，花荣第五位、秦明第六位、黄信第八位，他们在山寨已经有几个月了，到了宋江上了梁山泊，这些人又作为新头领站队，晁盖对队伍的管理明显是出了问题，尽管他有心让宋江做山寨的老大，遇到这样立场分明的排队方式，心中也会不舒服。

清风寨、清风山的人马站到右边，是符合宋江心意的，他们的行动需要有人带头，那个带头的就是花荣，他是宋江的铁哥们，一切惟宋江马首是瞻，在江州救宋江的时候，晁盖考虑到大队人马远离山寨依托，与官军正面对抗有危险，主张先撤兵回山寨，宋江却要抓黄文炳报仇，也是花荣马上附和宋江“哥哥见得是”，把晁盖这个山寨老大的话当成了耳旁风。晁盖没有花荣这样铁的兄弟，就是吴用那样的老兄弟，也有点靠不住，刘唐那样的兄弟也公开反对执行晁盖的遗嘱，支持宋江继任山寨老大。花荣带头，秦明跟进，其他清风寨、清风山的人自然就跟风站到了右边。

站队事件，说明了晁盖在山寨队伍管理上的不到位，也暴露出晁盖做一个组织领袖能力上的缺陷，还预示着梁山泊将按照宋江的意愿向前发展。梁山泊是在宋江上山后逐步走向繁荣的，宋江比晁盖更适合做山寨的大哥，事业的领袖，是不言而喻的，但这并不表明宋江走的道路是正确的。

3. 在指挥战役上

梁山泊发起的攻打祝家庄战役、攻打高唐州战役、攻打青州战役、反呼延灼围剿战役等，都是宋江指挥的，中间虽有挫折，但最后都取得了决定性胜利，无论从财力上还是队伍建设上，都极大地壮大了山寨的实力，为山寨的繁荣做出了重要的贡献。反观晁盖在这些战役上基本没有发挥什么作用，其结果就是晁盖变得更像是名义上的老大。

晁盖对自己被架空是有所察觉的，但苦于没有特别铁的兄弟，眼睁睁地看着宋江在山寨的势力一天天大起来，却没有什么办法。在攻打曾头市的战役上，晁盖是下定决心要一试身手的，所以“宋江苦谏不听”，但心里并不痛快，而且还“忿怒”，众人对待他和对待宋江的态度也有明显的不同：晁盖是“启请二十个头领相助”，与宋江去青州救孔明时“厅上厅下一齐都道：‘愿效犬马之劳，跟随同去。’”可能晁盖认为，自己必须有所作为才能挽回自己在山寨的颓势。

晁盖指挥军队的能力也是有限的，首先是不冷静，作为一支军队的指挥者，带着怒气去指挥一个战役，很容易不理智，犯下重大错误，这本来就是指挥员的大忌。二是有些轻敌，对曾头市的实力估计不足，他第一次指挥战役，带着军师吴用一块出征应该是个正确的选择，但他没带谋士。他也没有认识到，史文恭是一个强劲的对手。三是急躁，希望能够速胜，这与他性格直接相关，因此轻信曾头市和尚，对林冲等人的意见没有采纳。晁盖第一次出征就殒命，与他军事才能欠缺也是直接相关的。

四、宋江是有远大理想的人

与晁盖不同，宋江是有远大理想的人，出仕为官，忠君报国，进而光宗耀祖是他一直追求的东西，作为读书人，宋江这样的追求是正常的选择，这也是他作为读书人，和晁盖“不读书史”的老粗根本的区别。

由于有远大的理想，宋江在结交人上和晁盖也有所区别，他结交的花荣、孔家兄弟，在晁盖结交的江湖人士中是没有的。晁盖结交的人中，白胜那样没头脑、傻大胆的人是典型代表，混混吃喝行，打家劫舍也敢，真要一起做事业，那样的人根本就指不上了，抢劫生辰纲有白胜参与，败露的可能性就会无限放大，除非他肯远走他乡，躲个三年五载。晁盖做了梁山泊头把交椅后无人投奔，也侧面说明其交友的失败。

宋江不是肯主动去犯罪的人，他给晁盖报信尽管与国家法度相悖，但在宋江和江湖人士看来，那是符合江湖道义的义气行为。宋江的行为是游走于国法与义气之间行为，他放走晁盖，与晁盖等人劫生辰纲的犯罪，还是有很大不同的，以宋江的名声，不会有人找宋江去劫生辰纲，那种直接犯罪的行为，与其实现理想有碍，他是不会去做的。宋江杀阎婆惜，一方面属于激情杀人，另一方面，阎婆惜要直接毁灭他实现理想的道路，宋江杀人实出无奈。宋江在江州题写反诗，是心中苦闷彷徨的结果，他已经30多岁，但出仕之路没有一点光亮，郁结于心的苦楚无处发泄，即使如此，若不是醉酒状态，他也不会把反诗写出来。宋江上梁山泊实在是无奈之举，要么被朝廷砍头，要么上梁山泊为匪，这其实不是个可以选择的题目，而是只能上山，再图后举，宋江心中很清楚。

宋江上梁山泊后的一切行为，都是为实现其远大的理想做准备，包括架空晁盖、取代晁盖，到把聚义厅改为忠义堂，悬挂“替天行道”的大招牌，目的只有一个，就是要曲线出仕。因为草莽出身的绿林好汉对招安有抵触，宋江处心积虑地招降征剿梁山泊的军官和其他军官入伙，招纳大地主出身的人入伙，一方面是壮大招安的力量，扩大思想认识上的同盟军，另一方面，网罗这些人才上山，为接受招安时，增加和朝廷讨价还价的砝码。

宋江的理想最终得以实现，把梁山泊从一个草莽英雄聚义，躲避朝廷徭役和迫害的避风港，变成了产生朝廷鹰犬，征讨不“替天行道”的强盗的基地。宋江自己则成为朝廷的高官，实现了光宗耀祖的夙愿。

五、宋江取代晁盖是早晚的事情

宋江取代晁盖是早晚的事情，从宋江上山开始，他就通过好汉站队的方式，宣誓了自己在梁山泊的主导地位，以后山寨的历次发展，都与宋江密切相关，在山寨内外，几乎都形成了只知有宋江，不知有晁盖的局面，晁盖被架空完全是宋江有意的，一步一步计划周密的行为。

从山寨好汉站队开始，通过装神弄鬼的九天玄女娘娘事件，到历次战役的发动，宋江无论从精神上还是实践上，都主导着山寨的事物和山寨的发展，就连晁盖的老兄弟吴用也逐渐变成了宋江的好兄弟，九天玄女娘娘事件是宋江拉拢吴用的一个直接借口。宋江有一帮关系铁的兄弟，如花荣、李逵、武松等等，宋江不上山则已，一旦上了山就必然成为梁山泊之主，那是谁也阻挡不了的。

尽管晁盖被架空了，晁盖对此也心知肚明，但二人的矛盾没有公开化，还维持着表面的和谐关系，宋江从自己做人重义的名声出发，一时还不会对晁盖怎么样，晁盖还是名义上梁山泊的老大。但这种表面的平衡不会长久不变，在宋江认为条件成熟的时候，在宋江要打出“替天行道”大旗的时候，晁盖一旦反对，这种平衡就会被打破，谁也不能保证山寨不出现新的火并，所以说晁盖战死在曾头市是一个最好的结局，避免了后面的尴尬，也避免了山寨的血光之灾。

从晁盖的结局来说，王伦的担心还是很有预见性的，他知道自己的结局会是什么样，就极力去避免。王伦被杀是因为位高才疏，还死抓住权力不放，而且待人刻薄，只给自己留下了一条死路；晁盖是因为太纯真，他跟别人讲义气，肝胆相照，却想不到别人另有心计，在一步一步地算计他。

六、晁盖的遗嘱，是一种决裂的行为

晁盖临死前的遗嘱，是他与宋江的一种决裂行为，是他对宋江架空自己的对抗，是他郁积在心中的愤怒的一次总爆发。晁盖立遗嘱的行为，与他从江州救回宋江后，真诚地请宋江做山寨之主已经不可同日而语。

晁盖是什么时候发觉宋江架空自己的《水浒传》中没有明确交代，但他执意带领人马去攻打曾头市，已经是对宋江的行为感到愤怒，是对宋江表明一种明确的态度，那就是他对宋江的行为十分不满，他知道宋江在架空他。立遗嘱的行为也很奇怪，晁盖活着的时候，已经在失去对梁山泊的控制权，在他死后遗嘱能起多大的作用呢？可以解释为，晁盖就是不想让宋江接班，他知道宋江不肯摘掉“仁义”的面具，有意给宋江制造点麻烦，因为凭宋江的本事，不可能抓住史文恭。

晁盖的遗嘱显然得不到执行，一是因为宋江在梁山泊已经成了气候，在山寨中没有人能和他的实力相比，二是晁盖的老班底吴用、刘唐等人也不想按遗嘱行事。晁盖刚死，就有大批的梁山泊头领不顾晁盖的遗嘱，拥戴宋江：

> 林冲开话道：“哥哥听禀；国一日不可无君，家一日不可无主。晁头领是归天去了，山寨中事业，岂可无主？四海之内，皆闻哥哥大名；来日吉日良辰，请哥哥为山寨之主，诸人拱听号令。”
>
> 吴学究道：“晁天王虽如此说，今日又未曾捉那人，山寨中岂可

一日无主？若哥哥不坐时，其余便都是哥哥手下之人，谁人敢当此位？况兼众人多是哥哥心腹，亦无人敢有他说。哥哥便可权且尊临此位坐一坐，待日后别有计较。”

黑旋风李逵在侧边叫道：“哥哥休说做梁山泊主，便做个大宋皇帝你也肯！”（第六十回）

林冲的拥戴很有分量，他是梁山泊的元老，晁盖就是林冲火并王伦后，拥戴为梁山泊老大的。他还武艺高强，处事稳重，在山寨代表元老派势力。吴用是晁盖的老兄弟，在梁山泊排在宋江之后，很有话语权，他的态度很重要，拥戴分量自然很重。卢俊义抓获史文恭后，吴用早有安排：

吴用又道：“兄长为尊，卢员外为次，皆人所伏。兄长若如是再三推让，恐冷了众人之心。”

只见黑旋风李逵大叫道：“我在江州，舍身拼命，跟将你来，众人都饶让你一步！我自天也不怕！你只管让来让去做甚鸟！我便杀将起来各自散火！”

武松见吴用以目示人，也上前叫道：“哥哥手下许多军官都是受过朝廷诰命的，也只是让哥哥，如何肯从别人？”

刘唐便道：“我们起初七个上山，那时便有让哥哥为尊之意。今日却让后来人。”

鲁智深大叫道：“若还兄长要这许多礼数，洒家们各自撒开！”（第六十八回）

卢俊义在梁山泊并无根基，除了燕青没有知心的兄弟，尽管他家受难起源于宋江，但他的命也是宋江救的。他如想凭晁盖的遗嘱当梁山泊老大，无异于与虎谋皮，这点自知之明他还是有的。有梁山泊元老林冲和晁盖老兄弟吴用、刘唐的拥戴，有实力派人物武松、鲁智深力挺，再加上李逵代表的铁杆兄弟帮衬，宋江就如“黄袍加身”一般，稳坐山寨的第一把交椅。决定事物结果的是实力，不是某个人的言语。无论一个人曾经多么强大，对其身后事的影响也会是有限的，晁盖的遗嘱也是如此。

晁盖的死固然与其个人能力欠缺有关，但也有可疑的地方，一般武功高强的人不屑于使用毒箭等暗器伤人，史文恭的武艺拿下秦明都不费很大力气，却准备了刻着自己名字的毒箭，令人不解，何况晁盖是黑夜在乱军中中箭，史文恭是没有目标的乱射，就更让人觉得蹊跷。只能认为，史文恭是一个武艺高强，但武德极差的小人，晁盖之死纯属天意。另外，以卢俊义的本事，最多也就和史文恭打个平手，却在二人单挑的时候，生擒了史文恭，让人觉得不可思议。真相会被别有用心的人掩盖，但它一直就呆在那里。

无论晁盖多么不情愿，他的死就是为宋江让出了山寨老大的交椅，从此宋江就可以按照自己的意愿改造山寨，把梁山泊从一个反主流社会的力量，变成朝廷的编外队伍，也向自己出仕的理想进发。

第五章 正说宋江与李逵的关系

李逵因宋江的江湖名声，很想去拜见宋江，这和石勇、燕顺等人对宋江的崇敬没有太大区别，但宋江发配在江州，二人朝夕相处，李逵切身感受到宋江的仗义疏财，对宋江大哥范儿的敬仰就比其他只闻其声、不见其人的江湖人士就更进一层，他甘愿做小弟，赴汤蹈火在所不辞。宋江对李逵这样的崇拜者有很复杂的心理，李逵是兄弟，更像是个家臣，甚至是仆人，如自己手中的一枚棋子可随意摆弄。宋江临死前仅为个人身后的名誉，就拉李逵去垫背，完全是主子对奴仆的手段，看不出什么兄弟情义。本章正说宋江与李逵的关系。

一、李逵的家庭环境

李逵是贫苦农民出身，他的父亲在李逵未成年时就死了，那种情况在古代也属平常，所以书中并没有交代什么。贫苦人家本身营养不良，还要一个人拼命支撑全家，日日体力透支，早衰、过劳死都是难以避免的。父亲死了，作为长兄的李达就要撑起全家，肩负起养活母亲和弟弟的责任。父亲的死对李家起到了雪上加霜的作用，李达一开始还不是壮劳力，自己果腹都有困难，管起3张嘴就更勉为其难。

李家可以称得上赤贫，长兄李达撑不起一个家，可能还有性格上的原因，他只到富户家给别人帮工，在农村能吃饱饭就可称小康的“艰难时代”，去做帮工养家根本是不可能的，所以李家住破屋，很孝顺的“李达止博得些饭食吃，养娘全不济事”，早过了婚龄的李达也娶不上媳妇，基本上整天被生活压得喘不过气来。李达每天给老娘带饭用的是罐子，可以猜想，也是稀粥为主的。李逵和兄长的关系很不好，他回家接老娘，老娘让他等大哥来商议，李逵道：“等做甚么？我自和你去便了。”兄弟俩很多年不见了，李逵好不容易回到家，却连见都不想见兄长一面，亲情的疏远可见一斑。李达对李逵也从心里不待见，那么多年不见，又是至亲骨肉，从人情上说，让他赶紧走也就算了，他却“本待要打李逵，却又敌他不过”，所以马上去报了官，要来抓自己的兄弟。如果说李达是大义灭亲，那是高看他了，他就是从心里恨这个兄弟。李达恨李逵主要有三个原因，一是李逵从小就要他养，自己又没有能力，他把自己苦难的很大一部分原因归咎于李逵，有一股发自内心的怨恨；二是李逵从小就惹是生非，李达作为当家人受了很多的连累：

> 当初他打杀了人，教我披枷带锁，受了万千的苦。如今又听得他和梁山泊贼人通同，劫了法场，闹了江州，现在梁山泊做了强盗。前日江州行移公文到来，着落原籍追捕正身，却要捉我到官比捕，又得财主替我官司分理，说他兄弟已自十来年不知去向，亦不曾回家，莫不是同名同姓的人冒供乡贯？又替我上下使钱，因此不吃官司杖限追要。现今出榜赏三千钱捉他。你这厮不死，却走家来胡说乱道。（第四十三回）

可见李逵的确从小就不是省油的灯，但李达也确实有些冷血，全没有兄弟情义，作为长兄为弟弟受点委屈有什么不应该吗？三是母亲的原因，做母亲的几乎没有例外地更疼爱自己的小儿子，战国时的赵太后因为疼爱少子，几乎不顾国家的命运，这好像是女人的通病，没有什么道理可讲。李逵从小惹是生非，但还是得到母亲的疼爱，甚至是过分的溺爱，李逵逃离后，母亲对他是：

> 时常思量你，眼泪流干，因此瞎了双目。（第四十三回）

李达辛苦劳作，却得不到母亲的爱，他还是个孝顺的人，于是在嫉妒中产生了对兄弟的仇恨。

李逵是在一个畸形的家庭环境中长大的：

第一，父亲早亡。父亲早亡和家贫有关，父亲从有李逵开始，一直就为家里4张口的吃饭忙碌，几乎无暇多看自己的小儿子一眼。就是这样，依然难以实现家人的温饱，应是过分的劳作使其还在青年就撒手人寰。从李达还撑不起家和李逵尚年幼推算，李父死时，最多超不过35岁。李逵没有得到过父亲的什么教诲，他甚至不知道父亲整天忙碌什么。

第二，哥哥担不起长兄如父的责任。李达在父亲死的时候也就16岁左右，他本身也不是个身体强壮的人，还嫩弱的肩膀过早地承担了养家的重担，有点不堪重负。对弟弟他指望不上什么，也起不到如父的作用，去教育弟弟。

第三，母亲过分溺爱。尽管生在贫苦之家，由于母亲溺爱，李逵吃穿上占不到多少便宜，但却根本不干什么活，说是农民出身，他根本就没下过地，没种过庄稼，基本就是个游手好闲，在家里吃闲饭的。这也是哥哥看不上他的一个原因。

家里穷在村里就没地位，整天在村里招猫逗狗，惹是生非，就有些让人讨厌了，因为李逵惹事，他哥哥没少受牵连，少不得去跟人家赔礼道歉。说来奇怪，李逵尽管家里缺吃少穿，可他16岁左右的时候，长成了一个又黑又壮的汉子，和他哥哥完全不同，在有一副好身板的同时，更有天不怕、地不怕的性格，这时候的他不是惹事那么简单了，斗殴、斗狠简直就成了本行，把他定性为地痞、土流氓一点也不为过，只是他年龄还小，还没成为哪个恶霸家的打手。后来李逵打仗的时候，动辄脱得赤条条的，就是街头流氓打架斗殴的样子。李逵和别人斗殴，应该是对别人看不起他，给他白眼的逆反，他恃强但不凌弱，这在李逵刚出场的时候，戴宗向宋江介绍李逵的时候，做了很好的说明：

> 在江州牢里，但吃醉了时，却不奈何罪人，只要打一般强的牢

子。我也被他连累得苦。专一路见不平，好打强汉，以此江州满城人都怕他。（第三十八回）

李逵心中的英雄情结应该是从戏里或说书的那里学来的，尽管自己是一个闲汉地痞，但内心羡慕英雄，想成为英雄，他当狱卒却从不欺负犯人，这真是很可贵的，如果不是心中有英雄情结，在那种环境下必然是随波逐流的。这可以联想一下李逵在家杀了什么人，从李逵的行为分析，最可能的是两种人：一是和李逵一样的地痞流氓，不服李逵或干坏事让李逵制止了，于是二人斗狠，李逵手重失手杀人；二是恶霸家人，李逵看不惯其横行乡里，在打斗中，李逵失手杀人。

李逵这样的人，杀人都是激情杀人，不会是谋杀。

二、李逵的性格

李逵是一个性格特征十分鲜明的人，他的性格特征可以用5个字来概括，那就是浑、义、孝、莽、真。

（一）李逵的浑

浑是李逵最突出的性格特征，其表现就是他嗜杀成性，每当杀兴一起，杀人就如砍瓜切菜一般，有的毫无缘由。比如他杀罗真人，仅仅因为罗真人没答应让徒弟公孙胜跟他们回梁山泊助战，罗真人怎么得罪他们也没有生死的仇恨吧。施耐庵老先生给其冠名“天煞星”，还真是很恰当的。

1. 在江州杀人

宋江题写反诗，戴宗勾结梁山泊强盗，双双被判了斩刑，李逵单枪匹马就去劫法场。他救人心切，杀了两个刽子手也还情有可原，但随后就不分官民，乱杀起来：

只见那人丛里那个黑大汉，抡两把板斧，一味地砍将来，晁盖等却不认得，只见他第一个出力，杀人最多。

那汉那里肯应，火杂杂地抡着大斧，只顾砍人。

这黑大汉直杀到江边来，身上血溅满身，兀自在江边杀人。晁

> 盖便挺朴刀叫道："不干百姓事，休只管伤人！"那汉那里来听叫唤，一斧一个，排头儿砍将去。（第四十回）

看热闹的老百姓被他砍死不少，晁盖都制止不了，江州百姓何辜啊！李逵的浑在江州表露无遗。

2. 杀押解他的人

李逵接母上梁山泊享福未成，母亲半道被虎所食，悲愤之下杀死了 4 只老虎，成了打虎英雄，但被李鬼的老婆认出并报官，反成了阶下囚。幸亏宋江担心他出事，派了旱地忽律朱贵来接应，才救下他。看看李逵获救后的表现：

> 李逵赶上，手起一朴刀，先搠死曹太公，并李鬼的老婆，续后里正也杀了。性起来，把猎户排头儿一味价搠将去，那三十来个土兵都被搠死了。这看的人和众庄客只恨爹娘少生两只脚，都望深村野路逃命去了。
>
> 李逵还只顾寻人要杀，朱贵喝道："不干看的人事，休只管伤人。"慌忙拦住，李逵方才住了手。（第四十三回）

杀死曹太公、李鬼老婆，甚至里正，也还算是有点仇怨的人，但杀死猎户，土兵就毫无道理，他这杀兴一起造成多少家庭悲剧，形成多少无依的寡妇、孤儿？他的行为只能说是"浑"，再找不出别的词了。

3. 血洗扈家庄

扈家庄与祝家庄是反梁山泊强盗的联盟，一庄受到攻击，另一庄有责任去救援，和现在美国和日本的共同防御盟国关系类似。更深一层的关系是祝家的小儿子祝彪和扈家的女儿早定了亲，是没过门的小两口，其同盟关系很紧密。但随着扈三娘被梁山泊俘虏，扈家救女心切，扈家和梁山泊达成了交易，使扈家庄与祝家庄的同盟瓦解。

祝家庄被吴用使计谋里应外合攻破的时候，祝彪逃到未来的老丈人家避难，扈三娘的哥哥扈成绑了祝彪，找宋江去邀功，也为换回被擒的妹妹，不想迎头碰上了李逵。李逵二话不说，一斧子砍了祝彪，接着就要砍扈成，把扈成吓得落荒而逃。

> 李逵正杀得手顺，直抢入扈家庄里，把扈太公一门老幼，尽数杀了，不留一个。叫小喽罗牵了有的马匹，把庄里一应有的财赋，捎搭有四五十驮，将庄院门一把火烧了。（第五十回）

李逵杀了扈家满门，实在是没道理，他杀死的很多人手无寸铁，何况扈家庄相当于已经投降了。在现代社会，这样的行为一定会被军事法庭重判，不可能保住性命。但宋江给李逵的处分是：

> 你这厮违了我的军令，本合斩首，且把杀祝龙、祝彪的功劳折过了，下次违令，定行不饶。
>
> 黑旋风笑道："虽然没了功劳，也吃我杀得快活。"（第五十回）

李逵血洗扈家满门令人发指，浑得真有些出奇了，他近乎以杀人为乐，否则就手痒痒。在以后梁山泊的岁月，不知他是怎么和扈三娘相处的，扈三娘对他一定恨入骨髓，当无奈称他为哥哥的时候，心里是否有把他碎尸万段的念头呢？

4. 杀小衙内

李逵做过的最没人性，也充分表现了其浑的事就是杀死沧州知府的小衙内。

美髯公朱仝为义气放走了失手杀人的插翅虎雷横，自己获罪被发配到沧州。朱仝为人忠厚，一脸的正气，知府见到他就有好感，知道他放走雷横为的是孝道、义气，本不是恶人，就留在衙门听用。偏偏知府 4 岁的孩子见到朱仝就缠着他，要他陪着玩。这也不奇怪，孩子从直觉上感到朱仝是一个君子，孩子的直觉往往是最准的。小衙内实在可爱：

> 只见屏风背后转出一个小衙内来，方年四岁，生得端严美貌，乃是知府亲子，知府爱惜如金似玉。（第五十一回）

只要有过孩子的父母，都能体会出这一段语言的深意。就是这样一个天真烂漫的孩子，无端死在李逵的手里。

李逵残杀幼童，就是个不折不扣的魔鬼，又是个毫无人性的混蛋，对那样无邪的孩子能下得去手，一定是从地狱中逃出的恶魔，他的行为除了让人感到出离的愤怒，就只能是无语了。但宋江需要这样的人，有这样无脑而又凶残的小弟，宋江可以做任何离谱的坏事，但还不用自己去实施，所有的骂名都有李逵帮他顶了。从中也可以看出宋江多阴险，李逵多可怜、又可恨。

5. 吃人肉

李逵发现李鬼骗他，还恩将仇报要杀他之后，杀死了李鬼，这还都是正常的行为，但李逵后面做的事让人不齿。

> 拔出腰刀，便去李鬼腿上割下两块肉来，把些水洗净了，灶里抓些炭火来便烧。一面烧，一面吃。（第四十三回）

这并不是李逵第一次吃人肉，在江州抓住发现宋江题反诗的黄文炳时，李逵就吃了人肉：便把尖刀先从腿上割起，拣好的，就当面炭火上炙来下酒。割一块，炙一块，

> 无片时，割了黄文炳。（第四十一回）

这个吃人肉的李逵，只用一个浑来说显得太轻描淡写了一点，简直就是个魔鬼。

（二）李逵的义

李逵十分崇尚江湖义气，也相信江湖义气，他的“义气”思想从哪里来的，笔者推测与其生活经历有关，主要来源于说书先生。李逵小的时候家里很穷，哥哥李达从性格上，从能力上都不能让家里过上好的生活，不足以成为李逵的榜样和崇拜对象，而李家又是很需要别人帮助的穷苦之家。农闲时节，说书先生走村串巷讲的江湖故事，义字当先，解危济困，不是兄弟胜似兄弟，当然引发小李逵幼小心灵的憧憬和向往。长大之后，发生在自己身上的一些事情，更让他觉得江湖义气的重要。

1. 为大哥可以赴汤蹈火

第一个给李逵帮助的人是戴宗，尽管李逵是杀人的重罪，戴宗还是把他收留了，让他过上了吃穿不愁的生活，所以在江州，李逵只听戴宗的话。但戴宗显然不是李逵理想中的大哥，所以他听过江湖上传说的宋江的所作所为，就想着去投奔宋江，见到宋江之后，宋江很快就取代了戴宗在他心中大哥的地位。为了宋江，他不惜付出生命。

李逵劫江州法场救宋江，成功的概率极低，带点慷慨赴死的意思，只是晁盖带领梁山泊的人马也来劫法场，才使他侥幸存活。李逵劫法场直奔宋江，背起宋江就一路杀出去，可见宋江在他心里比戴宗重要多了，他是为了宋江这个大哥，才不避风险的。李逵是坚决反对招安的，宋江也知道这一点，但宋江心里更清楚，他的决定李逵只是会闹，无论闹得多厉害，李逵都会跟着他走。李逵也确是如此，他对宋江可以说是死心塌地，当别人告诉他他骂了宋江，宋江暴怒要杀他的时候，李逵就像个绵羊一样没有脾气：

> 我梦里也不敢骂他！他要杀我时，便由他杀了罢。（第七十一回）

李逵只听大哥的，就是大哥宋江让他去死也无二话。宋江被蔡京等奸人设计陷害，饮下了毒酒，在知道自己必死的情况下叫来了李逵陪葬。当李逵知道后，依然对宋江没有丝毫怨言，只是：

> 垂泪道："罢，罢，罢！生时伏侍哥哥，死了也只是哥哥部下一个小鬼！"言讫泪下。（第一百二十回）

可见大哥在李逵心中的分量，可见"义"字在李逵心中的分量！为了大哥他什么都舍得，包括生命，但李逵死的很冤。

2. 和燕青的关系

燕青出身是卢俊义的家奴，因伶俐乖巧，很受卢俊义喜爱，有点像是卢俊义的义子，但又没真认成义子，亦奴亦子让燕青在卢家的地位很特殊，他不必像其他家奴那样劳作，还可以像主人那样使枪弄棒，学一身武艺和其他本事。但在卢俊义老婆的心里，燕青的地位可能就不一样了。

燕青的出身决定了燕青结交的人很杂，三教九流也许就有李逵一样社会地位十分低下的人，而燕青并没有看不起他们。以燕青的乖巧，他知道怎么和不同类型的人相处，上梁山泊后，李逵的直爽也许正是燕青喜欢的，他们相处起来就没有障碍。

在李逵看来，燕青是一个很神奇的人，人长得俊秀又不娘娘腔，懂乐器还武艺高强，人很斯文又和他这样的老粗聊得来，燕青的很多地方吸引他。更主要的是燕青义气，对老大卢俊义从无二心，还有摔跤的本事，李逵那样的壮汉在燕青跟前也只能甘拜下风。燕青一定是李逵佩服的人，所以他才“小乙哥、小乙哥”的叫。对其他人李逵不会那样亲近，也不会那样佩服。

3. 什么人能成为李逵的朋友

李逵这样的人，怕他的人多，喜欢他的人少，而且喝了酒之后，说和人翻脸就翻脸，所以想和李逵成为好朋友也真不是件容易的事，好在李逵不欺负良善之人。大概有三类人能和李逵成为朋友，一类是让他崇拜的江湖大哥如宋江，从“义”字上让他服气，甘愿做小弟；二是人品好，有本事，让他佩服的人，如燕青，本身清秀又和善，从来没有看不起人，还有一身好本事，那是李逵羡慕的；三是和李逵一样的浑人、粗人，臭味相投，能混到一块儿去，在这些人里，李逵是老大。

（三）李逵的孝

李逵是可十分孝顺的人，他那样的浑人、粗人，却十分孝顺真很难得，不知李母是怎么教育出来的。李母十分疼爱李逵，甚至对小李逵十分的溺爱，但仅凭爱就能出孝子吗？家中最受宠的孩子往往最忤逆，被寄予最多希望的孩子往往最让人失望，李逵的孝一定另有原因，比如看戏或受村里其他孝子的影响。

1. 对母亲至孝

李逵的孝并不输给宋江，在闹了江州之后，别人纷纷接家人到山寨享福时，李逵压抑在心中的孝爆发了，李逵的孝堪比宋江。

却待上山，只见黑旋风李逵就关下放声大哭起来。宋江连忙问道：“兄弟，你如何烦恼？”李逵哭道：“干鸟气么！这个也去取爷，

> 那个也去望娘，偏铁牛是土掘坑里钻出来的！”晁盖便问道：“你如今待要怎地？”李逵道：“我只有一个老娘在家里。我的哥哥，又在别人家做长工，如何养得我娘快乐？我要去取他来这里快乐几时也好。”（第四十二回）

母亲是很信任李逵的，只三言两语就哄得母亲跟他走了。李逵尽管是浑人，但浑不到母亲跟前，在母亲跟前只有孝。母亲被老虎吃掉后，李逵怒发冲冠，去给母亲报仇，杀掉了大小 4 只老虎，这体现出他的孝来。李逵对亲情也很重视，尽管知道哥哥找人是要抓他，还是留下一锭大银子。

在《水浒传》中，武松是第一个杀虎的英雄，李逵就是第二个，但武松是被动的，是吃了酒之后和虎遭遇了，硬着头皮上的。而李逵则是主动去找虎杀虎，而且一下就杀了 4 只，为母亲报了仇。但这里有个错误，是施耐庵老先生常识欠缺所致：老虎是独行侠，公虎并不负责养育幼虎，李逵杀了公虎，又杀了母虎及小虎一家 4 口根本是不可能的。

2. 为孝释放李鬼

李逵回家接老娘的路上，正碰上借李逵名头劫道的李鬼，这个李鬼点背到家了，真就是命中注定的该死，劫到了杀人魔王正主。好在这李鬼本事不行，头脑还灵活：

> 李鬼慌忙叫道：“爷爷杀我一个，便是杀我两个。”李逵听得，住了手问道：“怎的杀你一个，便是杀你两个？”李鬼道：“小人本不敢剪径，家中因有个九十岁的老母，无人养赡，因此小人单题爷爷大名唬吓人，夺些单身的包裹，养赡老母。其实并不曾敢害了一个人。如今爷爷杀了小人，家中老母，必是饿杀。”李逵虽是个杀人不眨眼的魔君，听的说了这话，自肚里寻思道：“我特地归家来取娘，却倒杀了一个养娘的人，天地也不容我。罢，罢！我饶了你这厮性命。”（第四十三回）

可见，李逵不但自己是个孝子，对行孝之人也高看一眼。李鬼要不是说出自己是养老娘的孝子，早就被李逵的板斧剁成八块了。但李鬼终究是李鬼，躲过了初一躲不过十五，不但无悔改之心，反要恩将仇报，很快死在李逵的大斧之下。

（四）李逵的莽

李逵的莽就是鲁莽，他做许多事情，都是不问青红皂白，不计后果的，莽汉粗人的特点表露无遗。他救人、杀人、打仗都表现出其莽的性格特点。

1. 救人时的不计后果

一是在江州劫法场救宋江。当时他并不知道梁山泊人马到了江州，也没有联络一起喝过酒的张顺，就是单枪匹马地到法场去救人，仅靠自己的力气和两把板斧。江州法场森严，更有江州7000驻军兵马为后援，他救人的结果只能是徒然搭上自己一条性命。但这些李逵都不考虑，他只是要去救人。

二是在高唐州救柴进。高廉的妻舅殷天锡依仗权势，全然不把贵胄柴进放在眼里，蛮横无理地指挥手下痛打柴进。李逵怒火中烧，“拳头脚尖一发上”，当时就把殷天锡打得“呜呼哀哉”。李逵图了一时的痛快，却给柴进留下了杀身之祸，险些走上黄泉路。获救后的柴进没办法，只好以贵胄之身，到梁山泊落草为寇，丢掉传了几世的家业。

2. 在江州打张顺

张顺是江州的渔霸，按照李逵“好打强汉”的性格，收拾张顺也在情理之中，何况他是为自己内心崇拜已久的大哥搞鲜鱼。但张顺吃了亏，撑船过来叫战的时候，李逵鲁莽的特点又暴露出来。他水性并不好，却跳到船上和张顺打斗，被张顺掀翻船，在浔阳江里把李逵灌了个半死。

3. 杀韩伯龙

韩伯龙是江湖强盗出身，通过朱贵投奔梁山泊入伙的，还没来得及上山和宋江及众头领见面。李逵下山走得急，忘了带银子，就到一个酒家吃白食，恰巧是朱贵委托韩伯龙管的店。李逵白吃不说，在人家要钱的时候，不问青红皂白，一斧子要了人家性命。李逵蛮横不讲道理不说，还杀了自家人，他要是自己报一下家门，悲剧就不会出现了。

4. 攻打祝家庄

李逵的浑在他打仗的时候表现也很突出。经常在打仗的时候，李逵“脱得赤条条的”，完全就是一副地痞无赖兼打手的样子，跟人斗狠，使人见到他就有畏惧情绪。梁山泊二打祝家庄的时候，扈三娘正在追赶宋江，被李逵大吼一声，“一丈青便勒转马”走了，原因可能就与惧怕李逵的凶悍劲有关。同是打祝家庄，在情况不明的时候，李逵就要冒进：

> 量这个鸟庄，何须哥哥费力，只兄弟自带三二百个孩儿杀将去，把这个鸟庄上人都砍了，何须要人先去打听。（第四十七回）

李逵的浑劲可见一斑，而且他是一贯如此，从来没有什么改变。

5. 李逵的真

李逵的真可以表述为有朴素的正义感，这在下面单独讨论。

三、李逵有朴素的正义感

从杀人不眨眼，不分青红皂白来说，李逵不能算是一个好人，但他的人性中也不乏闪光点，比如他的孝，他的朴实。李逵的朴实在他一出场就有表现：

> 若真个是宋公明，我便下拜；若是闲人，我却拜甚鸟！节级哥哥，不要瞒我拜了，你却笑我。（第三十八回）

李逵的朴实透出可爱，而他身上更可贵的是朴素的正义感。

（一）看不惯宋江找李师师

宋江是个绞尽脑汁要招安出仕，光宗耀祖的人，趁着去东京看元宵灯会，就去拜会在当朝皇上宋徽宗枕边极其得宠的名妓李师师，希望给招安寻一条捷径。宋江千不该、万不该带着李逵去了李师师家。

> 却说李逵见了宋江、柴进和那美色妇人吃酒，却教他和戴宗看门，头上毛发倒竖起来。（第七十二回）

正好遇到宋徽宗来了，李逵闹了起来，搅了宋江的如意算盘。

还没见到宋江的时候，李逵就知道宋江是个仗义疏财的好汉，是他心中向往的大哥。不知女人为何物的他，对宋江为江湖义气，不重女色杀死阎婆惜的行为，更是心中佩服，认为宋江是不近女色的真汉子、真英雄，是一个值得去跪拜的大哥。宋江和美妇吃酒让他感到很不舒服，甚至在心里怀疑宋江不近女色的真汉子形象：

> 我当初敬你是个不贪色欲的好汉，你原来是酒色之徒：杀了阎婆惜，便是小样；去东京养李师师，便是大样。（第七十三回）

所以他闹了起来。这也表现了李逵的鲁莽，因为对宋江来说，什么也比不上他出仕重要，去和李师师喝花酒，他的心思还真不在李师师身上。这是李逵这样的莽汉理解不了的，他有朴素的正义感，但没有那么多的花花肠子。

（二）为刘太公主持公道

李逵元宵节闹了东京，和燕青一道回梁山泊，半道上在人家借宿，听说宋江抢走了刘太公家18岁的女儿。要是在别的时候，李逵也不一定相信，但刚刚从东京回来，李逵已经认定宋江是好色之徒，就先入为主了：

> 他在东京兀自去李师师家去，到这里怕不做出来！（第七十三回）

回到梁山泊，上到忠义堂上：

> 睁圆怪眼，拔出大斧，先砍倒了杏黄旗，把“替天行道”四个字扯做粉碎，众人都吃一惊。
>
> 你不要赖，早早把女儿送还老刘，倒有个商量。你若不把女儿还他时，我早做早杀了你，晚做晚杀了你。（第七十三回）

为了个不相干的刘太公，李逵直接就跟宋江翻脸了，原因就是宋江在东京的所为，已经不是他心目中的英雄，不配当他的大哥了。李逵甚至立下生死状，为给刘太公主持公道，不惜把自己的人头押上。

抢刘太公女儿的坏事当然不是宋江做的，宋江也不会真要李逵的人头，在宋江看来，只要驾驭得法，李逵是有大用场的人。而李逵朴素的正义感在这里得到了淋漓尽致的体现，他的鲁莽也让人再次领教。

李逵与许多梁山泊的英雄好汉一样，把不近女色看成可否称为豪杰的标准，这种思想不知道是怎么形成的，他又没吃过女人的亏，怎么就有了这样的认识？是从说书先生那里学的吗？已经25岁左右的人了，当然有生理上的要求，他不知是怎么解决的。

（三）反对招安

反对招安李逵是很坚决的，他反对招安的原因，第一应该是对官府的不信任，第二就是他觉得梁山泊自由自在的生活让他很满足。他反对招安也是基于很朴素的思想。

四、李逵坚决反对招安，又完全听命于宋江

李逵尽管完全听命于宋江，但两人并非没有矛盾，他们最激烈的冲突就是对招安的态度。宋江的出仕路线上，招安出仕是重要的一环，晁盖一死宋江就把山寨的聚义厅改为了忠义堂，还挂出了替天行道的大招牌，实际就是高喊着让朝廷来招安，宋江的这一思想是贯穿始终的。而李逵是招安的激烈反对者。

（一）当众反对宋江的招安思想

李逵当众反对宋江招安的思想，在梁山泊英雄排座次之后，群雄欢宴的时候，宋江填《满江红》词一首，其中就提出了自己招安的心愿，李逵听到招安，在宴会上大闹起来：

> 大叫道："招安，招安，招甚鸟安！"只一脚，把桌子踢起，颠做做粉碎。（第七十一回）

宋江被搞得完全下不来台，恼羞成怒，要杀李逵。宋江也不是真的要杀李逵，就是要在众头领面前立威，就像他自己说的：

> 我手下许多人马，都似你这般无礼，不乱了法度？（第七十一

回）

如果不树立绝对权威，在108个大头领组成的山寨，统领10万兵马，如何统一步调去应敌？更重要的是108人的出身和生活阅历差异极大，他极力倡导的招安大计就会出现他不能允许的变数。

（二）用实际行动反对招安

宋江"替天行道"的招牌如愿上达天庭，宋徽宗派了朝廷高官陈太尉到梁山泊，但陈太尉的行动受到了蔡京、高俅的掣肘，两人分别派了眼线与陈太尉同行。宋朝的贪腐也甚，济州府有60多怀着"觅小富贵"鬼胎的人，陪同陈太尉上梁山泊。

宋江第一次看到了招安的希望，欣喜之情溢于言表：

> 我们受了招安，得为国家臣子，不枉吃了许多时磨难，今日方成正果！
>
> 你们都休要疑心，且只顾安排接诏。
>
> 先令宋清、曹正准备筵席，委柴进都管提调，务要十分齐整。铺设下太尉幕次，列五色绢缎，堂上堂下，搭彩悬花。先使裴宣、萧让、吕方、郭盛预前下山，离二十里伏道迎接。水军头领准备大船傍岸。（第七十五回）

蔡京和高俅派来的人也极度傲慢，全然不把梁山泊的人放在眼里，始终没有好脸不说，还动辄申斥、喝骂，甚至鞭打山寨的小喽啰：

> 不成全好事，也不愁你这伙贼飞上天去了。
>
> 村驴，贵人在此，全无忌惮！
>
> "杀不尽的反贼，怎敢回我话？"便把藤条去打。
>
> 太尉是朝廷大贵人大臣，来招安你们，非同小可！如何把这等漏船，差那不晓事的村贼乘驾，险些儿误了大贵人性命！（第七十五回）

诏书上也对梁山泊一点不客气：

> 倘或仍昧良心，违戾诏制，天兵一至，龆龀不留。（第七十五回）

尽管宋江受招安的心情迫切，一味的卑躬屈膝，但朝廷的作为太不给力，诏书上无安抚之言，只存恫吓之语，更糟糕的是蔡京、高俅派来的两个蠢材全然不知天高地厚，傲慢无礼之极。如果谁想做砸什么事情，就去搜罗这样的人，他们越认真事就砸的越干脆、越彻底。

躲在房梁上，准备大闹招安现场的李逵，听到诏书更是怒从心中起：

> 从梁上跳将下来，就萧让手里夺过诏书，扯的粉碎，便来揪住陈太尉，拽拳便打。
>
> 李虞侯喝道："这厮是甚么人，敢如此大胆！"李逵正没寻人打处，劈头揪住李虞侯便打，喝道："写来的诏书，是谁说的话？"张干办道："这是皇帝圣旨。"李逵道："你那皇帝，正不知我这里众好汉，来招安老爷们，倒要做大！你的皇帝姓宋，我的哥哥也姓宋，你做得皇帝，偏我哥哥做不得皇帝？你莫要来恼犯着黑爹爹，好歹把你那写诏的官员，尽都杀了！"（第七十五回）

无论宋江受招安的心情有多迫切，从今后考虑，这时也得送陈太尉一行下山了，否则李逵要了"天使"的性命，就再无回旋的余地。李逵的作为在梁山泊是大快人心的，但宋江的心情被搅乱了，李逵并不在意大哥宋江的想法。这样的结局，济州太守张叔夜应该早就料到了，朝廷中的人也不都是蠢蛋。

（三）反对招安，却又完全听老大的

李逵做事逞一时之勇，图一时之快，他是四肢发达，头脑简单的类型，刚上梁山泊的时候，就大呼小叫过：

> 晁盖哥哥便做了大皇帝，宋江哥哥便做了小皇帝，吴先生做个丞相，公孙道士便做个国师。（第四十一回）

做丞相、国师没什么，但皇帝能有两个吗？卧榻之旁岂容他人鼾睡是普通的道理，且亘古不变。汉高祖刘邦因为担心别人觊觎皇位，就找各种理由杀死韩信、彭越、英布等能征善战的大将，搞得自己没有“猛士”去守“四方”；明朝开国皇帝朱元璋更是把开国功臣几乎杀光。李逵真是很纯朴，也很可笑。而世界的轨迹是按照宋江那样人的思路发展的。

宋江费尽心机，甚至打通李师师的关节见到了宋徽宗，终于迎来了“遇宿重重喜”的宿太尉到山寨招安。这时候的李逵在大哥宋江主意已定的情况下，尽管心里不愿意，也没有再搞什么新花样去破坏招安。宋江反对奸佞，但不反皇帝，李逵反对招安，但忠心大哥，那就是李逵的宿命，他不会像那“三五千人”马上辞去，他还要给宋江这个大哥冲锋陷阵。

五、宋江与李逵的关系

如果说李逵是一头烈马，那宋江就是能牵住烈马缰绳的人。李逵天不怕地不怕，但就怕宋江，他怕宋江什么呢？乱世尚武，宋江的武艺简直就不值一提，看看他教出的徒弟孔明、孔亮，看看他在战场上的表现，哪有能让人怕的地方？但宋江却是梁山泊108悍匪的老大，是李逵在世界上惟一怕的人。宋江其实是以德服人，他的“山东及时雨”绝非浪得虚名。

（一）李逵是宋江收服的小弟

李逵还没见过宋江，在心里已经认下宋江这个大哥了，宋江长什么样，有什么本事都不是李逵关心的问题，只要是山东的宋江他就拜，他和戴宗、宋江的对话很有意思：

> 戴宗道：“这位仁兄，便是闲常你要去投奔他的义士哥哥。”
>
> 李逵道：“莫不是山东及时雨黑宋江？”
>
> 戴宗喝道：“咄！你这厮敢如此犯上，直言叫唤，全不识些高低，兀自不快下拜等几时？”
>
> 李逵道：“若真个是宋公明，我便下拜；若是闲人，我却拜甚鸟！节级哥哥，不要瞒我拜了，你却笑我。”

宋江便道："我正是山东黑宋江。"

李逵拍手叫道："我那爷！你何不早说些个，也教铁牛欢喜。"扑翻身躯便拜。（第三十八回）

宋江这个李逵心中的大哥也不含糊，很有大哥范儿，第一次见到李逵，就送上了一锭大银子，那对李逵来说也许就是人生第一次，李逵必然觉得江湖传言不虚，宋江的确是仗义疏财的好汉，这个大哥眼见与耳闻是一致的。宋江和李逵接触时间并不长，但宋江的确有手腕，他结识武松的过程，就能让人想到他怎样收服了李逵，而不在其本身有多高的武艺。

刘邦有多大的本事，却能驱使韩信等当世英雄为其所用；曹操到战场上能力敌几人，典韦、许褚那样的猛将忠心耿耿；刘备有什么战阵杀敌的手段，赵云死心塌地为其不顾性命。世界就是那样奇怪和充满矛盾，一物降一物有时看上去毫无道理，却又实实在在地发生，没什么道理可讲。

李逵很纯朴，认了大哥就可以为大哥赴汤蹈火，所以在宋江被押赴刑场的时候，他敢一个人去劫法场救人，不惜牺牲自己的生命。成了这样的交情，李逵还有什么不能为宋江做？如果有人敢和宋江为敌，宋江还没有怎么样，李逵就先上去和人家拼命了。这是可以预见到的事情。

在李逵看来，宋江就是他的大哥，在大哥跟前他就是矮半截，没什么丢人的：

你怕我敢挣扎？哥哥杀我也不怨，剐我也不恨，除了他，天也不怕。

我梦里也不敢骂他！他要杀我时，便由他杀了罢。（第七十一回）

而在宋江看来，李逵就是自已收服的一个小弟、马前卒，对李逵可以随意地呵斥，甚至是打骂：

宋江喝道："你若不听我的军令，割了你头！"（第六十七回）

宋江大喝道："这黑厮怎敢如此无礼！左右与我推去，斩讫报

来!”（第七十一回）

宋江对李逵经常张口就是“这黑厮”，似乎习以为常，李逵自己也全不以为意。宋江骂李逵从心里上没有负担，不必担心李逵会记仇，以宋江的心机，可能还有另有用意，那就是敲山震虎，警示他人别冒犯自己，别做让自己不愉快的事，否则李逵就是榜样。毕竟没有几个人有李逵那么厚的面皮。

据说清朝末年的著名人物李鸿章就喜欢用能打敢冲，头脑简单的人为战将，他认为读书人想法太多，在战场上难以统一步调，而那些勇敢的莽汉就没有很多想法，为主将的将令是从，所以他在组织淮军和太平天国作战的时候，手下的大将主要就是那样一批没有多少文化的人。宋江可以说是李鸿章的榜样。

（二）李逵为什么那样俯首听命于宋江

李逵那样认宋江，听命于宋江，甘愿为宋江去死，应该与他的生活经历有关。李逵从小家贫，哥哥李达懦弱，保护不了小李逵，孤儿寡母受人欺，李逵也在在村里被大孩子欺负。等到李逵长到15岁左右的时候，身体超长发育，长得又黑又壮，加上他天不怕、地不怕，经常去和人打架，用拳头保护了自己。

在村里没有人敢欺负他了，但他仍然是个衣不蔽体的穷小子，仍然被人看不起，遭人白眼，还有可能因为他爱惹是生非，游手好闲，不事农耕，被村里人看成地痞、二流子，有的人家就不让小孩和他一起玩，李逵当然心里窝火，他心中向往有江湖义气的生活，希望能有一个关心他的大哥。

李逵的第一个大哥是戴宗，在他生活困顿的时候，是戴宗帮了他，把他这个流落江州的杀人犯聘为狱卒，使他有了稳定的收入，日常生活有了保证。但戴宗对李逵只是给予了帮助，在心理上并没有获得足够的温暖，戴宗对李逵的兄弟情义还是不够的：

> 又是这厮在下面无礼，我只道是甚么人。兄长少坐，我去叫了这厮上来。
>
> 押司，你看这厮恁么粗卤，全不识些体面。
>
> 咄！你这厮敢如此犯上，直言叫唤，全不识些高低，兀自不快

下拜等几时?"(第三十八回)

戴宗介绍李逵的时候，戴宗、宋江、李逵 3 人对话的时候，戴宗的话语全没有些友善，他也许是无意的，但却真的不像有兄弟情谊的。戴宗在其他时候对李逵的态度也差不多，让人不太舒服：

戴宗喝道："兄弟好村，你不要做声，只顾吃酒便了。"（第三十八回）

铁牛，你这厮胡说！你今日既到这里，不可使你那在江州性儿，须要听两位头领哥哥的言语号令，亦不许你胡言乱语，多嘴多舌。再如此多言插口，先割了你这颗头来为令，以警后人。（第四十一回）

宋江则完全不同，李逵拜他的时候连忙还礼，还称李逵为壮士，知道李逵需要钱，马上就送上了 10 两的大锭银子，在李逵输了钱，打了人的时候，宋江马上给解围：

贤弟但要银子使用，只顾来问我讨。

既是恁的，就与他众人做将息钱。（第三十八回）

然后就是请李逵喝酒：

李逵便道："酒把大碗来筛，不耐烦小盏价吃。"

宋江分付酒保道："我两个面前放两只盏子，这位大哥面前放个大碗。"酒保应了，下去取只碗来，放在李逵面前，一面筛酒，一面铺下肴馔。

李逵笑道："真个好个宋哥哥，人说不差了，便知做兄弟的性格。结拜得这位哥哥，也不枉了。（第三十八回）

初次见面，宋江的组合拳就把李逵搞得晕头转向了，关键是李逵从没得到过的尊重，在宋江这个他心仪已久的大哥这里得到了，李逵吃着酒，心中的满足感比口腹之欲的满足更觉得痛快。可以想像得到，随后的日子，宋江排遣自己的寂寞，也为笼络李逵，还会做出很多友善的举动，李逵自然就从心里崇敬宋江这个大哥，肯为大哥付出一切了。至于以后宋江骂李逵，李逵根本就不会往心里去，那已经真被看成“骂是爱”了。

六、李逵死的冤枉

李逵正值壮年，戎马倥偬九死杀场，好不容易苦大仇深的苦孩子熬成官员，做了镇江润州都统制，应该相当于现在的军分区司令吧，大校级别的军官，好日子的曙光已经可以看到了，但突然就被宋江拉去陪葬了，李逵死的实在是很冤。

（一）李逵完全被蒙在鼓里

李逵被宋江招到楚州，并不知道有什么事，只因哥哥召唤就没有二话。宋江对让李逵陪他去死并无十分的把握，所以李逵到了之后，他先让李逵喝下了毒酒，造成不可改变的事实。绝大多数人在死亡离自己很远的时候，谈到自己的生死会很从容淡定，但真到死亡迫近到眼前的时候，能做到慷慨赴死的人就可称英雄了。宋江对人性还是了解的很多，所以他先下手让李逵死，再告诉李逵无可挽回的真相。

李逵对大哥宋江的计谋毫不知情，他短暂的人生没过上几天舒心的日子，就稀里糊涂的走上了黄泉路。军官李逵好日子的曙光成了泡影，好汉李逵还不知道女人的滋味，孝子李逵没能给李家留下延续香火的后代，当然是很冤的。

（二）因为信任宋江，所以反遭毒手

李逵这样轻易遭到毒手，原因只有一个，那就是对大哥宋江的极度信任，他可以为大哥宋江去死，却不知道大哥宋江反会要他的命。明枪容易躲，暗箭最难防，李逵这样没有什么文化，又头脑简单的人，最容易死在暗箭之下。

李逵对宋江临别的话充满了悲凉：

> 亦垂泪道：“罢，罢，罢！生时伏侍哥哥，死了也只是哥哥部下

一个小鬼！”（第一百二十回）

李逵对死没有一点思想准备，他心中有过怎样的挣扎呢？没有人会知道。他对宋江说出这样的话，可能是对木已成舟的无奈，也可能就是对宋江阴险的至死不悟。李逵之死冤枉中带着可怜、可悲。

（三）宋江为什么要李逵死

站在宋江的立场上，他自己要死了，就一定要让李逵去死，这几乎是宋江本能的反应。他死之后，就再也没有人能制得住李逵，以李逵那样无法无天的性格，什么事情都能做的出来，那是宋江能预料到的，也是他决不能允许的。宋江杀李逵的原因主要有三个。

1. 担心李逵毁掉自己忠君报国的清名

宋江一贯的思想就是出仕，忠君报国是宋江的人生理想和毕生追求，光宗耀祖是实现其价值的体现和夙愿，他不允许任何人对其理想的破坏。如果宋江还对杀死李逵有点内疚的话，他和李逵对话之后，心中会暗暗庆幸自己果断的决策的正确。

宋江便道：“贤弟不知，我听得朝廷差人赍药酒来，赐与我吃。如死，却是怎的好？”

李逵大叫一声：“哥哥，反了罢！”

宋江道：“兄弟，军马尽都没了，兄弟们又各分散，如何反得成？”

李逵道：“我镇江有三千军马，哥哥这里楚州军马，尽点起来，并这百姓，都尽数起去，并气力招军买马杀将去！只是再上梁山泊倒快活！强似在这奸臣们手下受气！”（第一百二十回）

李逵是脑后有反骨的人，他只讲朴素的哥们义气，对朝廷没有任何感情与眷恋，只有怨恨。梁山泊的快乐日子没了，那么多兄弟死了，他不把账算在宋江身上，而是一股脑算在朝廷头上，算在赵官家头上。

宋江则完全不同，按他自己的解释：

我为人一世，只主张“忠义”二字，不肯半点欺心。今日朝廷赐死无辜，宁可朝廷负我，我忠心不负朝廷。我死之后，恐怕你造反，坏了我梁山泊替天行道忠义之名。（第一百二十回）

坏了梁山泊的名声是幌子，坏了宋江的名声才是他最关心的。在临死之前，拉上李逵垫背，是宋江替天行道，忠君报国做的最后一件事，也是他惟一有力量再为朝廷出力，为自己博得身后清名能做的事。

但是，作为宋江有权利不负朝廷，但他有什么权利决定别人生死？他那样给壮年的李逵安排后事，以为自己是李逵的上帝吗？如果宋江先把实情告诉了李逵，李逵又自愿陪葬，那别人无话可说，但李逵现在的死法实在很冤。

2. 害怕自己家遭到报复

宋江很担心自己家遭到蔡京、高俅等朝廷权奸的报复，那些人和梁山泊仇深似海。蔡京女婿梁中书为他办的生辰纲被梁山泊所夺，10 万两白银的财物自然让人心痛，更重要的是梁山泊人马在江州劫法场，险些夺去蔡京儿子蔡九知府的小命，梁山泊人马攻打大名府，使蔡京的女婿如丧家之犬，而后两件事的始作俑者就是宋江。高俅的堂弟高廉死在梁山泊宋江之手，高俅率军征剿梁山泊被打得落花流水，本人亦被生擒，是他人生中的奇耻大辱。宋江走到体制内，在他们掌中谋生，他们安能放过宋江。

对可能来自权奸的报复，宋江是有所准备的，征剿方腊之后，他弟弟宋清根本就没去当官，就在家里务农了，也应是宋江给自己留的后路，但宋江并不知道蔡京、高俅的报复什么时候来，更不会想到人家直接就把他这个朝廷大员用毒酒鸩杀。想到自己死后李逵可能会造反，宋江很害怕，自己已经远离权贵还难逃魔掌，李逵造反后，蔡京、高俅岂不更加疯狂的报复，那时候自己的老家，自己的弟弟，自己的宋氏一脉还能有存活的余地吗？如果以自己一身换得家族平安，香火延续他能接受，那么让李逵陪葬就是一个必然的选择！

宋江害怕自己家族遭到报复，就可以拿别人的生命顶杠吗？可以看出李逵的死有多么无辜，还有点让人为人性叹息。

3. 宋江没有把李逵当兄弟

宋江把呵斥李逵早就当了家常便饭，时间久了就成了一种习惯，他们名义上还是兄弟，但在宋江的潜意识里，李逵的地位可能和家仆类似了，有点像卢俊义和燕青的关系，但宋江显然不如卢俊义厚道，所以他死就拉上了李逵当垫背的。

如果宋江心里真把李逵当兄弟，正常的逻辑应该是赶快通知李逵：自己要被权奸害死了，很快就会轮到他，官别做了，逃命要紧。如果对李逵不放心，就晓之以理，动之以情，告诉他不可造反，否则那么多年的兄弟就白做了。宋江当初给晁盖通风报信，显出的就是兄弟情义，如果露出风声，宋氏一脉的身家性命都可能不保，但宋江为兄弟担下了血海干系。但宋江对李逵的作为就完全不是那么回事了。

如果真是宋江内心深处李逵只是家仆，不是兄弟，就更为李逵的死不值，就更觉得李逵死的冤枉。

李逵一类人物是中国古代小说中经常出现的，《三国演义》的张飞、《隋唐演义》的程咬金、《岳飞传》中的牛皋等等，这些人物以其突出的个性特征，往往给人留下深刻的印象。李逵也是如此，他一出场就给人憨态可掬的形象，让人对他颇有好感，但他缺少张飞的智谋，程咬金、牛皋的可爱，而且杀气太重，并不是个让人喜欢的人物。

第六章　正说发生在宋江身上的诡异事件

人类从古至今，一直希望掌握自然规律，掌控自身的命运，解释自然界一些未知的现象。周文王推演《周易》，李淳风、袁天罡作《推背图》等等，都是古人的尝试；人类登上月球，走入太空，就是今人探索未知世界的努力。秦始皇、唐太宗那样有为的皇帝，幻想着长生不老，却在求仙的道路上，只活了短短的 50 年，就因食用所谓仙丹，水银中毒而死，那也正是他们掌握自身命运的尝试。

但也的确有些让人感到匪夷所思的东西，在人类历史上留下一个又一个谜团，让人想不通、猜不透。《水浒传》中在宋江身上就发生了民谣事件、遇九天玄女娘娘事件和石碣事件。本章正说发生在宋江身上的诡异事件。

一、民谣事件

古代的民谣很多，本不算什么，可奇怪的是那些预言性的民谣，很早就在民间广为流传，后来竟能神奇地变为现实。很神奇的有隋朝末年的《杨花落，梨花开》事件，发生在柴进先祖周世宗柴荣身上的“点检做天子”事件等，都和发生在宋江身上的民谣一样，透出难测幽深的诡异。

（一）《杨花落，梨花开》和“点检为天子”事件

1.《杨花落，梨花开》事件

公元614年末，洛阳街头出现的一首民谣：“桃李子，得天下；皇后绕扬州，宛转花园里。勿浪语，谁道许?”当时正是隋炀帝当朝，“李氏当为天子”成为上到皇帝达官，下到平民百姓都知道的民谣。

当时有一个叫李玄英的人，他认真研究了《杨花落，梨花开》后，预言：逃亡的李姓之人，将会得到天下；皇帝与皇后迷转于扬州都不能返都；“勿浪语，谁道许”，他猜出是“密”的意思。于是他丢弃了所有的东西，从东都洛阳逃出，去投奔蒲山公李密，以求成为新朝开国的功臣。当时还有“杨花落，李花开；桃李子，有天下”等李姓人夺取江山的民谣。因为天下盛传，所以隋炀帝确实对李姓人疑神疑鬼，大臣李浑被怀疑是要得天下的“李”，于是家族中32人被杀，其余全部被流放到了岭南。

也有人说，李浑家族被灭，是因为他得罪了隋炀帝的宠臣宇文述，《杨花落，梨花开》等民谣也是宇文述传出来，有意陷害李浑的。但奇怪的是，真是李姓家族的李渊建立了唐朝，取代了杨家的隋朝，就如冥冥中早已天定一样，隋炀帝只能在“桃李子，得天下”的传唱中，而且就是在他在巡游扬州的时候，丢了性命、丢了江山！

隋炀帝死于公元618年，在这个民谣传唱了4年之后，民谣中的一切竟全部应验，堪称神奇。

2.“点检为天子”事件

后周太祖郭威无后，把江山传给了义子周世宗柴荣。公元959年，柴荣北征燕云，势如破竹，沿途敌军望风而逃，许多辽人控制下的城池被收复，就在这个时候，这个具有雄心壮志的年轻皇帝突然病倒了，只好撤军南归。在回军途中，病中的柴荣批阅文件时，莫名其妙地在一个苇编袋子里，得到一块长3尺的木牌，上面有“点检为天子”5个字，柴荣马上警觉起来。

后周的殿前都点检是禁军统帅，手中握有兵权。时任殿前都点检的人叫张永德，是郭威的女婿，柴荣的姐夫，作为郭威的女婿，从姻亲关系来说，他比柴荣这个义子和郭威的关系更近。柴荣担心自己死后，在禁军内外拥有强大势力的张永德，会取代自己的儿子，夺走柴家的江山。恰巧柴荣的对手后晋的石敬瑭，就是后唐的驸马，他羽翼丰满之后，自己篡位建立晋国，成

为天子。柴荣为防患于未然，撤掉了张永德都检点的职务，让随他出生入死，深受自己信任的大将兼兄弟赵匡胤做了后周的都检点。

柴荣的行为很是奇怪，既然他相信了木牌上的预言，那为什么不一了百了，干脆取消都检点这个官职呢？也许真是后周气数已尽，让那样有魄力、有能力的君主英年早逝，让江山易主。有人说那个木牌本来就是赵匡胤的阴谋，要搬掉自己当皇帝的绊脚石，柴荣中了反间计，就是在引狼入室。可怜壮志未酬的后周皇帝，39 岁就英年早逝，他去世前保社稷的行为，恰是给自家的江山找到了最合适，早有野心的掘墓人。

公元 960 年，柴荣尸骨未寒，赵匡胤在陈桥驿发动兵变，在“黄袍加身”之后，实现了“点检为天子”的谶语，柴荣的行为成就了赵家江山的历史。赵匡胤还是个良心未泯之人，面对柴家孤儿寡母没有硬抢，为掩人耳目搞了个辽国入侵的假情报，在带兵出征半路被众将“拥戴”了。柴进奉为至宝的“丹书铁券”，也是宋太祖求得心里解脱的产物。

（二）发生在宋江身上的民谣事件

1. 民谣事件

宋江在江州流放期间，趁着酒醉在浔阳楼题写了反诗，正好被一个赋闲在家的小官黄文炳通判看到，这个通判和江州蔡九知府交往密切，正逢知府接到太师父亲的家书，说街市正流传四句民谣：

> 耗国因家木，刀兵点水工；纵横三十六，播乱在山东。

蔡京在信中嘱咐儿子蔡九知府注意地方安全。黄文炳顺便就把从浔阳楼抄录的反诗给了蔡九知府，还对童谣进行了破解：

> 黄文炳：“耗国因家木，’耗散国家钱粮的人必是‘家’头着个‘木’字，明明是个‘宋’字。第二句，‘刀兵点水工，’兴起刀兵之人，‘水’边着个‘工’字，明是个‘江’字。这个人姓宋，名江，又作下反诗，明是天数，万民有福！”
>
> 知府又问道：“何谓‘纵横三十六，播乱在山东?’”黄文炳答道：“或是六六之年，或六六之数。‘播乱在山东，’今郓城县正是山

东地方。这四句谣言已都应了。（第三十九回）

黄文炳的确有官员洞察力，蔡九知府也是很认真、负责的人，二人立即在新流放到江州的囚徒名册中查找，很快找到了郓城县宋江，那个在酒楼留反诗的人。反诗和民谣结合，宋江不仅成了大逆不道之人，还直接露出了反相，就要在江州问斩，逼得宋江在梁山泊人马和李逵劫法场救下他之后，只能上梁山泊落草为寇，才揭开了梁山泊火红的新篇章。

2. 谁制造了民谣

从隋末民谣和后周谶语看，民谣和谶语都不是凭空产生的，必须是在一定的社会环境下，或特殊人物关系中产生，要有始作俑者。隋末的《杨花落，梨花开》民谣，很可能源自于大臣宇文述，却为李渊、李世民家做了嫁衣裳；后周谶语出自于赵匡胤的可能性比较大，他能力过人，又善于伪装，篡位并非是心血来潮，柴荣身体情况很差，让他萌动取而代之的念头。那是谁制造了关于宋江的民谣呢？

关于宋江民谣的制作者，有两个可能性比较大。

第一种可能是宋江的崇拜者，同时也是江湖好汉，还要对朝廷不满，准备造反的人。宋徽宗时代宋朝吏治腐败，内忧外患，被逼走上造反道路和主动走上造反道路的大有人在，《水浒传》中的描写的大小山头就不下 10 个，全国地方那样大，当然还会有很多，其中有人希望宋江领头和朝廷分庭抗礼，就设计出了并不很难猜断的民谣。像李俊、李逵、石勇等人一样的人，对宋江很仰慕，却没有机会见面，听说了宋江杀死阎婆惜，被发配的江州的情况，于是就借民谣来鼓励宋江造反，他会认为宋江被发配后，正是苦闷的时候，有揭竿而起的动机。另外只有宋江才有号召力，他自己在宋江造反后会去投奔。这个人不需要有很高的文化素养，那个民谣编的也不是很高明，很容易破解，而编童谣的人就是要这样的效果。惟一说不通的就是宋江上梁山泊后，并没有可能写民谣的人到山寨来投奔。

第二种可能是梁山泊的吴用等人。吴用代表的是梁山泊当时的老大晁盖，吴用需要征得晁盖的同意。晁盖是个讲义气的人，宋江的救命之恩他一直牢记在心，总想着回报，派刘唐到郓城县去感谢是要报恩，宋江发配到江州的路上，要劫宋江上山是报恩，千里奔袭劫江州法场救宋江是报恩，宋江上梁山泊后要让出老大的位置也是要报恩。宋江没有随花荣、秦明等青州的人马一起上山，从那个时候就应该作准备了，宋江发配路上不肯上山，就应该开始实施了。

梁山泊编这样的民谣有充分的动机，那就是报恩和逼宋江入伙。吴用有编民谣的能力，从吴用骗卢俊义的行为看，他有实施的能力和足够的机智，而且教书先生出身的吴用对历史上类似的事情，必定是烂熟于心。梁山泊离汴梁不远，通过送点吃食和玩物，教小孩们传唱也不会是难事。由吴用编民谣，再使出手段传播民谣的可能性是很大的。

还有两个可能行很小的解释：一是有人想陷害宋江，故意搞出这样很好破解的民谣，致宋江于死地，但宋江基本上没有什么仇人，更没有死敌，没有人对他有无缘无故的恨。二是宋江为造反做准备，自己搞出来的，但宋江从清风寨之后，就不会有时间做这样的事，何况他还要冒被杀头的危险，所以几乎没有可能。

宋江上梁山泊后，还和山寨的兄弟们说起此事，当时宋江喝了酒，他应该是很得意地在炫耀：

> 叵耐黄文炳那厮，事又不干他己，却在知府面前胡言乱道，解说道：'耗国因家木'，耗散国家钱粮的人，必是家头着个'木'字，不是个'宋'字？'刀兵点水工'，兴动刀兵之人，必是三点水着个'工'字，不是个'江'字？这个正应宋江身上。那后两句道：'纵横三十六，播乱在山东。'合主宋江造反在山东。以此拿了小可。（第四十一回）

用以显示自己在江湖上的影响，或者暗示自己造反符合上苍的安排，但却看不出有他自己参与的痕迹。如果吴用策划了民谣事件，那时他的心里会十分得意，爽得大声宣布出来的心都会有。

二、九天玄女娘娘事件

九天玄女娘娘原为中国古代神话中的女神，后道教敬奉为女仙，东汉、魏晋时期，在社会上影响很大。《水浒传》中宋江两次遇到九天玄女娘娘，似梦非梦，似幻非幻，诡异异常，我们看看两次相遇是怎么一个情境。

（一）第一次相遇

宋江第一次遇到九天玄女娘娘是在第四十二回，他在江州杀人上梁山泊后，回郓城县接父亲和弟弟上山。被县里的都头赵氏兄弟发现并追捕，正处在极端凶险的境地，慌不择路的他误打误撞躲到玄女庙中，九天玄女娘娘显灵相救。

1. 宋江在江州题反诗、杀人的大案已经传到郓城县，宋江已经成被朝廷通缉的要犯，连家人也被看管，“只等江州文书到来”，便要捉拿宋太公和宋清。宋江那样的重案，灭族也是可能的，也正因为如此，宋江才匆忙下山接人。

2. 杀那么多人是死罪，反叛朝廷的人更是死罪，宋江如果被捕，基本上就会丢掉小命，宋江当然知道其中利害。

3. 到宋家的差役人每天都有 100 百多人，追宋江到玄女庙的也有近 50 人，如果追到，宋江仅自身一人，以他的身手，只有束手就擒的份，结局也不言自明。

九天玄女娘娘救宋江过程中出现了以下的情况：

反复称宋江被反为星主；授予宋江天书；宋江吃了仙枣，枣核留在手中。天书和枣核实际上就成了宋江不是凡人的证物。

九天玄女娘娘对宋江的要求：

1. “传汝三卷天书，汝可替天行道为主，全忠仗义为臣，辅国安民，去邪归正。他日功成果满，作为上卿。”

2. “玉帝因为星主魔心未断，道行未完，暂罚下方，不久重登紫府。切不可分毫失忘。若是他日罪下都，吾亦不能救汝。”

3. “此三卷之书，可以善观熟视。只可与天机星同观，其他皆不可见。功成之后，便可焚之，勿留在世。所嘱之言，汝当记取。”（第四十二回）

留给宋江四句天言，让宋江牢记在心：

遇宿重重喜，逢高不是凶。北幽南至睦，两处见奇功。

（二）第二次相遇

宋江第二次遇到九天玄女娘娘是在第八十八回，宋江已经按照九天玄女娘娘的要求，开始“替天行道”，率军攻打辽国，但在征辽中遇到兀颜统军的辽国大军，正处危难之际。

1. 辽军声势浩大，军威雄壮，宋江一见便心有怯意：

我上高阜处观望辽兵，其势浩大，漫天遍地而来，此乃是大队番军人马。来日必用与他大战交锋，恐寡不敌众，如之奈何？

2. 宋江指挥人马与辽军连战三阵，皆大败。第一阵伤了孔亮、李云等4人；第二阵杜迁、宋万重伤，“黑旋风”李逵被俘；第三阵损折许多人马，宋江传令：

教军将紧守山口寨栅，深掘濠堑，牢栽鹿角，坚闭不出，且过冬寒。

前两阵过后，宋江尽管认为“辽兵势大，无计可破，使我忧煎，度日如年，怎生奈何？”但还敢对阵应战，第三阵后，宋江已无计可施，“屯驻不敢轻动”，高高挂出了免战牌。

3. 朝廷从京城派到前线慰问劳军，同时督战的“御前八十万禁军枪棒教头，正受郑州团练使”，王文斌战死。

宋江人马的作战不利，又受到北方寒冷气候侵袭，南人很难承受那样的严寒，几乎是到了山穷水尽的时候，九天玄女娘娘出面了。这次玄女是军事家，可以说是直接指挥了宋军破阵杀敌，知己知彼，战法一流，保证了宋军胜利，让宋江渡过难关，得以凯旋。

（三）两次相遇对宋江的影响

两次相遇都是在宋江极端困顿之时，都因相遇使宋江化险为夷，第二次还建立奇功。但第二次相遇显得更加荒诞不经，九天玄女娘娘可以直接指挥大军，还那样的调度有方，还用得着教宋江什么战法吗？真是多此一举，直接把辽兵、辽国灭了就算了，还省事些。宋徽宗的靖康之难却没得到九天玄女的帮助，有些不合情理，至于南宋时期，九天玄女直接灭金人也就是了，还用得着岳飞、韩世忠等人在那里浴血奋战吗？

第一次相遇，给了宋江充分的表演依据，值得说一说。

第一，宋江被呼为星主，使宋江自己从心理上产生了变化：

这娘娘呼我做星主，想我前生非等闲人也。（第四十二回）

宋江一直是以谦卑姿态示人，他自己也真没有什么可以骄傲的地方，在劝武松接受招安时，他对自己的评价是“百无一能”。但现在有点不同了，他是天上的星宿下凡，而且是星宿的首领，这是上天安排的。

第二，宋江吃仙枣留下的枣核，和所谓的“天书”，就是宋江与神仙交往的证物，只有他宋江才有这样的特异功能，尽管他自身貌不扬、文不成、武不精，他却是惟一能够沟通神仙的人，是神的使者。这在迷信统治人们精神的时候，是莫大的权威。

第三，九天玄女娘娘传授天书的时候，要求宋江“替天行道”，否则就是违背上天，必遭天谴，所以宋江接受招安有不可辨驳的依据。那个时候，没有人敢公然逆天而行，祭天祈福，向上天求雨是再正常不过的事情，没人会觉得荒诞。稍微用心一点就会发现，九天玄女娘娘的这个要求和宋江的思想一脉相承，那就是宋江自己的希望和要求。

第四，九天玄女嘱咐可与天机星共同学习天书，那时还不知道谁是天机星，而对宋江来说，他可以找到一个上天安排的伙伴，是上天安排帮助他的人。这时候宋江选中谁，那对谁来说都是莫大的光荣。宋江自然知道他要选谁，吴用在宋江上梁山泊不久，内心的天平就开始向宋江倾斜，这是因为他看出宋江有远大的志向，跟着宋江比跟着晁盖更有前途，凭吴用的机智，心中早就看清楚了。

第五，记着四句天言就好了，那也是自己的一把利剑或盾牌。

细心一点的人可能会很不以为然，宋江慌慌张张跑到九天玄女娘娘庙的时候，那个庙的景象是什么样的：

> 墙垣颓损，殿宇倾斜。两廊画壁长青苔，满地花砖生碧草。门前小鬼，折臂膊不显狰狞；殿上判官，无幞头不成礼数。供床上蜘蛛结网，香炉内蝼蚁营窠。
>
> 狐狸常睡纸炉中，蝙蝠不离神帐里。料想经年无客过，也知尽日有云来。（第四十二回）

这样破败的一个去处，主人却有无限神通，她怎么就不给自己的善男信女显显灵，让自己的香火旺起来。人是很奇怪的动物，他可以不相信自己，甚至不相信自己的眼睛，但他却相信庙里的泥胎，甚至是自己塑起的泥胎，相信那些自己从未见过的神仙、鬼怪。记得漫画家华君武先生画过一幅漫画，一个衣衫褴褛的算命先生茫然地走在街上，旁边写着注释：他知道别人的命运，却不知道自己的下一顿饭在哪里。九天玄女娘娘庙的残破，与她过人的神通，和华君武先生对算命先生的批注有异曲同工之妙。

（四）对九天玄女娘娘事件的解读

九天玄女娘娘事件根本就是宋江经过深思熟虑，自导自演的一出戏剧。宋江杀死阎婆惜后浪迹江湖，但他出仕的愿望没有改变，宋江很清楚，他出仕的惟一方式，就只剩下造反再接受朝廷招安，以宋江的智谋，他早就开始筹划了。

宋江思考造反再接受招安的事，是在他流亡期间。他在白虎山孔家庄遇到武松，知道武松要去二郎山投奔鲁智深、杨志，在送别的时候，宋江对武松说：

> 入伙之后，少戒酒性。如得朝廷招安，你便可撺掇鲁智深投降

了，日后但是去边上一枪一刀博得个封妻荫子，久后青史上留得一个好名，也不枉了为人一世。我自百无一能，虽有忠心，不能得进步。兄弟，你如此英雄，决定做得大事业，可以记心。听愚兄之言，图个日后相见。（第三十二回）

这是对武松的劝诫，也是他自己正在思考的问题，他在这个时候还没有完全想明白，去清风寨见花荣，也可能会讨论这个话题。宋江把这个问题思考成熟，应该是在江州的时候，造反的想法有了，但在是否付诸行动上还有些犹豫，正在举棋不定的关头，是酒出卖了他，让他在浔阳楼酒后吐了真言，还写在了墙上，无可抵赖。

宋江从梁山泊独自回家接老父和弟弟，本身就有些说不通，他刚刚犯了大案，到处都在通缉他，自己又没有鲁智深、武松的本事，找一两个伴当照应当然是好选择，但宋江却谢绝别人的好意，坚持一个人下山，他这次一定有所准备，那样才符合宋江做事思虑周密的特点，一个人做这样的事更机密，永远不会穿帮。

那个九天玄女娘娘庙离宋江家不远，最多不过方圆 10 公里，急急如漏网之鱼的奔逃中，超过 10 公里人会累死。宋江年轻或小的时候一定去过或见过那个庙，九天玄女娘娘是宋江早就编好的故事，枣核、天书都是宋江准备好的道具，梁山泊接应他的人增加了他故事的可信度。宋江这样做的目的，就是进一步抬高自己，使已经名震江湖的他，在梁山泊的地位得到加强，为成为山寨老大加一个大砝码。

以宋江的江湖影响，以宋江的政治眼光，以宋江的人际交往能力，他迟早要成为梁山泊的老大。宋江一上梁山泊就把新老头领分列两旁，支持他的人明显多于支持晁盖的人，显露出锋芒，晁盖就是没有悔意，心里也会不痛快，而晁盖也确实没有眼光和能力把梁山泊的事业引向辉煌。

三、石碣事件

石碣就是圆顶的石碑，石碣事件说来也简单，就是宋江请一群道士上山，和公孙胜一同做法事：

一则祈保众弟兄身心安乐；二则惟愿朝廷早降恩光，赦免逆天大罪，众当竭力捐躯，尽忠报国，死而后已；三则上荐晁天王，早生天界。（第七十一回）

就在这一法事进行的过程中，又出现了奇异景象：

只听得天上一声响，如裂帛相似，正是西北乾方天门上。众人看时，直竖金盘，两头尖，中间阔，又唤做“天门开”，又唤做“天眼开”；里面毫光，射人眼目，云彩缭绕，从中间卷出一块火来，如栲栳之形，直滚下虚皇坛来。那团火坛滚了一遭，竟钻入正南地下去了。（第七十一回）

宋江赶紧叫人掘地，在地下 3 尺深浅的地方挖出一个石碣，正面两侧都有天书文字。这其实是个小把戏，秦朝末年陈胜、吴广起义时，造出鬼火，并且“狐鸣呼曰”，大楚兴、陈胜王；元朝末年红巾军起义，韩山童、刘福通将独眼石人埋于河滩，又到民间四处传播“莫道石人一只眼，挑动黄河天下反”的民谣，民工挖河时挖出了独眼的石人，起义遂如火如荼。狐鸣事件、独眼石人事件和石碣事件何其相似！

石碣事件的主谋无疑是宋江，但他自己做不了这样大的工程，还有谁参与其中呢？参与石碣事件的人，必须是和宋江关系很近，或是有共同利益的人，同时又愿意参与此事，有几个人是必须参与其中的：

（一）公孙胜。他本是个道人，善于装神弄鬼，没有他的参与，这件事很容易穿帮，而且找道人上山做道场，还要是道行高的道人，主要靠他推荐，有的还要他亲自下山去请。比如那个何玄通道士，一定是公孙胜请上山，一起来做局的。有了公孙胜的参与，对诡异事件的解读，其欺骗性会大很多，别说那些小喽啰，就是那些头领也没有几个会怀疑。但公孙胜并不是宋江的铁杆亲信，不知道宋江用什么办法摆平他。

（二）吴用。晁盖还没有死的时候，他和宋江就已经走得很近了，作为读书人，他敏锐地感觉到，跟着宋江才有机会实现自己当官，为朝廷出力的理想，光耀门庭的诱惑难以阻挡，但晁盖并没有这样的政治理想。宋江再把天书拿出来，尽管他会将信将疑，但一定更愿意相信宋江，因为那有他和宋江的共同利益。制造石碣事件，他一定是积极的主动参与者，拉公孙胜入伙，很可能是他做的工作，晁盖死后，吴用就应该算是和公孙胜关系最近的人。

（三）何玄通道士。那么多道士，只把他的名字露出来，其中必有深意。逐利是人的本性，道士、和尚也不能免俗，好在梁山泊多的是金钱，总能在重赏之下，找到愿意配合做事的人。如果梁山泊的玉臂匠金大坚未参与，那刻石碑的人也很可能是何玄通道士找的，他在山外活动不会引起别人的怀疑。这趟买卖一定是何道士出道以来，赚得最多的一次，他因财力雄厚成为一个道观的老大都是可能的。

（四）金大坚。他是否参与了，就看宋江对他的信任程度，还有他为人是否圆滑。他参与的可能性是有的，但从保密角度说，宋江加上前面 3 个人就够了，用不着他加入。宋江花钱，吴用出计谋说服公孙胜，公孙胜何道士做准备，何道士找人秘密刻碑，再密封后运到梁山泊，在吴用、公孙胜的帮助下埋入地下。

李逵尽管是宋江的亲信，但这事决不会让李逵参加，一是李逵朴素正直，说不定会对装神弄鬼很反感，大闹起来就没法收场了；二是李逵大嘴巴，就是想为宋江瞒着，哪天喝过酒就全漏了。这样的事参与的人越少越好，知道的人越少越好，只要不是必须加入的人，就都撇到一边。宋清、花荣、李俊等尽管是手足、似手足，从事情机密角度说，也基本不会让他们知道内情。

发生在宋江身上的诡异事件中，九天玄女娘娘事件是宋江自导自演的，石碣事件的主谋是宋江，吴用等人参与了，这两件事都经过了宋江的深思熟虑和精心安排，体现了宋江计谋之深。吴用是这两件事的积极参与者。民谣事件最可能的主谋是吴用，晁盖从报恩的角度支持了吴用的行为。

四、诡异事件确有神奇之处

有些诡异事件是人为编造的，是有人为了达到自己目的有意为之，就如前面提到的《杨花落，梨花开》和“点检做天子”事件，但其神奇的应验还是让人觉得不可思议，好像有一双看不见的手在冥冥中决定着这一切，让人在惊异中又觉得不可理解，所以对古人的迷信应给予充分的理解。

有些诡异事件本身就是后人附会的，比如刘邦的身世，司马迁在《史记·高祖本纪》上说："刘媪尝息大泽之陂，梦与神遇。是时雷电晦冥，太公往视，则见蛟龙予其上。已而有身，遂产高祖。"其实这就是要告诉世人，刘邦是龙种，是真命天子。这个故事不是刘邦授意搞的，就是刘家后代授意的。也有人说是刘母与人偷情被老公发现了，这种说法有点儿戏，不足为训，刘父再愚钝也能分清是人、是龙，体积相差太悬殊了。如果刘母真的和人私通，刘父自己到处去宣扬，要出自己的丑吗？这样荒诞的事情被写进正史，司马迁的局限性可见一斑。

还是和刘邦有关，就是汉文帝刘恒的母亲薄太后，她本是魏王豹的妻子，当时有个算命先生见了她之后立刻惊叹：此女子将来会生个天子。魏王豹一听心思活络了，立刻扯旗造反，跟正在打天下的刘邦撕破脸。他认为老婆的儿子是天子，天下当然是我魏家的，可他没弄明白，你老婆生的儿子可以是别人的，根本不姓魏，和你一点关系都没有。魏王豹之死，完全是一个推理错误引发的，但更可能的是有人为刘家的天下，为汉文帝刘恒的地位，附会出来故事骗人的，这根本无可考证。

和那些附会相比，有些东西实在让人不解，比如李淳风、袁天罡作《推背图》。他们也都是时代精英，怎么就会荒唐到想预测几千年后的事件呢？他们真就闲得要死吗？实在让人难以理解。在《推背图》的第 42 象上说：

美人自西来，朝中日渐安，长弓在地，危而不危。

有人将此附会为他们预言中美建交事件，而唐朝的时候，美国还是一块蛮荒之地，这种预测从何而来呢？著名的金圣叹老先生曾解释说：这是一个喜欢穿白衣服的女人，把持了国家的朝政，大权独揽，几乎危害了国家，是开始举国大乱的先兆。《推背图》已经被世人研究了几千年，至少从金圣叹先生之后，那些预言都不是编造的，值得后人去解读、探询。不知谁能真把它读懂，把世界读懂，把人生读懂。

人生与自然相比，与历史的长河相比，无疑非常的短暂，偶然性也无法消灭。既然个人的命运充满着偶然性，说人生无常也没有错，人生既短暂又无常，更难以预测，恰如一场春梦，在这个春梦里，给迷信留下了大有作为的空间。有人就充分利用了这个空间，为达到自己的目的，导演了一出又一出诡异的悲剧、喜剧。

第七章　正说逼上梁山

说到《水浒传》，就必然要说“逼上梁山”。自己本无反叛朝廷之心，却莫名其妙地受到恶人陷害，除了上梁山泊落草只剩死路一条，这样的人在梁山泊好汉中，林冲是第一个，还有解珍、解宝兄弟，第四个人就是有点勉强算进来的柴进。本章正说“逼上梁山”。

一、林冲是最无辜被逼上梁山的人

林冲是80万禁军教头，过着很好的生活，他能一下拿出1000贯钱，差不多是1000两银子买一口刀，普通人家是做不到的，1000两银子够一个小康人家50年的生活费。林冲家有美丽的娇妻，岳父也是个教头，这样的人家尽管不是权贵，在京城里也算是其乐融融的富裕之家，他做梦也想不到自己和强盗能有什么关系，更不会到想到自己会落草为寇。

（一）教头是多大的官

宋朝的军队分成国家军队和地方军队，精壮人员基本都在国家的军队里，禁军教头就是国家军队的武术教官，在宋朝官员的序列里没有看到教头的品级，但从《水浒传》中看，教头应该属于中级军官。《水浒传》中先后出现了王进、林冲、张教头（林冲的岳父）、丘岳、周昂、王文斌等6位80万禁军教头，从对他们的介绍中，可以对教头的品级进行一下探寻。

1. 王进做教头时，正赶上高俅刚升任太尉，选了个“吉日良辰去殿帅府里到任”，所有衙门里的军官都要来参见，点名时发现了王进因病缺席。如果80万禁军教头官职低微，一个差不多相当于国防部长的高官上任，恐怕点不到名字，如果真是大大小小的人物都点一遍，恐怕高俅一天也点不过来。

在王进的家里，还有张牌、李牌两个公派供他差遣的人员，由国家负担二人的薪水。当王进知道高俅蓄意报复他，准备逃走时，他母亲提醒他：

> 我儿，和你要私走，只恐门前两个牌军，是殿帅府拨来伏侍你的，若他得知，须走不脱。（第二回）

若不是有一定地位的军官，国家怎么会给他派服务人员呢？可见教头是有一定品级的。

2. 林冲听说有人调戏自己老婆，刚要下手教训那个无赖，却发现是高衙内。高衙内也很蛮横：

> 林冲，干你甚事，你来多管！（第七回）

林冲认识高衙内不足为怪，长官的公子自然受下属关注，但高衙内一眼就认出林冲，还能喊出名字，说明林冲不是个小人物，否则高衙内不可能对他有那么深的印象，这也可佐证教头官职并不低。

从高衙内做了坏事还那么理直气壮来看，官二代根本不相信有人敢对他“见义勇为”，“我爸是李刚”一类的叫嚣还是有传统的，那么厚重的历史积淀，一时也很难有所改变，要不怎么在媒体反复声讨之后，还有人敢在北京城里公然纠结匪类，在光天化日之下群殴小民，还高喊“我老婆是公安局长”呢！林冲买了宝刀后，

> 两个承局叫道：“林教头，太尉钧旨，道你买一口好刀，就叫你将去比看。太尉在府里专等。”（第七回）

林冲丝毫没有怀疑，只是觉得有人嘴快，马上就让高俅知道了，可见他见太尉也是寻常事，没有一定的地位，要见高俅那样的高官谈何容易，林冲见高俅显得平常，除了有一定地位还应与他的武艺高强有关，高俅对他高看一眼。

《水浒传》中没有过多描写林冲的岳父张教头，看不出他的品级。

3. 丘岳、周昂出现在高俅征剿梁山泊的时候。丘岳“是八十万禁军都教头，官带左义卫亲军指挥使，护驾将军”，周昂“是八十万禁军副教头，官带右义卫亲军指挥使，车骑将军”。这二人的官职已经很高了，而周昂还只是副教头。这二人到济州城时，高太尉令众节度使出城迎接，要说级别，那些节度使比高俅也低不到哪去，宋朝的节度使是封疆大吏，却要去迎接两个教头。还不只如此，在进攻梁山泊的旱路，是周昂、王焕同领大军，可见丘岳、周昂的职位不低。

4. 王文斌出现在宋江征辽的时候，他是御前80万禁军枪棒教头，正受郑州团练使。他的职务和韩涛、魏定国等人相同，在宋朝是从五品官，相当于现在的军分区司令、副司令级别，大校军衔。

林冲除了教头就再没有别的职务，他的80万禁军教头，应该和现在部队的团级干部相当，最高也超不过正师级，军衔应该在中校和大校之间，最恰当的类比应是上校。他这样的人有了一定的社会地位，在社会大变革时期，往往患得患失，因不能舍弃既得利益裹足不前。这个阶层的绝大多数人不会脱离现行体制，如果不是高俅往死里迫害，林冲绝不会反叛朝廷。让高俅成为体制内的重臣，是宋徽宗在给自己挖坟墓。

（二）林冲为什么会被逼上梁山

引发林冲被逼上梁山的导火索，是高衙内看上了林冲的老婆，这是由不得林冲选择的，用社会上流行的说法是命运的安排，成事在天说的就是这种情况。但他被逼上梁山的过程，却与他的性格有关，符合性格决定命运的论断。

1. 引发林冲噩梦的导火索

林冲本来生活得很好，自己也有一定的社会地位，还夫妻恩爱，家庭和睦，他陪着夫人一同到岳庙里烧香还愿，就展现了这个小家庭融洽和谐。也是上天的安排，让平常并不大出门的林夫人，就遇到了“花花太岁”高衙内，偏偏林冲是好武之人，遇到了武艺高强的鲁智深正在卖弄武艺：

> 听得使棒，看得入眼，着女使锦儿自和荆妇去庙里烧香。（第七回）

看的入神了，林冲就没陪在夫人身边去进香。如果有林冲陪伴，高衙内再大胆也不敢太岁头上动土。

这高衙内本来就不是什么好鸟：

> 那厮在东京倚势豪强，专一爱淫垢人家妻女。（第七回）

因为高俅在朝中正炙手可热，没人敢和他理论，这小子就变得无法无天，就敢在光天化日之下，人流如织的岳庙，公然调戏良家妇女。如果不是林冲有威名，他的那帮鹰犬对林冲有所忌惮，林夫人的名节肯定不保，那可以说是在劫难逃了。

高衙内也是个怪人，他在京城里任意胡为，遭他毒手的漂亮女人也不会是少数，他自己说的明白：

> 自见了许多好女娘，不知怎的只爱他，心中着迷。（第七回）

林冲的夫人不知有多漂亮，竟让整日四处沾花惹草的高衙内害上了相思病，算是林冲该有此劫难。也许是应了一句老话，“得不到的就是最好的”，林冲尽管是高俅的下属，但却是个一身本事的军官，不能随便欺负的主儿，林夫人自然是得不到的，他就放不下了。如果林夫人真跟了他，说不准几天新鲜劲一过，就给抛到了九霄云外也未可知。

高俅作为朝廷的高官，与林冲并无过节，他不是劝导儿子走正路，反倒为了儿子去心病，出毒计陷害忠良，这样的高官，就是国家的蛀虫，宋徽宗随性任用这样的人管理国家，国家不灭亡是幸运，国家灭亡了才是正理。

林冲被冤枉是显而易见的，但这样的人成为冤魂，古往今来比比皆是，而林冲还是极其幸运的。高俅已经明示：

解去开封府，分付滕府尹好生推问，勘理明白处决。（第八回）

但林冲遇到了良心未泯的好官，第一个是当案孔目，“为人最耿直”的孙定，第二个就是被高俅吩咐过的滕府尹。

（孙定）禀道：“此事因是屈了林冲，只可周全他。”

府尹道：“他做下这般罪，高太尉批仰定罪，定要问他手执利刃，故入节堂，杀害本官，怎周全得他？”

孙定道：“这南衙开封府不是朝廷的。是高太尉家的！”

府尹道：“胡说！”

孙定道：“谁不知高太尉当权倚势豪强。更兼他府里无般不做，但有人小小触犯，便发来开封府，要杀便杀，要剐便剐，却不是他家官府！”

府尹道：“据你说时，林冲事怎的方便他，施行断遣？”

孙定道：“看林冲口词，是个无罪的人。只是没拿那两个承局处。如今着他招认做不合腰悬利刃，误入节堂，脊杖二十，刺配远恶军州。”

滕府尹也知道这件事了，自去高太尉面前再三禀说林冲口词。高俅情知理短，又碍府尹，只得准了。（第八回）

好一个孙定，据理力争，毫不退让，还司法公正，给世间温情。腾府尹也值得称道，他顶住了高俅的压力，使林冲得以刀下逃生。就是在今天，有几个法官有孙定的浩然正气，有几个高官有的滕府尹的魄力！如果没有孙、藤二人，林冲早就身首异处了。

2. 林冲性格中的隐忍与苟活

林冲性格中有很明显的两面性，他能忍辱偷安，是性格中的一个重要方面，他的一忍再忍的，让人觉得其空有一身本事，做人却很窝囊，更使高俅对他的迫害也一步一步加重。同是 80 万禁军教头的王进，也是被高俅迫害，马上丢弃眼前的一切，远走他乡，使高俅的迫害无奈中止。

林冲的“能忍”在以下几件事上表现都很突出：

一是对高衙内。一个有一定社会地位的军官，老婆无端遭人调戏，这种污辱是绝对不能容忍的，但林冲“恰待下拳打时，认得是本管高太尉螟蛉之高衙内”（第七回），“本管”当然是指自己的顶头上司，看到是太尉高俅的衙内，他的手就软了，拳头也下不去了。高衙内那些随从也来给林冲台阶下：“教头休怪。衙内不认得，多有冲撞。”（第七回）林冲尽管还在怒火中烧，可还是眼睁睁看着高衙内走了。鲁智深带人来帮忙的时候，林冲的一席话道出了他的真实心态：

林冲道：原来是本管高太尉的衙内，不认得荆妇，时间无礼。林冲本待要痛打那厮一顿，太尉面上须不好看。自古道：“不怕官、只怕管。”林冲不合吃着他的请受，权且让他这一次。（第七回）

当高衙内的随从富安和林冲的所谓朋友陆谦定计，把林冲骗到外面与陆谦喝酒，再把林冲的老婆骗到陆谦家里，高衙内则在陆家等着，要逼林冲的妻子就范。还是林冲的妻子大喊大叫，使女锦儿马上给林冲报了信，高衙内才没有得逞。如果富安等人控制了锦儿，林夫人就在劫难逃了。

出了这样的事，很明显兄弟是靠不住的。就在当前世界，如果有谁为了兄弟能抵御住权力、金钱的诱惑，那也算是个人物。陆谦也算是林冲同一衙门的同僚，平常必定敬重林冲是个满身本事的好汉，但在权势压迫、权力诱惑下，兄弟情谊顷刻土崩瓦解，这也应该算是可悲人性的一点。

林冲也是个粗心之人，或说是没有防人之心的君子，高衙内两次欺负他老婆没有得手，林冲竟一点防备都没有，那么容易就被高俅骗进了朝廷商议军机大事的“白虎节堂”，使高俅对他的陷害轻易得手，几乎是死罪被下进了大牢。

二是对押解他的董超、薛霸。这两个解差实在可恶，心中全无一点正义之念，为了银子就不分皂白草菅人命。不仅如此，在押解林冲的路上，对林冲百般虐待，最令人气愤的是以给林冲洗脚为名，把林冲的双脚按到盛着滚烫开水的盆里，把林冲烫的“脚上满面都是燎浆泡”，薛霸还骂了半夜：

只见罪人伏侍公人，那曾有公人伏侍罪人！懊意叫他洗脚，颠倒嫌冷嫌热，却不是“好心不得好报！”（第八回）

第二天还要赶路，董超给了林冲一双新草鞋，脚上泡被新草鞋一打就破，林冲双脚鲜血淋漓，钻心疼痛，止不住叫喊，读者都会为林冲心酸。如果这两个解差遇到的是武松，二人早就是黄泉路上之鬼了，武松也就不会到发配目的地，迫害就进行不下去了。面对这样的恶人，让人不禁呼唤武松那样的英雄。但林冲不是武松，面对两个根本不是他对手，又欺人的小恶鬼，他就是不发威，一味地忍着，希望熬过发配的日子，还能挣扎回家，恢复以往的安宁生活。

在两个解差要在野猪林行凶的时候，林冲还是配合对方的不怀好意，“上下要缚便缚，小人敢道怎的”。当两个恶棍把他绑在树上，告诉他是陆谦和高俅要害他的时候，林冲只是泪如雨下地哀求：

上下？我与你二位，往日无仇，近日无冤。你二位如何救得小人，生死不忘！”（第八回）

林冲的表现实在看不出一点血性，还一点不了解人性，妄称英雄。还是鲁智深为救兄弟，从京城一路跟过来，在最关键的时候出手救了林冲。

鲁智深做事就是爽快，因为担心自己走后两个恶解差再害林冲，他一直把林冲送到了沧州：

杀人须见血，救人须救彻；“洒家放你不下，直送兄弟到沧州。”（第九回）

这下绝了董超、薛霸的恶念。鲁智深救金翠莲父女时也是如此，他打了阻拦的店小二，放走两人后，恐怕店小二赶去拦截他，且向店里掇条凳子坐了两个时辰，约莫金公去得远了，方才起身。（第三回）

使店小二没有机会出去报信。董超、薛霸这两个恶贼，后来在押解卢俊义的时候故技重施，为了钱财要杀卢俊义，结果双双毙命在燕青的箭下，还了林冲、卢俊义一个公道，还了正义一个公道，还了世界一个公道。

三是对洪教头。林冲早就听说过柴进礼贤下士，正好路过，就到柴进的庄园去投奔，得到了柴进规格很高的礼遇，正与柴进饮酒之时，傲慢的洪教头来了。林冲以为是柴进的师傅，所以对洪教头很注重礼数，而对洪教头的无理却再三忍让。

> 急急躬身唱喏道："林冲谨参。"
>
> 那人全不睬着，也不还礼。林冲不敢抬头。
>
> 柴进指着林冲对洪教头道："这位便东京八十万禁军枪棒教头林武师林冲的便是，就请相见。"林冲听了，看着洪教头便拜。
>
> 那洪教头说道："休拜。起来。"却不躬身答礼。
>
> 柴进看了，心中好不快意。林冲拜了两拜，起身让洪教头坐。洪教头亦不相让，走去上道便坐。柴进看了，又不喜欢。林冲只得肩下坐了。
>
> 洪教头便问道："大官人今日何教厚礼管待配军？"
>
> 柴进道："这位非比其他的，乃是八十万禁军教头师父，如何轻慢！"
>
> 洪教头道："大官人只因好习枪棒，往往流配军人都来倚草附木，皆道：'我是枪棒教头，'来投庄上诱得些酒食钱米。大官人如何忒认真！"
>
> 林冲听了，并不做声。
>
> 柴进便道："凡人不可易相，休小觑他。"
>
> 洪教头怪这柴进说"休小觑他，"便跳起身来，道："我不信他！他敢和我使一棒看，我便道他是真教头！"
>
> 柴进大笑道："也好，也好。林武师，你心下如何？"
>
> 林冲道："小人却是不敢。"（第九回）

这一段描写把林冲的忍气吞声描写得淋漓尽致，连柴进都对洪教头的行为看不下去了，很想让林冲出手教训洪教头一下。可林冲却显得那么不争气，先是给人家行礼没得到还礼，紧接着又拜人家，洪教头却连躬身都没有，要是鲁智深、武松在旁，早就飞起一脚把洪教头踢翻了。洪教头用语言侮辱林冲，林冲也不做声，洪教头提出比武，林冲也说不敢，这样的忍让，真要羞死人了，还真像个蒙吃蒙喝的。

还是柴进有识人的慧眼，他先是告诉林冲洪教头不是他的老师：

> 此位洪教头也到此不多时。此间又无对手。林武师休得要推辞。小可也正要看二位教头的本事。（第九回）

柴进明显对洪教头不满，他看不惯傲慢无礼的人，希望林冲教训洪教头，就为林冲卸包袱，然后又重赏要林冲出手。洪教头完全是咎由自取，人生得意有尽时，山外更有青山在，目空一切的自大，早晚要摔大跟头，基本没有例外。

四是对王伦。王伦是秀才出身，自己没有什么本事，听说林冲是 80 万禁军教头，马上就动了歪心眼。

> 蓦然寻思道："我却是个不及第的秀才，因鸟气合着杜迁来这里落草，续后宋万来，聚集这许多人马伴当。我又没十分本事，杜迁，宋万武艺也只平常。如今不争添了这个人，他是京师禁军教头，必然好武艺。倘着被他识破我们手段，他须占强，我们如何迎敌？不若只是一怪，推却事故，发付他下山去便了，免致后患。"（第十一回）

随后就不讲江湖道义，不顾柴进的恩情，对林冲百般刁难，先是以小庙安不下大菩萨的意思，直接赶林冲下山，在朱贵、杜迁、宋万的劝说下，才勉强同意林冲留下，还要"把一个投名状来"。林冲面对屈辱，也都忍了、认了。

王伦不仅确实没有做山寨之主的本事，还缺乏寨主的度量，他管理的梁山泊和朱武管理的少华山实力相当，朱武自感实力不济，主动拉拢本事大的史进入伙，做山寨的老大，而王伦在有本事的人来投奔了，却要把人家推出去，二人的差距一目了然。就是桃花山的周通，遇到比自己本事大的李忠，也知道请上山寨做大头领。王伦的心胸狭窄与其最后之败，有直接的关联。

3. 林冲性格中的有仇必报

林冲性格中的另一面就是其“豹子”的特征，突然爆发，有仇必报。他出身军人之家，有豪爽、爱武的特点，妻子在岳庙被高衙内纠缠，就是因为他遇到鲁智深，“听得使棒，看得入眼”，没陪在身边引发的。

宋朝的武官在朝廷中是受压制的，像花荣在清风寨，本来知寨做得好好的，朝廷却派个文官来做知寨，花荣变成了副知寨，其心中当然不满。文官和武官很难和平相处，文官担心自己镇不住武人，武官觉得上司根本没有自己的本事，一方防着另一方，一方看不起另一方，时间一长，矛盾就突出出来，花荣和刘高就是如此，二人在宋江到清风寨之前，就几乎水火不容了。之所以这样，应与赵匡胤本身是武人，又通过非常手段夺了柴家的天下有关，他自己能搞政变，担心其他的武人亦可效仿他，因此他通过文官来制约武将，防止有人篡了他家的江山，宋朝国富军弱与此关系很大。整个朝廷如此，武官的内心必然压抑，其性格豪爽也许是压抑的反弹，带有江湖气，林冲见到鲁智深，两人投缘，马上就结拜成兄弟。

林冲性格中的火爆，是通过开小酒店的李小二说出来的：

林教头是个性急的人，摸不着便要杀人放火。（第十回）

林冲尚武，他年轻的时候必定争强好胜，娶了老婆之后，日子安定了，责任感强了，棱角被磨去不少，善忍的特点显露的更多了些。但真到有人把他逼到一定份上，他就会爆发。

林冲的第一次爆发是在被陆谦欺骗之后。这个平时和他称兄道弟的人，是一个背信弃义的小人，林冲气愤已极，他先把“陆虞侯家打得粉碎”，然后

拿了一把解腕尖刀，径奔到樊楼前去寻陆虞侯。（第七回）

当天没找到陆谦，他就在陆家等了 3 天，把陆谦吓得在高俅家躲了 3 天，不敢回家。不过这时候的林冲只准备教训陆谦，还是对高衙内有所忌惮，不

敢找上门去。

林冲的第二次爆发是在开小酒店的李小二告诉他，陆谦联合管营、差拨要害他性命的时候。林冲气氛异常：

> 那泼贱敢来这里害我！休要撞我，只教他骨肉为泥！
>
> 先去街上买把解腕尖刀带在身上，前街后巷一地里去寻。（第十回）

当天没找到陆谦，第二天早晨起来继续找：

> 洗漱罢，带了刀，又去沧州城里城外，小街夹巷，团团寻了一日，牢城营里，都没动静。（第十回）

如果这次找到了陆谦，陆谦必定成为林冲的刀下之鬼。但林冲对管营、差拨却像是没什么防备，他这时心里还不想把事情搞得不可收拾，还没断了回家与妻子团聚的念头，对高俅邪恶的认识还不够深刻。

林冲的第三次爆发是他到草料场之后，亲耳听到了置他死地的毒计：首先是烧死他，就算没烧死，“逃得性命时，烧了大军草料场，也得个死罪”（第十回）。林冲怒不可遏，挺枪大喝，杀死了差拨、富安，面对陆谦的讨饶，林冲义正词严：

> 泼贼！我自来又和你无甚么冤仇，你如何这等害我！正是“杀人可恕，情理难容”！
>
> 奸贼！我与你自幼相交，今日倒来害我！怎不干你事？且吃我一刀！（第十回）

他把陆谦、富安、差拨的头都割下来，摆在山神面前供桌上。

林冲杀人实在是被逼无奈，但却是冤有头、债有主，绝不像李逵杀得兴起，就一斧一个滥杀无辜，也不像宋江报复心重，一杀就是几十口，甚至为了自己的个人目的去屠村。就是对董超、薛霸那样一路欺辱他，还要杀他的恶人，在鲁智深要结果二人性命的时候，林冲很理智地劝道：

> 非干他两个事，尽是高太尉使陆虞侯分付他两个公人，要害我性命，他两个怎不依他？你若打杀他两个，也是冤屈。（第九回）

保全了二人的性命。

"忍"字是心上一把刀，这把刀血淋淋的，让人痛苦异常，甚至死亡。林冲毕竟号称"豹子头"，他的忍让偷安是有限度的，一旦爆发就异常火爆。如果他真是没有血性的人，也就窝囊死了，根本就没机会上梁山。林冲上梁山泊是一个逼迫、忍让，再逼迫、再忍让，直到被逼到死路，忍无可忍的境地，终于爆发复仇的过程，他做出了最后的选择，就是挺直腰板活着，只有造反上梁山一条路了。

林冲是被逼上梁山的！高俅等人的逼迫使他无可选择，但林冲的隐忍、偷安，客观上使高俅的迫害不断加深，林冲爆发的怒火，使他的命运轨迹瞬时转变，他义无反顾地上山，人性也大放光彩。

（三）林冲为什么杀王伦

王伦自己有很明显的弱点，他是落第秀才出身，自己没有什么本事，对山寨的发展也没有长远打算，就想在自己的一亩三分地上做草头王，文人固有的小肚鸡肠、猜忌心理却很突出，在江湖上混了好久，也基本没有什么改变。对有恩于他的柴进，也没什么报恩之心，犯了江湖上"义"字当先的大忌。王伦领导下的梁山泊，只能劫掠点过往商客，一旦官军来清剿，很难抵挡得住。林冲杀王伦主要有以下几个原因：

1. 妒贤嫉能，无容人之肚量

林冲拿着柴进的书信，到梁山泊入伙，以林冲的本事，会大大提高山寨的实力，但王伦一听说林冲本事大，马上担心自己大头领的地位不保，要赶林冲下山：

> 大官人举荐将教头来敝寨入伙，争奈小寨粮食缺少，屋宇不整，人力寡薄，恐日后误了足下，亦不好看。略有些薄礼，望乞笑留。寻个大寨安身歇马，切勿见怪。（第十一回）

幸亏朱贵、杜迁、宋万 3 人晓以利害，还把柴进搬出来劝解，林冲在受了一些刁难之后，才勉强被留了下来。等到晁盖等人来投奔的时候，王伦见一下子来了这么多人，马上就想到自己的地位会不保，就故计重施：

> 王伦便起身把盏，对晁盖说道："感蒙豪杰到此聚义，只恨敝山小寨是一洼之水，如何安得许多真龙？聊备些小薄礼，万望笑留，烦投大寨歇马，小可使人亲到麾下纳降。"（第十九回）

王伦的借口几乎与他赶林冲下山时如出一辙，对这样的行径，林冲当然洞若观火，还发自内心的愤怒，武人义气的特点让林冲不想袖手旁观。

自己没有本事，又驾驭不了有本事的人，这样的组织还有什么前途？如果想当老大，你要么有项羽那样过人的本事，所到之处敌人望风而逃，根本没有人敢正面交手；要么你像刘邦那样，自己可以没本事冲锋陷阵，逃起命来连老婆孩子都全都丢掉，但却善"御将"，有一大批像韩信、萧何、张良、彭越那样的文臣武将甘为驱使，并夺得天下，英雄如项羽者，也只能凄惨地霸王别姬。如果你都不行，那还是别当老大更安全些。

2. 压制林冲，不尊重有能力的人

王伦知道自己的能耐，但还要降住林冲，惟一的办法就是处处提防、压制林冲。他先是把林冲排在杜迁、宋万之后，坐山寨的第四把交椅，林冲在人屋檐下认了，但他心里未见得舒服、服气。

如果王伦对林冲如兄弟，武人出身的林冲崇尚江湖义气，也会投桃报李，以感恩之心报答他。不用做别的事情，林冲因妻子被高俅陷害，他与妻子琴瑟和谐，家庭生活十分幸福，他也十分在乎妻子，被发配时尽管抱着挣扎回来团聚的打算，还是怕耽误妻子写了休书。

> 今去沧州，生死不保，诚恐误了娘子青春，今已写下几字在此。万望娘子休等小人，有好头脑，自行招嫁，莫为林冲误了贤妻。（第八回）

王伦如果思虑周全，把林冲妻子家人接到山上，让他们夫妻团聚，林冲如何会不感恩戴德，那时晁盖等人上山，如果有林冲相助，还有那么多喽啰，力量强弱一目了然，就是把晁盖等人留在山上，也不会在短时间内翻起什么大浪。但王伦就是没本事、没情商，只想用语言压制别人的人。王伦要晁盖等人下山，林冲明显不满，这时候王伦对林冲大骂：

> 你看这畜生！又不醉了，倒把言语来伤触我！却不是反失上下！（第十九回）

从这喝骂声中，就可以知道王伦平时对林冲的态度，明显不尊重林冲。林冲已经在山寨呆了一段时间，对王伦等人的本事心知肚明，但却一直受着排挤，心中难得畅快，他在这时和王伦翻脸是上山以来郁闷、压抑的总爆发，林冲大骂王伦：

> 量你是个落第穷儒，胸中又没文学，怎做得山寨之主！（第十九回）

这就是他对王伦的评价，也表达了心中郁积的压抑和不满。林冲早就觉得山寨在王伦领导下没有前途，当他看到希望、看到曙光的时候，怎肯轻易放过，他性格中“豹子”的特征再次闪光爆发。

宋江也没有多大本事，却善于团结有本事的人，尊重有本事的人，并将其收为己用，他与王伦不同，千方百计招纳贤才上山，成为自己的左膀右臂，宋江学到了刘邦的本事。王伦和宋江相比，根本不可同日而语，再看看朱武对史进的尊重，王伦的死真没什么可惜，甚至是早晚都要发生的事情。

3. 不知感恩，不讲江湖道义

人在江湖就要讲江湖道义，首要的就是“义”当先，这是江湖的规矩，宋江一个郓城县的刀笔小吏，出身与王伦差不多，之所以有那样大的影响，那样大的号召力，就是因为江湖上传颂他“仗义疏财”，是个真好汉。

王伦行事则不同，他受柴进之恩，才有机会上梁山泊做了大王，但当柴进介绍林冲入伙的时候，惟一的原因是林冲有好武艺，担心威胁到自己老大的地位，他就不接纳，还想到了柴进的事：

> 只是柴进面上却不好看，忘了日前之恩。如今也顾他不得。（第十一回）

如此不讲义气，在江湖上必然遭人耻笑，他最好的兄弟杜迁显然也没想到，就附和着朱贵上前劝他，林冲才算有了栖息之所。

王伦为首的山寨，不用官军来剿，就是祝家庄、曾头市高兴了，来与梁山泊为敌，山寨也支撑不了几天。但从王伦个人来说，他的担心也是有道理、很现实的，只是他目光短浅，摆不正自己的位置，杀身横祸可以说是他自己招上身的。能力低却地位高，智谋短却权力重，这样的人会把组织带入死路，把自己引入毁灭。

曾文正公告诫说：无实而享大名者必有奇祸。王伦正属于此类，但他只是个小巫，更典型的是明朝的崇祯皇帝，斩栋梁自毁长城，无本领却自恃才高，刚愎自用一意孤行，终至国灭家亡，自己也吊死在梅山枝头。惟一可称道的是他比宋徽宗有气节，死的堪称壮烈。

林冲火并王伦，有个人的原因，更是大义的结果。成就梁山泊聚义大业，林冲居功至伟，从此翻开梁山泊翻天覆地的新篇章。林冲本人却居功不自傲，只坐了第 4 把交椅，就是108 人聚义的时候，也只排名第6 位，还在后来上山的大刀关胜之后。

二、解珍、解宝被逼上梁山很蹊跷

解珍、解宝兄弟是登州的猎户，武艺高强，在登州的猎户中很有威信，“州里的猎户们，都让他第一”，兄弟二人受到大地主毛太公和其儿子毛仲义的迫害，被逼上梁山，但却让人觉得蹊跷。毛家非要致人死地，但却看不出他们有那么大的仇恨，合理的解释是施耐庵先生在这里打了伏笔。

（一）毛家一开始就准备害人

解珍、解宝明显是认识毛太公的，表面看上去还很熟，兄弟二人见到毛太公，就待之以长辈之礼：“伯伯多时不见。今日特来拜扰。”毛太公也很客气："贤侄如何来得这等早？有什话说?"听说兄弟二人打的老虎滚落在自家的院子里，毛太公还说：

> 不妨。既是落在我园里，二位且少坐。敢弟兄肚饥，吃些早饭去取。（第四十九回）

还叫庄客去安排了早膳相待。一直到这里，让人感觉这两家人都通情达理，关系也很好，但随后解宝发现了老虎的行迹，形势急转直下。

> 解珍道："伯伯，你须还我这个大虫去解官。"
>
> 毛太公道："你这两个好无道理！我好意请你吃酒饭，你颠倒赖我大虫！"
>
> 解宝道："有什么赖处！你家也见当里正，官府中也委了甘限文书，却没本事去捉，倒来就我见成。你倒将去请功，教我兄弟两个吃限棒。"
>
> 毛太公道："你吃限棒，干我什事！"
>
> 解珍、解宝睁起眼来，便道："你敢教我搜一搜么?"
>
> 毛太公道："我家比你家，各有内外。你看这两个教化头，倒来无礼！"
>
> 解宝抢近厅前寻不见，心中火起，便在厅前打将起来。解珍也就厅前搬折栏干，打将入去。
>
> 毛太公叫道："解珍、解宝，白昼抢劫！"
>
> 那两个打碎了厅前椅桌，见庄上都有准备。两个便拔步出门，指着庄上骂道："你赖我大虫，和你官司里去理会！"（第四十九回）

双方翻脸如此之快，到让读者有些措不及防，从这里可以看出，毛太公之前的客气明显是演戏，他早预见到兄弟二人要来，所以做了准备。解家兄弟也太鲁莽，怎么能没找到老虎，就在人家家里打砸起来呢？让人隐隐觉得这两家原来就有矛盾。

紧接着是毛太公的儿子毛仲义出场，他听说解家兄弟来讨要老虎，马上说：

> 这厮村人不省事。我父亲故是被他们瞒过了。你两个不要发怒，随我到家里，讨还你便了。（第四十九回）

解珍、解宝刚跟进庄园大门，毛仲义马上命人关上庄门。

> 两廊下走出二三十个庄客，并恰才马后带来的，都是做公的。那兄弟两个措手不及，众人一发上，把解珍、解宝绑了。
>
> 原来毛仲义五更时，先把大虫解上州里去了，却带了若干做公的，来捉解珍、解宝。
>
> 毛太公、毛仲义自回庄上商议道：这两个男女，却放他不得。不若一发结果了他，免致后患。（以上第四十九回）

很显然，毛太公、毛仲义已经做了充分的准备，不仅有自己的庄客，连官府的差役也带来了，就是要抓解珍、解宝，罪名都定好了，还要杀掉兄弟二人。如果仅为讨要老虎就杀人，实在有些说不过去，必然是有什么施耐庵先生没有交代的隐情。

解珍、解宝兄弟有官府“甘限文书”，他们打到的老虎滚落到毛太公家，上门讨要是合乎情理的行为；毛太公家也有“甘限文书”，见到了受伤的老虎摔在自己的后院，把虎送到官府去邀功、请赏，尽管不太地道，也还情有可原。但毛家一开始就准备害人，还要解家兄弟的性命，就说不通了。为了这点事，毛太公如果有肚量，把赏钱分给兄弟俩一些，狠一点的，告解家兄弟“打碎家中什物”等罪名，让他们吃顿板子，关上几天，不再争这件事也就算了，为什么非要害人性命呢！

毛太公家钱没少花，要买通从知府到节级等各方面的人，才能把本来没什么大罪的解家兄弟置于死地，还欠下一大堆的人情，为了谁打死的老虎这样做，实在得不偿失，除非毛家人是疯子。但毛太公和他儿子就这么做了不合逻辑的事情，所以说施耐庵先生有话没写出来，打了个伏笔，让读者去猜想、揣摩。

（二）对毛家行为的合理解释

毛家对解珍、解宝的迫害来得突兀，似乎毛家对解家兄弟二人，突然产生了无缘无故的恨，不符合事物发展的逻辑。我们对其背后的事情进行解读，探索合乎情理的真相。

1. 解珍、解宝曾与毛家发生激烈冲突

解珍、解宝兄弟在猎户中威信高，“州里的猎户们，都让他第一”，猎户们遇到什么事，都请兄弟二人拿主意，大家遇到什么事，自然也是二人出头。

毛家作为当地的大地主，又有官府背景，从他们对待解家兄弟的行为，可以断定是为富不仁的恶霸地主。有可能是官府向地方上派了徭役，毛家把劳役、捐税都摊派给了广大猎户，自己基本不承担，或承担的很少，引起了公愤。解珍、解宝兄弟出头去和毛家交涉，也可能是带领大家围了毛家，最后毛家无奈让步。

还有可能是毛家霸占山林，不许猎户上山打猎，断了猎户们的活路，解珍、解宝兄弟带领猎户和毛家交涉，产生了很深的矛盾；也可能是直接上山打猎，和毛家发生了不可调和的激烈冲突，解家兄弟又有猎户们的支持，毛家没占到便宜。毛家把怨恨对准解家兄弟，对他们恨之入骨。

解珍、解宝兄弟涉世不深，也是粗心的人，以为自己是正义的一方，胜利了事情就过去了，没再往心里去，反正他们和毛家打交道的机会也不多，可能一年也见不上一面。但毛家则不然，小人常戚戚，心头的疙瘩总也解不开，总想寻机报复。

2. 解珍、解宝家曾是大地主，与毛家有很深的仇怨

解珍、解宝家曾是大地主，还有点武人的背景，例如爷爷一辈参加过武举等，在当地的实力不比毛太公家差。正因为是这样的家庭，解珍、解宝的爷爷才和孙立、孙新的爷爷有交情，孙家的女儿（孙立、孙新的姑姑）才嫁给解家做媳妇，生下了解珍、解宝。

从顾大嫂自己“有三二十人近他不得。姐夫孙新，这等本事，也输与他”（第四十九回）来看，顾家也是武人出身，同好武艺而且家境殷实，所以解家的女儿（解珍、解宝的姑姑）才会嫁到顾家，生下顾大嫂。同样因为门楣相当，孙新又娶了顾大嫂为妻。解家和顾家相距不远，从小到大来往很多，顾大嫂和解珍、解宝就如一母所出的亲姐弟一般，所以解珍、解宝被打成死囚

后，没有想到在登州做军官，更有势力的表兄孙立，而是要乐和去告诉姐姐，而且坚信“姐姐必然自来救我”。

顾大嫂听说兄弟被毛家陷害，生命危在旦夕，拉着丈夫孙新当晚就要去劫牢，还是孙新有见识，找来朋友帮忙，还想好了退路，特别是要拉着有本事的大哥孙立一起干，才有胜算。孙立的态度和顾大嫂明显不同。

> 孙立道：“我却是登州的军官，怎地敢做这等事！”
>
> 顾大嫂道：“既是伯伯不肯，我们今日先和伯伯拼个你死我活。”顾大嫂身边便掣出两把刀来。（第四十九回）

解珍、解宝与顾大嫂的血缘关系，和与孙立、孙新的血缘关系远近相同，但他们觉得姐姐更亲，实际情况也是这样，如果不是顾大嫂要和孙立拼命，孙立也许真就退缩了。亲戚走动的少，关系也会变淡，权贵和富人心里也装不下穷亲戚。解珍、解宝有顾大嫂这样的姐姐，真是幸福又幸运！

如果解家真的曾经是大地主，武人又有豪爽的性格，和毛家那样搞阴谋诡计的人家，也不会有多少共同的语言，但一山存二虎，自然有一番明争暗斗，也许是为权力，更可能是为土地或山林。但玩儿阴损招法解家不是毛家的对手，解家在争斗中会连吃哑巴亏，逐渐败下阵来，家财也失去了，解珍、解宝的父母也在兄弟二人还没成人的时候，就离开了人世，兄弟二人从富家子弟变成了靠打猎维持生计的猎户。

第二种解释应该比较合理，这也就能说清楚为什么解珍、解宝家能和世代军官出身的孙立、孙新家联姻，孙新又娶了解珍、解宝姑姑的女儿顾大嫂。如果解家原来就是猎户，他们家不可能和军官孙家有交集，孙家也不可能娶解家的姑娘为妻。这也就能解释为什么解珍、解宝武艺高强了，他家富裕的时候，曾请高人指导过兄弟二人练武，也可能是父亲从小传授了二人武艺。父母双亡后，尽管家道中落，但兄弟二人习武不辍，家穷了却练就了一身好武艺，当了猎户，本事却不是绿林手段。

甚至可以推测，解珍、解宝父母早亡，就是阴毒的毛家迫害的结果，因为毛家心虚，解珍、解宝又一身的本事，毛家担心迫害其父母致死的事一旦暴露，会引来杀身之祸，所以才借一点小事，非要“斩草除根”，要了解家兄弟的性命而后快。但人算不如天算，疯狂害人的结果，就是自己先走向灭亡。

解珍、解宝被逼上梁山还有些原因，把脉络梳理清楚了，会发现解家兄弟远没有林冲那么多冤屈，也没有林冲雪夜上梁山那种悲壮。

三、柴进被逼上梁山很无奈

柴进是贵胄之后，从家庭渊源上讲，梁山泊其他的人没有能和他相比的，晁盖、李应、穆弘在他那里，就是又小又土的乡下小地主，卢俊义是大名府的富商，但政治地位差了很多，呼延灼、秦明在朝廷里有一定地位，但财力上和柴进差着何止十万八千里！柴进在大宋朝廷是特殊人物，在梁山泊也是特殊人物。

（一）柴进并不想上梁山泊

柴进没有表示过想上梁山泊，他那样的社会地位，尽管没有《红楼梦》里“护官符”中人物的神通，但也还是有相当权势，凶恶的差拨一看到柴进的书信，马上换了一副脸对林冲说：

> **即有柴大官人的书，烦恼做甚？这一封书值一锭金子。（第九回）**

一锭金子应该是100两黄金，这差拨好像有点夸张，他说的应该是虚数，是要表现他们都要给柴进面子。柴进对自己的地位也信心十足：

> **便杀了朝廷的命官，劫了府库的财务，柴进也敢藏在庄里。（第二十二回）**

他这样说并不是吹牛，在江湖上杀人放火者投到他的庄园，从来没有被官府搜查过。

柴进作为周世宗柴荣的嫡传子孙，有祖宗传下来的多个庄园，大片大片的土地，花不完的银子，别人一生追求的裘马扬扬、锦衣玉食的生活，在柴进却与生俱来，还有成群的仆从、侍女，这样的生活谁能无端地割舍、丢弃。

而上梁山泊还要冒全族付出生命的危险，自己却根本得不到什么实惠，实在得不偿失。让柴进这样的人毫无理由地公开反叛朝廷，实在勉为其难，有正常思维的人是无论如何做不出来的，完全违背正常的思维逻辑。

说到请柴进上梁山泊，是李逵杀死朱仝带的小衙内后，吴用要带朱仝上山，跟李逵告别时带出来的：

待半年三个月，等他性定，来取你还山。多管也来请柴大官人入伙。"（第五十二回）

吴用这话中的意思，应该是和宋江等人谈论过，但显然考虑的欠周全，就是从梁山泊来说，一个有社会地位的人在外面做内线，"潜伏"在大宋王朝的上流社会，能发挥比在山寨里大多少倍的作用！这点智慧宋江等人还应该有。柴进和卢俊义不同，后者如不入伙是站在山寨对立面的，所以必须拉进山寨，才能为"我"所用，使其江湖名望被我所用，变成对山寨有用的人，而柴进则一直是和山寨一伙的。

拉柴进上山入伙，不但欠考虑，还一厢情愿，柴进更愿意过自己的日子，和梁山泊密切往来，甚至给予帮助、资助，但他本人从未表达上山的愿望。真要让他上山，他会十分为难，不用特殊手段，不发生特殊事件基本没有可能。

（二）为什么结交江湖人士

柴进结交、资助江湖人士似乎来者即纳，没有什么选择，他资助过林冲、武松等豪杰人物，也帮助过落第秀才王伦和为人傲慢、又没什么大本事的洪教头等，许多称不上英雄的人。他为什么这样不惜重金，结交江湖人士呢?

一是因为本人好武，他一出场就"带一张弓，插一壶箭"，而且接待的人中，以武人居多，对武艺高强者（如林冲）尤其看重。

只见数个庄客托出一盘肉，一盘饼，温一壶酒；又一个盘子，托出一斗白米，米上放着十贯钱，都一发将出来。

柴进见了道："村夫不知高下！教头到此，如何恁地轻意！，快将进去！先把果盒酒来，随即杀羊相待。快去整治！"（第九回）

显然，庄客拿出的东西是柴进庄园一般的待客之礼，不可能庄客毫无根据就拿出了钱财。但柴进很看重林冲，就给提高了接待规格，而且还额外赠银两，给管营写了书信，还要送冬衣。但柴进本人武艺应很平常，他在梁山泊就没打过什么仗，只是掌管山寨的钱粮。

二是一种生活情趣。他和官府的人也有交往，官府中的人因为他的特殊身份，还有他豪爽散财，也都给他面子，那种生活是他柴家历代都有的，在他看来没什么情趣。结交江湖人物，特别是一些罪犯和江湖豪杰，让他觉得更刺激，打破了他传统的生活圈子，扩大了他的生活范围，让他开拓了一片新天地，换了一种活法。柴进这样的行为，很容易让他成为黑白两道都吃得开的人，长此以往，就可能形成独霸一方的黑社会势力。

三是潜意识里的复国愿望。柴进对自己家如何把江山禅让给赵家，心里是十分清楚的，柴家的祖宗们认了，柴进自己也没有能力改变什么，但那并不表明他内心深处的潜意识里，没有复国的愿望。他以小孟尝自居，广交江湖人士，有的可直接归入匪类，就是在积蓄力量，是潜意识的外在表现。

（三）对丹书铁券认识上的误区

丹书铁券是赵匡胤夺了柴家孤儿寡母江山后，为了自己的颜面，缓解自己心里的内疚，给柴家的一个“护身符”。作为开国皇帝，赵匡胤还是很心慈的，对那些武将们只“杯酒释兵权”了，和以前的刘邦相比、和后来的朱元璋相比，可称得上是很好的皇帝。他抢了大哥家的江山，还知道遮一下羞，也算有些义气，对得起柴荣。

柴家的丹书铁券传到柴进这一代，宋朝已经历了100多年，更替了8代皇帝，丹书铁券效用必然递减，宋徽宗是否知道有这样的东西也有疑问。一般的地方官对柴家还会有所忌惮，但在权贵眼里，柴家无权无势，根本就算不上什么。殷天锡强占柴进叔叔柴皇城的后花园，其蛮横无理就如今天的拆迁，你的地方我看上了，都不用和你打招呼，让你什么时候滚蛋就限期滚蛋，稍有不从即棍棒相加，对曾经的金枝玉叶也如秋风扫落叶般无情。

柴进幻想的丹书铁券的作用，在权贵那里就如同废纸一张。

殷天锡道：“我前日分付道，教他家搬出屋去，如何不依我言

语?”

柴进道：“便是叔叔卧病，不敢移动。夜来己是身故，待继了七了搬出去。”

殷天锡道：“放屁！我只限你三日，便要出屋！三日外不搬，先把你这厮枷号起，先吃我一百讯棍！”

柴进道：“直阁休恁相欺；我家也是龙子龙孙，放著先朝丹书铁券，谁敢不敬?”

殷天锡喝道：“你将出来我看！”

柴进道：“现在沧州家里，已使人去取来。”

殷天锡大怒道：“这厮正是胡说！便有誓书铁券，我也不怕！左右，与我打这厮！”（第五十二回）

殷天锡夺人庄园那么理直气壮，对丹书铁券的持有人也是说打就打。高廉对丹书铁券的态度也无什么敬意。

高廉道：“他是庄客，不得你的言语，如何敢打死人？你又故纵他逃走了，来瞒昧官府！你这厮！不打如何肯招！牢子！下手加力与我打这厮！”

柴进叫道：“庄客李大救主，误打死人，非干我事！放著先朝太祖誓书，如何便下刑法打我?”

高廉道：“誓书在那里?”

柴进道：“已使人回沧州去取来了。”

高廉大怒，喝道：“这厮正是抗拒官府！左右！腕头加力，好生痛打！”

众人下手，把柴进打得皮开肉绽，鲜血迸流。

这殷夫人要与兄弟报仇，教丈夫高廉抄扎了柴皇城家私，监禁下人口，封占了房屋围院。（第五十二回）

当朝的权贵比几代前皇帝的承诺厉害，曾经的贵胄比不上现管有效。高俅家看上什么就是什么，想杀谁就杀谁，贵胄也难逃被打、被抄家、被杀头的命运，前朝皇帝庇护不了，现任皇帝不想庇护或根本知道不了。柴进对丹书铁券的认识还是幼稚了一些。

（四）李逵事件只是导火索

到柴进这一代，柴家不出事是幸运，柴进与高廉的冲突看上去是偶发事件，但这折射出柴家在权贵面前，生命财产没有保障，一旦遇到这样的情况，柴家也和平头百姓一样的无助，是任人宰割的羔羊。

如果没有李逵打死殷天锡，这一事件会如何发展呢？我们可以做一下推测：一是柴进去京城告御状，告赢了的最好的结果，就是要回柴皇城的财产，宋徽宗不可能为不相干的柴进，对宠臣高俅进行严厉处理。换一个思路，如果告状真有用，柴进可能根本就到不了京城，就被高家半路截杀了。二是告状没用，或柴进根本没机会去告状，就被高廉打入死牢，霸占柴家财产，梁山泊兴兵来救，就和书中的结局一样了。

李逵打死殷天锡，也是偶发事件，只是把柴进逼上梁山的导火索，高俅把高廉派到高唐州，柴进的命运基本就定型了。

（五）柴进是一个失败的典型

柴进的失败表现在两个方面：

一是他仗义疏财，帮助的人多，资助的数额大，但他在江湖中的名气，却比宋江逊色很多。原因应该是他出身高贵，有天然的优越感，在待人上不如宋江细腻，他和宋江对待武松的态度，很能说明问题，从根本上说，柴进和纯粹的江湖人士心理上有隔阂、有距离。

二是他被逼上梁山泊，实际上失去了祖上传下来的一切，包括庄园、田产尽数被国家收走。好在他上山后，还得到了山寨头领们的广泛尊重，还可过“衣来伸手，饭来张口”，有仆人伺候的好生活，但那和他失去的简直有天壤之别。但这一切的发生都不是他能左右的。

三是被招安后，尽管平定方腊有功，但他不仅什么没有得到，反而彻底失去了从前的一切。他变为平民后，公子哥出身的他能有什么生存技能，生存都会变得甚为艰难，也没有了结交江湖人士的本钱，抑郁而终几乎是注定的人生结局。

第八章　正说梁山好汉的出身

梁山泊好汉的成分很复杂，等到有108人聚义的时候，更是乱得让人有点理不清头绪，搞清楚他们曾经的社会地位，就能清楚他们的思想脉络，对梁山泊的结局的认识也就清楚了。本章正说好汉的出身。

梁山泊108名好汉的出身可以分为以下14类：

一、军官出身

军官又分成高级军官、中级军官和下级军官。

（一）高级军官3人

到梁山泊落草的高级军官中，按出场顺序有：霹雳火秦明、双鞭呼延灼、大刀关胜。

秦明是梁山泊五虎将之一，在梁山泊排在第7位。他原是青州兵马统制，青州的兵马总管。青州就是现在的山东省青州市，宋朝时是很重要的一个州，知府是当朝贵妃的哥哥，皇帝的大舅子品级也应该高一些，秦明作为青州的兵马总管当然级别不低，按照现在的级别比较，应该与省军区司令相当，是个少将正军级干部。要按本事说，秦明比杨志、索超等并不强，他位列五虎将有点勉强，但他性如烈火，经常冲锋在前，屡立战功，还是花荣的小舅子，可归入宋江嫡系，自然靠前安排了一下。秦明一家被宋江所害，仅因宋江把花荣的妹妹嫁给了他，就铁心跟了仇人，其实有点说不过去，人总不至于这么冷血吧。

呼延灼是梁山泊五虎将之一，祖上是宋朝开国名将呼延赞，在梁山泊排名第 8 位。他原是汝宁郡都统制，级别应与秦明相当，或因青州地位更加重要比秦明稍低。因为高俅举荐他带兵征剿梁山泊，被授予兵马指挥使官职，级别应该更高了，差不多和现在的大军区司令、副司令相当，应该是个中将级别。因为呼延灼自己的级别高，所以他举荐的副将级别也很高。他是无奈上梁山泊的，和关胜、董平、张清等降将一样，在山寨没有什么根基，但他的武艺、他的出身都决定他排名必须靠前。

关胜是梁山泊五虎将之首，武圣关羽的后代，在梁山泊排名第 5 位。他原为浦东巡检，是归州府管的低级别的武官，和现在相比，也就是个营、连的级的军官，了解他本事的宣赞说他“充下僚”，当然是指品级不高。奉命征剿梁山泊后，由于蔡京出面推荐，被授领兵指挥使，级别应与呼延灼相当，真是一步登天了。关胜本领高超，索超那样的猛将也被他所擒，他列五虎将之首是实至名归，除了梁山泊元老林冲，没有人会提出一点的异议。

三名高级军官中，关胜、呼延灼是被蔡京、高俅派遣带兵征剿梁山泊的，后因战败被俘，在宋江的软硬兼施下投降，成为梁山泊的一派势力，其中呼延灼、韩滔、彭玘是一起征剿梁山泊的，关胜、魏定国、单廷珪在上梁山泊前就有交往。这些军官本非江湖人士，和梁山泊上的山寨文化、江湖文化应无产生共鸣的地方，一定从思想上希望有朝一日重回朝廷的阵营，他们是支持宋江招安的中坚力量。后面的中级军官，包括下级军官，大多也会对招安给予鼎力支持。

（二）中级军官 15 人

先后上了梁山的中级军官有双枪将董平、没羽箭张清、花和尚鲁智深、青面兽杨志、急先锋索超、病尉迟孙立、丑郡马宣赞、井木犴郝思文、百胜将军韩滔、天目将军彭玘、神火将军魏定国、圣水将军单廷珪、镇三山黄信。另外作为 80 万禁军教头的豹子头林冲、金枪班教师金枪手徐宁也应可以列到中级军官中。

董平是梁山泊五虎将之一，在梁山泊排名第 15 位。他原是东平府兵马都监，相当于现在的军分区司令，是个大校或上校吧。梁山泊以借粮为名攻打东平府，董平战败被俘、投降，他在梁山泊没有根基，只和东昌府的张清原来就认识，似乎也没有多深的交情。按董平的本事，位列五虎将应当之无愧。

张清是梁山泊马军八骠骑兼先锋使头领，在梁山泊排名第 16 位。尽管《水浒传》没有交代清楚，他原来应该是东昌府兵马都监，与董平一个级别，因为有飞石擒将的超人本领，所以是梁山泊重要的将领。梁山泊攻打东昌府时，张清战败被俘后投降，他在梁山泊也没有什么根基。

黄信是梁山泊马军小彪将兼远探出哨头领之首，在梁山泊排名第 38 位。他原是青州兵马都监，还是秦明的徒弟。黄信成为小彪将之首一定难以服众，从本事来说，他在小彪将中应排在中下游，而排第二位的孙立比他更有资格居首。黄信与秦明的关系铁，属宋江一派，原来在朝廷的职位也比较高，所以列在了马军小彪将之首。

韩滔是梁山泊马军小彪将兼远探出哨头领，在梁山泊排名第 42 位。他原是陈州团练使，团练使在宋朝是从五品高官，级别应该不低于都监。他与彭玘一起作为呼延灼的副将征剿梁山泊，被俘后投降。

彭玘是梁山泊马军小彪将兼远探出哨头领，在梁山泊排名第 43 位。他原是颖州团练使，级别很高，但能力稍弱，武艺还在小李广花荣之下，但花荣是以神箭著称，并不以武艺见长。他随呼延灼征剿梁山泊，被俘后投降。

单廷珪与魏定国都是梁山泊马军小彪将兼远探出哨头领，在梁山泊排名第 44 位、第 45 位。他俩原是凌州团练使，魏定国善于火攻，单廷珪以水攻见长，都是有特殊才能的军官。魏定国和单廷珪的武艺大约与黄信相当，或略高一点，但他们专业技能出众，武艺不是他们的主要看家本事，二人同在凌州，成为当地的“钢铁长城”。关胜投降梁山泊后，要为山寨献上进见礼，主动请缨，在凌州收服二人。

宣赞是梁山泊马军小彪将兼远探出哨头领，在梁山泊排名第 40 位。他原为衙门防御保义使。宣赞才高人丑，曾为郡马，要不是郡主因为他长得丑，抑郁而死了，他也早成了大官。他能参加国家的重要军事会议，职位应该和现在的上校参谋差不多，大概是五品或六品武官。他推荐关胜征剿梁山泊，自己也成了关胜的副将，被俘后投降。宣赞武艺不差，本事一定在黄信之上。

郝思文是梁山泊马军小彪将兼远探出哨头领，在梁山泊排名第41位。他本来没有官职，是关胜的朋友，蔡京征招关胜的时候，宣赞同意把他一起带进了京城，后来成为关胜征剿梁山泊的先锋官。能做关胜的先锋，出征的时候至少要授个相当于现在中校的官职，否则没办法指挥部队。郝思文在《水浒传》中没有多少表现，但关胜那样武艺高强的人推荐的，又比较了解，本事一定差不到哪去。

索超是梁山泊马军八骠骑兼先锋使头领，在梁山泊排名第19位。他曾经做过提辖，与杨志比武不分胜负，但感觉还是比杨志稍弱。在梁山泊人马到大名府营救卢俊义时被关胜所擒，后投降，他在梁山泊没有什么根基。

杨志是梁山泊马军八骠骑兼先锋使头领，是广为传颂的杨家将的后代，在梁山泊排名第17位。他曾经做过提辖，祖传武艺高强，能打硬仗，在青州与呼延灼战了个不分胜负。晁盖等人智取生辰纲，断送了他的仕途之路，从心理上他与梁山泊有芥蒂。

孙立是梁山泊马军小彪将兼远探出哨头领，在梁山泊排名第39位。他原是登州兵马提辖，应该相当于现在的中校副团或正团级干部，为救表弟解珍、解宝，在顾大嫂的胁迫下反了朝廷。孙立武艺高强，排在黄信之后实在有些委屈，若从本事来说，孙立比马军八骠骑的徐宁、史进、穆弘等人不弱，就是排到马军小彪将中，也应位列第一。这样不公平的排名，恐怕与孙立在梁山泊的根基浅、势力弱有关。

鲁智深是梁山泊步军头领之首，在梁山泊排名第13位。他曾经做过提辖，武艺高强，为梁山泊步军头领之首当之无愧。鲁智深属于路见不平就去踩的人，他拳打镇关西就毫无个人恩怨，只因见郑屠欺侮金翠莲父女，便打抱不平，还为之丢掉了军籍。他另一个特点就是讲义气，和林冲的相识、结义，到救林冲性命都体现一个“义”字，根本不顾忌位高权重的高俅；因为想念史进，要拉其到梁山泊入伙，不惜陷入朝廷的大牢。鲁智深是周作人先生很赞赏的人物。

林冲是梁山泊五虎将之一，在梁山泊排名第6位。他是梁山泊的元老，如果没有林冲就不会有梁山泊群英聚义，林冲对山寨的重要性是不可否认的。80万禁军教头有国家配的勤务人员，太尉新任到衙时，教头也要去参拜，显然还是有一定地位、级别的，就连高俅的衙内也认得林冲，更说明教头不是无足轻重的人物。按现在的级别看，80 万禁军教头应该相当于正团或副团级，中校或上校军衔。林冲不愧为 80 万禁军教头，武艺高强，战斗没有败绩。他是被“逼上梁山”最为典型的人物。林冲火并王伦后，主动退居第 4 位，108 人聚义后，又退到第 6 位，体现了林冲顾大局、识大体的高风亮节。

徐宁是梁山泊马军八骠骑兼先锋使头领，在梁山泊排名第 18 位。他是东京禁军金枪班教师，教的是特种兵器。从他可以“随驾内苑”来看，也是有一定级别的，应该和林冲差不多，最少也是个中校。徐宁的武艺一般，感觉比不上孙立，他排入八骠骑可能与梁山泊战败呼延灼，其做出了重要贡献有关，还有就是他原来在朝廷中的地位起作用。徐宁在梁山泊小有贡献，但无根基。

中级军官中的都监，到底相当于现在什么级别很难搞清楚。唐朝中期后出兵作战，常以宦官为监军，因督察多路兵马，故称“都监”，或“都都监”，即“监军”。宋代设有路“都监”，掌管本路禁军的屯戍、训练和边防事务；有州府“都监”，掌管本城厢军的屯驻、训练、军器和差役等事务。资历浅的武官担任“都监”职务时称“押监”。

和秦明比较可知，黄信、董平、张清的级别应该不高过现在的大校，而同是都监，大名府梁中书手下的最高军事长官，天王李成和大刀闻达，其级别应该与秦明相当，怎么也应该是个少将、军级干部，这是有点疑问的。在梁山泊人马攻打高唐州救柴进的时候，知府高廉的部下中，监军地位是明显高于统制的，与前面秦明在青州出现时的情况不同，也是让人疑惑的地方。

提辖也是如此，鲁智深任的提辖和孙立任的提辖似乎很不同，鲁智深就是一个参谋、干事的角色，而孙立却有部队，似乎有一定的势力，还在各州之间调防。施耐庵老先生对宋朝的官制可能也不熟悉，就是根据自己的感觉写的，也没经过仔细求证，所以中间的关系也没有那么严谨。

中级军官中，有 4 人是征剿梁山被俘后留下的。

（三）下级军官 4 人

下级军官有小李广花荣、轰天雷凌振、花项虎龚旺、中箭虎丁得孙。

花荣是梁山泊马军八骠骑兼先锋使头领之首，在梁山泊排名第 9 位。以花荣的本事，特别是百步穿杨的神箭，位居八骠骑之首应该无异议。他还是宋江最铁的哥们，有一帮共同闹青州的兄弟，秦明的大舅哥，无论从哪个方面来说，花荣都是八骠骑之首的不二人选。大宋王朝真对不起花荣，那样的本事，只让他做一个副知寨，充其量也就相当现在的营级干部，甚至更低一点。宋朝从建国的时候就防着武人，到了北宋快灭亡的时候了，还在重文轻武，到了打仗的时候，到哪去找肯卖命的人呢！花荣与宋江是铁哥们，是宋江做主把花荣的妹妹嫁给了秦明，也使秦明死心塌地跟了宋江。

凌振是掌管专造一应大小号炮头领，在梁山泊排名第 52 位。他随呼延灼征剿梁山泊，被俘后投降。他本来不是军人，加入到军队里才成为军官，最多也就相当现在的营级干部。以现在的眼光看，凌振是特殊的技术人才。

龚旺和丁得孙都是梁山泊的步军将校头领，在梁山泊排名第 78 位、第 79 位。他二人原是东昌府没羽箭张清的副将，本事平常，也没什么表现的机会。张清如果相当于现在的大校，他俩相当于现在中校一级的可能性比较大，如果张清相当于现在的上校，那他俩也可能是营级干部。因为这两个人没什么大能耐，就委屈一下，放在下级军官行列吧。

下级军官中，只有凌振是征剿梁山泊失败后留下的。

二、政府系统工作人员出身

梁山泊的人员中，政府工作人员出身的不多，而且多是级别很低，上不了品级的人员，但他们中有的人本事却不小。

（一）司法系统人员 8 人

铁面孔目裴宣、神行太保戴宗、美髯公朱仝、病关索杨雄、铁臂膊蔡福。另外黑旋风李逵、一枝花蔡庆、铁叫子乐和是监狱看管犯人的狱卒，也可勉强算是司法系统人员吧，但这几个人应该就是节级聘用的人，不会在政府工作人员名册中。

裴宣是梁山泊是掌管定功赏罚的头领，在梁山泊排名第 47 位。他原是京兆府的小官，为人正直，铁面无私。裴宣人很聪明，在征剿方腊之后被朝廷授予很高的官职，但裴宣根本不为所动，回到了自己曾经落草的饮马川。这是一个善终的好办法，他在朝廷里干过，对官府的黑暗看的很清楚，该抽身就全身而退了。

朱仝是梁山泊马军八骠骑兼先锋使头领，在梁山泊排名第 12 位。他做过郓城县的都头、节级，和梁山泊的关系很深，在晁盖等人案子发了之后，他明为抓捕，实际上枉法做人情，放走了朝廷的要犯；宋江杀死阎婆惜后，他奉命到宋太公庄上去拿人，却暗中通知宋江连夜逃跑；雷横杀人被抓后，他直接就把人放了，自己顶罪，罪责从杀人重罪变成了渎职轻罪。他到梁山泊当然要被别人高看一眼，排名第 12 的高位，原因也正缘于此。

戴宗是梁山泊总探声息头领，在梁山泊排名第 20 位。他原是江州知府蔡九手下的两院节级，管监狱的小官。他能日行 800 里，是一项绝技。戴宗和军师吴用是好哥们，宋江被发配到江州后，对宋江也照顾得很好，两人也成了铁哥们。从文韬武略来说，戴宗实在上不了台面，但他人脉很好，所以排名比较高。

杨雄是梁山泊步军头领，在梁山泊排名第 32 位。他原是蓟州的两院节级，兼行刑刽子手。一个守城的军汉就敢带几个破落户找他麻烦，可见这节级社会地位实在不高，当时如果不是遇上爱管闲事的石秀，他一定要吃大亏。杨雄因为老婆与和尚私通，和石秀一道杀了和尚、老婆，投了梁山泊。

蔡福是梁山泊专掌行刑的首领，在梁山泊排名第 94 位。他原是大名府的两院节级，兼行刑刽子手，但本领有限。他在梁山泊人马攻打大名府的时候，救了卢俊义一命，算是给山寨立了一功。

李逵、乐和、蔡庆在政府中本不入流，就是混口饭吃。但李逵在梁山泊排名第 22 位，是个打架不要命的主儿，梁山泊步军头领，是梁山泊的一个重要人物，他和宋江的关系极近，说是兄弟也行，说是主仆亦可，在行动上惟宋江马首是瞻。他和戴宗关系也很好，后者曾有恩于他。李逵头脑简单，心地朴实，杀起人来那股凶猛劲在梁山无人能敌，就是一个杀人狂。乐和有唱曲儿的本事，也算特殊人才，还是孙立的妻舅，就是没什么上阵杀敌的本事。

（二）县政府聘吏员 1 人

宋江先是梁山泊二把手，后来一把手晁盖战死，宋江便继位坐上梁山泊头把交椅。他原为郓城县押司，是县令聘请的从事案头文字工作的小吏，不在国家编制序列，但也是吃政府饭的。按现在的情况算，最多是个股级干部，相当于县城办公室的大秘书。宋江是因为一再触犯国家法律，实在没办法才上的梁山泊。他上梁山泊之前，就冒死救过晁盖、吴用等山寨大首领的命。宋江在江湖好汉中名头最响、声望最高，进入山寨之前、之后都为山寨介绍、输送了大批人才，是梁山泊最有实力的人物。宋江只有耍心眼的手段，却没有上阵杀敌的本事，这样的人能在人员构成复杂，尚武为主流风气的集团中，稳稳坐在老大的位置上，真是个了不起的人，让人不得不佩服。

（三）县政府聘任的都头 3 人

插翅虎雷横、行者武松、青眼虎李云。

雷横是梁山泊步军头领，在梁山泊排名第 25 位。他做过郓城县的都头，是县令聘用的干部，衙役头，不算国家工作人员，当然也入不了品级，对应现在的职位，应该和县里的刑警队长相当，或者是负责保安工作的头，不会高过股级。雷横和晁盖、宋江等郓城县人都有交情，和朱仝最好，既是同僚，更是哥们。

武松是梁山泊步军头领，在梁山泊排名第 14 位。他做过阳谷县的都头。在江湖上武松的名头很响亮，“景阳冈的打虎英雄”，无论到哪都是响当当的招牌，再加上他杀了西门庆，醉打蒋门神，在江湖上更是声名震耳，没有人敢小看他，很多人敬重他。他在柴进的庄园和宋江结成了很好的哥们，武大死了以后，他什么牵挂也没有了，大块吃肉大碗喝酒就是他追求的好日子，他尽管和宋江铁，但从心里反对招安。

李云是梁山泊修葺房舍头领，在梁山泊排名第 97 位。他原是沂水县的都头，李逵回家接老母亲被擒后，县里派他接押犯人到县里，被朱贵、朱富兄弟算计。他是朱富的师傅，有一身好武艺，与李逵斗过几个回合。

从武松当都头的经历看，做都头不需要什么出身、履历，只要知县觉得这个人可靠，有本事，就可以聘为都头。当的这么容易，想来免职也很简单，知县大老爷哪天觉得这个人不行了，看着不顺眼了，一句话也就给免了。

三、贵胄出身 1 人

小旋风柴进。

柴进是梁山泊掌管钱粮的头领，在梁山泊排名第 10 位。他是周世宗柴荣的嫡传子孙，赵家通过陈桥兵变夺了柴家的江山，为了掩人耳目，也为了自己心灵安宁，给了柴家一个丹书铁券，就是要求后人不得欺负柴家的人，柴家人犯下弥天大罪可以免死，甚至免责罚。柴家传到柴进这一辈儿，丰衣足食之外，就是结交江湖人等，无论是英雄、闲人还是罪犯，只要求到他，一概收留，管吃管住，就是已经和朝廷做对的强盗，也是他的交往对象，林冲上梁山泊就是他介绍的，还有很多好汉也得到过他的救助。

柴进顺利惯了，有些天真，他想不到的是，一个多少代之前老皇帝的凭证，怎么比得上现任高官手中握有的权势呢！高俅的堂弟高廉任高唐州知府，其小舅子因为看中了柴进叔叔家的院子，就让柴家人限时搬家，官二代的跋扈可见一斑。高廉的小舅子更是公开叫嚣：

> 便有誓书铁券，我也不怕！左右，与我打这厮。（第五十二回）

看着有人欺负柴进，躲在边上的李逵暴怒，打死高廉的小舅子，柴进被抓进监狱，高廉明确指示要杀他，幸亏牢头帮忙才保住一命，他家的丹书铁券已经如废纸一般了。

梁山泊的豪杰中，曾受惠于柴进的有宋江、林冲、武松、石勇等一批人，柴进在山寨能排到那样的高位，不是靠的本事，而是因为他的出身，他在江湖上的影响，还有就是他对梁山泊曾经的支持。没有人能比得上他的出身，不会有人对他的高位提出质疑。

四、大地主出身 9 人

梁山泊大地主出身的有玉麒麟卢俊义、扑天雕李应、九纹龙史进、没遮拦穆弘、小遮拦穆春、毛头星孔明、独火星孔亮、一丈青扈三娘。另外，铁扇子宋清家虽不是大地主，也归到这一类；晁天王晁盖家也是大地主，这里提一下，但不计入总数。

卢俊义是梁山泊的二把手，他原是大名府的富商、大地主，在江湖上名声好，而且武艺高强。他本来和梁山泊毫无瓜葛，宋江因为他的好名声，非要招他上山，为此宋江和吴用着实费了一番心思，而这番心思差点要了卢俊义的命。看过《水浒传》的人一定为他叫屈，会认为不值。宋江就是这样的人，不管别人的想法，他想什么就是什么。卢俊义的本事在梁山泊大概只有关胜、林冲可以和他斗一斗，捉住射死晁盖的史文恭，是他为山寨立下的一件大功。卢俊义在山寨里只有燕青是“铁磁”，再有勉强算跟他有关系的，就是蔡福、蔡庆兄弟。他就是有本事、好名声，在山寨里无根基。

李应是梁山泊掌管钱粮的头领，在梁山泊排名第 11 位。他本是和祝家庄、扈家庄结盟，共同对抗梁山泊的李家庄的大地主，因为祝家庄的第二代盛气凌人，在梁山泊攻打祝家庄前，两家闹起了矛盾，他在祝家庄最需要帮助的时候没有援手，看着祝家庄被梁山泊所灭。是宋江设计把他骗上了山，而且烧了他家，在无奈的情况下，只好在山寨落草。

史进是梁山泊马军八骠骑兼先锋使头领，在梁山泊排名第 23 位。他原本是华阴县的大地主，因为和少华山为盗的朱武等人惺惺相惜，被官府发现，就反了朝廷离家出走，最后又回到少华山落草。他是 80 万禁军教头王进的高徒，本领高强，和鲁智深交过手，后来两人的交情不错，鲁智深一直惦记着他。史进尽管是大地主出身，但从小就散漫惯了，喜欢舞枪弄棒，崇尚江湖义气，还曾流落江湖，是一个江湖气很重的人，大地主出身的印记反而淡了。

穆弘是梁山泊马军八骠骑兼先锋使头领，在梁山泊排名第 24 位。他原本是揭阳镇穆家庄大地主，还是当地的恶霸，在揭阳镇穆家就是规矩、就是法律。没有见到穆弘有多大的本事，却位列马军八骠骑，不知可否服众。他和弟弟穆春都是闹江州后，跟着宋江上梁山泊的，属于宋江系的人，这也许是他能进到马军八骠骑的原因吧。

孔明、孔亮兄弟俩是梁山泊守护中军步军骁将，二人是亲兄弟，在梁山泊排名第 62 位、第 63 位。他们原本是青州白虎山孔家庄的大地主，后来拉起人马造反，占住了白虎山。这两兄弟的武艺是跟宋江学的，宋江那样的师傅，就没见他去战场上动过手，教出的徒弟如何可想而知，和呼延灼在青州相遇，没几个回合孔明就被生擒。这兄弟二人尽管本事不济，因与宋江关系极深，在山寨日子过得还应不错。

扈三娘与其丈夫矮脚虎王英一道，是梁山泊三军内探事马军头领，在梁山泊排名第 59 位、第 58 位。扈三娘原是和祝家庄结盟，共同对抗梁山泊的扈家庄大地主的女儿，她武艺出众，和呼延灼战上几十回合全无怯意。她与祝家庄的小儿子祝彪有婚约，原本是一对金童玉女，梁山泊攻打祝家庄时，她按照两庄的约定前去救援，活捉了后来成为她丈夫的王英，在后面的战斗中被林冲所擒。扈三娘命运可怜，一庄老小被梁山泊杀尽，哥哥逃命不知所踪，她却被迫认贼作父，还被作为礼物，嫁给了丑陋、好色，还没本事的王英。扈三娘情何以堪，施耐庵老先生这样的安排让人不解。还有就是排位，扈三娘的本事肯定不低于黄信、彭玘，在战场上被她所擒，二人却都排在她前面。矮脚虎王英排到了她前面，是因为夫为妻纲吧。

宋清实在没什么好说的，他是宋江的弟弟，也是宋江的一个陪衬。他得江湖名称“铁扇子”不知是何意。宋清好像也没练过什么武艺，在梁山泊负责安排筵席，谁都能干的事。征剿方腊之后，应该是宋江的安排，他在家务农了。宋江悄无声息地死了，应该保全了宋清和宋氏一脉。

晁盖是举起梁山泊聚义大旗的第一任首领，他原是郓城县的大地主，为人仗义，敢担事，因为策划抢劫了蔡太师女婿孝敬老丈人的十万贯生辰纲，被迫选择去梁山泊落草。他武艺应该不错，更兼有胆有识，但从他的行为看，缺少政治智慧，反复请宋江上山，只是朴素的报恩想法，宋江一到山上，他基本就被架空了。后来在带领人马攻打曾头市时，被曾家教师史文恭一箭射中，并因此而死，把山寨的首领位置空了出来。他最后很不信任宋江，遗嘱是让抓住史文恭的人做山寨的老大，但那已经由不得他了。

大地主出身的人，大多受过很好的教育，会受到儒家思想的影响，天然就得把“忠君”看成是自己的天职。这 9 个人中，除了史进从小就野惯了，没读过什么书又上山做了强盗，扈三娘是个女人外，都应该是招安的坚定拥护者，盼着博个功名，能封妻荫子。

五、教书先生 1 人

智多星吴用。

吴用是梁山泊掌管机密的军师，在梁山泊排名第 3 位，从宋江上山后，他就是老三，晁盖死后，又请来了卢俊义，他还是老三。他原来是郓城县东溪村的教书先生，但并不是一个无缚鸡之力的书生，有自己的兵器，是两条铜链。他和三教九流都有交往，晁盖是和他关系很密切的人，三阮兄弟是社会底层的渔民，吴用也和他们相交甚厚。

吴用的形象有点像三国的诸葛亮，尽管地处偏僻，社会地位不高，但却满腹的计谋，随时准备出山，干一番大的事业。他和晁盖的交往中，也会流露出要出人头地的想法，所以晁盖有了劫生辰纲的想法后，马上找他商量，一方面是因为关系好，吴用有计谋，另一方面就是因为晁盖知道吴用不甘于现状，一直在等待机会，暴富就是一个机会，果然两人一拍即合。

在梁山泊林冲火并王伦，与吴用的激将有很大关系。宋江进入山寨后，吴用当然会发现宋江的政治智慧远高于晁盖，很快他就成了宋江的左右手，屡次出计谋为宋江建功立业。晁盖死后，他更是成为宋江重要的依靠力量。

吴用也是招安的拥护者，学而优则仕，进入朝廷的系统，是中国古代读书人最好的选择和出路，招安在吴用看来，就是进入了他人生的正确轨道。

六、道士 1 人

入云龙公孙胜。

公孙胜是梁山泊掌管机密的军师，在梁山泊排名第 4 位。他原来是蓟州的一个道士，听说了生辰纲的事情，就找晁盖要劫下来，可见也是个不安分修行的人。他名为军师，但没给山寨出过什么计谋，《水浒传》中只说了他的法术了得，这样的人可以在国家做国师。

道士修行、炼丹、学法术，但到底有什么法力还是让人生疑，几乎没有人见过他们的真本事，当然也没多少人真正信他们。有些皇帝倒是信，寻长生不老药、吃仙丹，但吃死的不少见，能不死的却没有。

公孙胜是个聪明人，他可能发现或参与了宋江的一些猫腻，所以早早就离开了宋江，躲过了大难。

七、渔霸、渔民 8 人

混江龙李俊、船火儿张横、浪里白条张顺、立地太岁阮小二、短命二郎阮小五、活阎罗阮小七、出洞蛟童威、翻江蜃童猛。

李俊是梁山泊四寨水军头领之首，在梁山泊排名第 26 位。他原是揭阳岭上干黑活的，对他来说杀人越货也算平常事。李俊确有大哥风范，在揭阳岭的时候，张横、穆弘、穆春、李立等人都非常尊重他，他做梁山泊的水军老大当之无愧。李俊人仗义又聪明，关心自己的兄弟们，在征剿方腊的过程中，他可能预见到朝廷不会放过梁山泊的人，就和新结识的兄弟、老兄弟一起，去闯新天地，过自己舒服的日子去了。

张横是梁山泊四寨水军头领，在梁山泊排名第28位。他原是浔阳江上劫道的江匪，鬼使神差撞上了宋江，后来就随宋江上山做了头领。

张顺是梁山泊四寨水军头领，在梁山泊排名第30位。他原是江州的一个渔霸，没有他发话，渔民没有敢卖鱼的，可见他是个心狠手黑的主儿。张顺的水性是梁山好汉中最好的，他和张横是亲兄弟，也是在江州跟着宋江上了梁山。

阮小二、阮小五、阮小七都是梁山泊四寨水军头领，他们3人是亲兄弟，在梁山泊排名第27位、第29位、第31位。他们说是渔民，也很像是当地渔霸，对现实不满，很不安分，如果不是王伦嫉贤妒能，他们可能早就投奔梁山泊入伙了。阮家三兄弟这样的人，如果对政府不满，很容易成为社会不安定因素，成为反政府的暴民，他们其实没有什么理想，这就和李俊不在一个档次上，他们劫了生辰纲以后，马上就回家去享受了。梁山泊对三人的排位有些不公，李俊做水军老大没有争议，但作为梁山泊大聚义的创始人，他们中有二人分别排在张横、张顺之后，似有被排挤嫌疑，也许真是宋江照顾自己的人马，有意为之。

童威、童猛都是梁山泊四寨水军头领，他二人是亲兄弟，在梁山泊排名第68位、第69位。他们原来是贩盐的，后来跟了李俊。他俩武艺一般，水性很好，他们做了最重要，也是最正确的事，是跟对了大哥，后来随李俊去闯新天地了。

八、地主的家人及管家2人

浪子燕青和鬼脸儿杜兴。

燕青是梁山泊步军头领，在梁山泊排名第36位。他本是卢俊义的家人，从《水浒传》中看出，两人情同父子，管家李固霸占了卢家资产之后，就把燕青赶出了家门。燕青是一个了不起的人物，值得大书特书的人物，他有五个特点：一是对主人忠心不二，卢俊义被冤枉后，燕青一直暗随左右进行保护，当押解卢俊义的解差要害他的危急时刻，燕青及时出手救主。就是在征讨方腊之后，燕青临走前劝说卢俊义不成的情况下，他对卢俊义拜了八拜告别，有始有终。二是武艺高强，他的武艺很好，精通摔跤，还有几乎和花荣伯仲之间的精妙箭法，但却从不张扬。三是多才多艺，京城名妓李师师夸他吹得好箫，宋徽宗听完他声清韵美的曲子赞赏有加，要他再唱。四是英俊潇洒，李师师什么样的达官贵人没见过，却对燕青一见倾心，其帅气可知。他在梁山泊招安中发挥了最为重要的作用。五是激流勇退，征讨方腊之后，面对即将到来的奖赏、封官，燕青根本不为所动，而是悄然而去，是一个真正能勘透世事的人，拿得起放得下，潇潇洒洒过人生。这样的人无论他是什么出身，无论在什么样的环境中，都能找到自己道路，过自己喜欢的人生。

杜兴是跟着朱贵为山寨打听消息邀请来宾的头领，他是李应的管家，又和杨雄有过交情，其他实在没什么可说的。

九、四海为家者 4 人

赤发鬼刘唐、拚命三郎石秀、石将军石勇、鼓上蚤时迁。

刘唐是梁山泊步军头领，在梁山泊排名第 21 位。他在落魄的时候，打听到生辰纲的事情，就到东溪村找晁盖，要共夺财宝，无本暴富。后来案发，随晁盖上了梁山泊。按照吴用的说法，刘唐的武艺高过雷横。

石秀是梁山泊步军头领，在梁山泊排名第 33 位。他流落到蓟州，正遇到杨雄被人欺负，路见不平拔刀相助，于是和杨雄结拜成兄弟。后来发现杨雄老婆偷和尚，就杀死了和尚，又帮助杨雄杀了老婆，然后投奔了梁山泊，引发了梁山泊攻打祝家庄的战役。

石勇是山寨打听消息邀请来宾的头领，在梁山泊排名第 99 位。感觉他气魄可以，在第三十五回出场的时候牛气冲天，后来发现主要是说大话，没多大真本事。

时迁是个人物，很值得一提，他就是个鸡鸣狗盗之徒，但有时候能发挥挺重要的作用。另外，现在的小偷都拜时迁为他们那一行的祖师爷。无论什么行当，能成为顶尖之人都不是凡人，有个号称贼王的人说，优秀小偷要具备 4 种素质：军人的勇敢、商人的狡诈、间谍的洞察力和运动员的体质。优秀小偷已如此，可见能成为小偷的祖师爷，时迁当然也是个人中翘楚。每年时迁生日那天，北京的很多小偷会到北京中山公园的一角，对时迁像进行祭拜。

十、猎户 2 人

两头蛇解珍、双尾蝎解宝。

解珍、解宝是梁山泊步军头领，二人是亲兄弟，在梁山泊排名第 34 位、第 35 位。他们本是登州的猎户，因为登州山上出现猛虎伤人事件，官府命兄弟俩限期捕捉，否则治罪。两人打到了猛虎，虎却滚落到大地主孔太公家里，两人去讨要，不想却被官府以“抢劫孔家财产罪”抓了，还要害二人性命。是表姐顾大嫂胁迫表兄孙立出头救了他们，一批人一起投了梁山泊，还为打破祝家庄立下了头功。

《水浒传》中并没有交代两兄弟与孔家有矛盾，他们开始和孔家少爷谈的很好，孔家翻脸的时候，兄弟俩一点准备都没有。为一点小事孔家就有预谋地要致人死地，很让人不解，惟一的解释就是两兄弟作为猎户头，带领猎户和孔家做过对，或者结下过别的梁子，兄弟俩以为事情早过去了，而孔家父子一直记着仇，找机会报复。“世界上没有无缘无故的爱，也没有无缘无故的恨”，孔家人太有心机，为人也太狠毒。施耐庵老先生对此没做交代，不知是为什么。

解珍、解宝与顾大嫂、孙立、孙新是血缘关系很近的姑表兄弟、姐弟，但很奇怪的是上梁山泊后，这伙人中的大哥，最有本事的孙立却排到了解珍、解宝后面，不知宋江是何用意。

十一、夫妻开酒店 4 人，另有自己开酒店 4 人

菜园子张青、母夜叉孙二娘、小尉迟孙新、母大虫顾大嫂。另外 3 人是操刀鬼曹正、笑面虎朱富、催命判官李立、活闪婆王定六。

这几个人中只有顾大嫂是个为人泼辣，敢作敢当的人物，做事从不拖泥带水，该出手时就出手，如果没有她，解珍、解宝兄弟必入黄泉路。在家庭关系上，顾大嫂也是个说了算的主儿，但孙新是个冷静的人，两人互补，夫妻关系很好。

其他几个人除了与别人的关系，没什么好说的。曹正是林冲的徒弟，朱

富是朱贵的弟弟，李云的徒弟。张青、孙二娘是开黑店的夫妻，孙二娘更成了开黑店的代名词，张青和武松是好哥们。

十二、医生 2 人

神医安道全、紫髯伯皇甫端。

这两个人在梁山泊十分重要，安道全几乎什么病都能治，使梁山泊头领和喽啰都保持身体健康，斗志旺盛；皇甫端能保证马匹强壮，马军是那个时代最厉害的精锐部队和快速反应部队，有强大马军的队伍，战斗力会比步兵强很多倍。

十三、手工艺人 4 人

玉臂匠金大坚、金钱豹子汤隆、玉幡竿孟康、通臂猿侯健。

这几个人都有绝技，在梁山泊人马壮大到一定数量的时候，就显现出专业人员的作用了。汤隆还是徐宁的表弟。

十四、落草人员、强盗、赌徒等

在梁山泊余下的人中，最值得说的就是神机军师朱武、混世魔王樊瑞、摩云金翅欧鹏 3 个人了。

朱武是梁山泊一同参赞军务头领，在梁山泊排名第 37 位。他原与跃涧虎陈达、白花蛇杨春在华阴县少华山占山为王。他武艺很平常，但为人多机谋，精通阵法。朱武最可贵的是不贪恋权力，他知道史进有本事，为了山寨的兴旺，就请史进上山做老大，与曾经占据梁山泊的王伦形成鲜明的对比，二人也有完全不同的结局。梁山泊人马受招安后，在征剿辽国和其他反叛中，他跟着卢俊义为一路，起着和吴用相同的作用，也才体现出他参赞军务的价值。

樊瑞是步军将校头领之首，在梁山泊排名第 61 位。他原与八臂哪吒项充、飞天大圣李衮在徐州芒砀山占山为王，很奇怪的是梁山泊和他并没有冲突，他却要蛇吞象地制造舆论，要吞并梁山泊大寨，而且和梁山泊的队伍着实干了一场，最后被公孙胜收服。樊瑞的行为违背常理，合乎情理的解释是他们想投靠梁山泊，但没门路，还怕被人看轻了，就故意放出风来，较量后显示了实力再入伙，就有面子了。这和朝廷招安梁山泊时，吴用的想法类似，显示了力量才加重自己的砝码。

欧鹏是梁山泊马军小彪将兼远探出哨头领，在梁山泊排名第48位。他本与蒋敬、马麟和陶宗旺4人，在黄门山占山为王，因久闻宋江大名，听说宋江在江州被判死刑，就准备带领黄门山的人马前往相救，归顺了宋江。他的武艺应该与黄信、彭玘在伯仲之间，是受过正规训练的武艺，他的本事与燕顺、周通等不可同日而语。

第九章 正说梁山泊派系

梁山泊鼎盛时期，共有头领 108 人，这在今天也是一个规模很大的队伍了，头领分别管理不同的寨子、关隘，有的头领之间除了聚餐，一年见不上几次面。“有了人就有了江湖”，人的阅历不同，社会地位社会关系不同，文化层次不同，个人见识不同、喜好不同，所以这 108 人中也会“物以类聚，人以群分”，形成不同的派系。孔子说：三人行，必有我师焉。其实还应该再加上一句：三人行，必有亲疏焉。就是一母所生的兄弟姐妹，做父母的也会有偏有向，这是自然规律或说是人性的法则。作为老大来说，更喜欢下面有派系，那样更能显出老大的作用与权威，更能审时度势地施恩和树威，显出高超的平衡能力，也就是管理能力。本章正说梁山泊派系。

一、梁山泊的派系

梁山泊共有 12 大派系，30 个小派别。

（一）军官降将派系。这里的军官指的是征剿梁山泊被俘，和梁山泊人马主动进攻州府俘获的军官，金枪手徐宁也可列在这个队伍中。这一派共有15人（其中天罡星6人）

大刀关胜	双鞭呼延灼		
双枪将董平	没羽箭张清	急先锋索超	金枪手徐宁
百胜将军韩滔	天目将军彭玘	神火将军魏定国	圣水将军单廷珪
丑郡马宣赞	井木犴郝思文	轰天雷凌振	花项虎龚旺
中箭虎丁得孙			

这一派系人马以关胜、呼延灼为领军人物，他们的共同特点是与江湖人士没什么瓜葛，在上山入伙之前，都有一定的社会地位，过着很好的生活，和梁山泊作战被俘后，为了保住性命，不得已投降了梁山。他们的文化背景接近，有相同或相近的价值观，对很多事情的看法有共鸣，在一起也会有的聊，日常必然会接触得多一些，如果有机会，他们还是愿意回归正统，为朝廷效力的。他们是梁山泊各派中武力最强的，五虎将中占了3席，关胜还是五虎将之首；马军八骠骑兼先锋使中占了4席。剩下的人大部分武艺也不错。

这一派中又分成6小派：

1. 关胜派，由5人组成

包括大刀关胜、丑郡马宣赞、井木犴郝思文、神火将军魏定国、圣水将军单廷珪。这5个人武艺都不错，关胜、宣赞、郝思文本来就是很好的朋友，魏定国、单廷珪上梁山泊之前也和关胜有过交往，他们的关系是很紧密的。

2. 呼延灼派，由4人组成

包括双鞭呼延灼、百胜将军韩滔、天目将军彭玘、轰天雷凌振。这一派人马除凌振外武艺都不错，凌振又善用炮，在军队中的作用不可小觑。呼延灼、韩滔、彭玘原来就熟悉，是呼延灼推荐二人为副将，共同征剿梁山的。到了一个和自己习惯的环境完全陌生的地方，面对许多并不熟悉，生活习惯、行为方式完全不同的人，甚至有些人他们根本就不喜欢，在这种情况下，他们自己的关系会贴得更近。

3. 张清派，由3人组成

包括没羽箭张清、花项虎龚旺、中箭虎丁得孙。他们本来就是正将和副手的关系，相处的时间长，能一起去打仗，关系应该说得过去，在山寨里可聊得话题也会多。

4. 董平派 1 人

5. 索超派 1 人

6. 徐宁派 1 人

关胜和呼延灼上山之前就相互知道，一个是武圣的后人，一个是大宋开国名将的后代，在山寨中，他们的交往应该比较多。2 个派别共有 9 人，除凌振是专业技术人员外，个个武艺高强，成为军官派的核心力量。

张清所在的东昌府与董平所在的东平府应该离得很近，两人级别相同，原来就认识，也应有过交往，董平如果不是很傲气，两派人在山寨应该会比别人更接近些。

索超没什么故交，和杨志认识的久，二人比过武，但交往并不多，未必是朋友。他在大名府的时候人缘很好，以他那样耿直的脾气，在山寨也能找到新的哥们圈子，比如鲁智深、史进等就可能会喜欢他。

徐宁是否和军官派成为一体还有疑问，但他们有相近的世界观，在很多问题上有共同的看法，比如都愿意被朝廷招安。他有自己的家人在山寨，还有表弟汤隆和故交林冲，应该不会寂寞。

（二）梁山泊原班人马派系。这一派是指晁盖上梁山泊时的人马，也包括白胜。这一派共有 12 人（其中天罡星 7 人）

托塔天王晁盖

智多星吴用	入云龙公孙胜	豹子头林冲	赤发鬼刘唐
立地太岁阮小二	短命二郎阮小五	活阎罗阮小七	
摸着天杜迁	云里金刚宋万	旱地忽律朱贵	白日鼠白胜

这一派系人马最初以晁盖为代表，梁山泊以这一派为基础，逐渐兴旺繁荣。这一派组成人员比较杂，从出身来说有大地主、教书先生、道士、军官、流浪汉、渔民（渔霸）、占山为王的强盗等等，但梁山泊的两个掌管机密的军师都在其中，五虎将中占 1 席，步军头领 1 人，四寨水军头领 3 人，已经是有

文有武的组合，如果说将在谋而不在勇的话，这一派人就更了不起，梁山泊从他们开始成为一股强大的力量。

这一派中又分成2小派。

1. 劫生辰纲派，由8人组成

托塔天王晁盖、智多星吴用、入云龙公孙胜、赤发鬼刘唐、立地太岁阮小二、短命二郎阮小五、活阎罗阮小七、白日鼠白胜。这8个人文武齐全，水陆皆集，又经历过共同“富裕”，共同生死的洗礼，是一个十分紧密的团体。

2. 林冲派，由4人组成

豹子头林冲、摸着天杜迁、云里金刚宋万、旱地忽律朱贵。这4人中，林冲武艺高强，其他3人本事平常，而那3个人是梁山泊最老的元老，林冲入伙的时候，都帮着说过好话，因此也算有恩于林冲。但林冲和他们生活经历相差太远，不一定有多少共同语言，如果把林冲1人单列一派，也是可以的。

是林冲火并了王伦，推举晁盖做了梁山泊之主，劫生辰纲派才在山寨立住脚跟，林冲在他们走投无路的时候收留了他们，这个大恩是没法报的，所以林冲在梁山泊说话很有分量，就是老大晁盖也得给足林冲面子。

这一派在晁盖死后就瓦解了，吴用和宋江关系变得极为密切，已然超脱派系之上；公孙胜是闲云野鹤，在山寨根本不安心，时刻准备回去修道；林冲和鲁智深等人的关系更近一些，也有共同的语言；三阮兄弟和李俊等秉性相近，必然成为好哥们；杜迁、宋万也会找到志趣相投，出身绿林的朋友。

（三）卢俊义派系。这一派都与梁山泊到大名府营救卢俊义有关，都是大名府人，共4人（其中天罡星2人）

玉麒麟卢俊义　　浪子燕青　　铁臂膊蔡福　　一枝花蔡庆

这一派系人马以卢俊义为代表，人数很少，其实也比较松散，但卢俊义和燕青能量很大，有很强的人格魅力，在梁山泊有很高的威信。

这一派中又分成2小派。

1. 卢俊义家庭派，由2人组成

玉麒麟卢俊义、浪子燕青。燕青是卢俊义的家仆，也类似义子，燕青对家主始终忠心耿耿，还救过卢俊义的命。二人都武艺高强，卢俊义是山寨的二把手，武艺可排在梁山泊前三位（另两位是关胜、林冲）；燕青射箭的本事可与花荣比肩，而且还有多种才艺。燕青人帅，还尤其善于与人交往，李逵那样的粗人都和燕青合得来，李师师那样的美女，都为燕青动春心，燕青的魅力谁能敌呢！但卢俊义毕竟资历浅，旗下人员单薄，没有争夺寨主的资本，他对形势认识很清楚，没把晁盖的遗言当成圣旨，始终安于本分，做梁山泊的第二把手。

2. 蔡福家庭派，由 2 人组成

铁臂膊蔡福、一枝花蔡庆。他们是兄弟俩，本事很平常，卢俊义受管家李固迫害，在大名府关押期间，由这兄弟二人看管、保护过卢俊义，所以还算与卢俊义有渊源。他俩在梁山泊无根基、无朋友，从老乡的情分上，从帮过卢俊义的情分上，还是能攀得上的。蔡福应该有本事抱上这个高枝，使自己在山寨和在大名府一样，过得舒服惬意。但这兄弟俩基本帮不上卢俊义什么忙。

（四）清风寨、清风山派系。这一派人马包括青州军官霹雳火秦明和镇三山黄信，还包括投奔梁山泊途中，半路上加入进来的小温侯吕方、赛仁贵郭盛和石将军石勇。这一派共有9人（其中天罡星2人）

小李广花荣	霹雳火秦明		
镇三山黄信	锦毛鼠燕顺	矮脚虎王英	白面郎君郑天寿
小温侯吕方	赛仁贵郭盛	石将军石勇	

这一派系人马以花荣和秦明为领军人物，人员组成比较杂，有军官、占山为王的强盗、四海飘泊的社会闲杂人员。他们是因为偶然事件联系在一起的，没有共同的事业、共同的理想，昨天还是对立面，今天却到了同一个战壕里，但在眼界上、对事物的认识上、文化背景上等等差距甚大，根本形不成统一的价值观，很难长时间成为一个整体。这一派武力尚可，五虎将中占了 1 席，花荣是马军八骠骑兼先锋使之首。

这一派中又分成 4 小派。

1. 军官派，由 3 人组成

小李广花荣、霹雳火秦明、镇三山黄信。花荣、秦明的武艺高强，尽管刚刚作为对立的两方战斗过，但现在花荣已经成了秦明的大舅哥，自然就冰释前嫌了。黄信是秦明的徒弟，原来也是上下级，关系应该很亲近。以黄信的本事，做到“都监”那样的官职，焉知不是秦明帮的忙。这 3 人到山寨后会是关系紧密的小集团，也是宋江的嫡系和宋江招安思想的坚定拥护者。

2. 清风山派，由 3 人组成

锦毛鼠燕顺、矮脚虎王英、白面郎君郑天寿。这是 3 个绿林好汉，占山为王的强盗，他们本事平常，就是抢劫过往客商的财物，杀人放火也是常事，宋江就差点让他们把心挖出来吃了。王英是个好色之徒，为女人会跟兄弟当场翻脸，还长相丑陋，实在有点上不了台面，宋江为了诺言把漂亮的扈三娘嫁给了他，不知他哪辈修来的福分。

3. 吕方、郭盛派，由 2 人组成

他俩本是好汉惜好汉，用同样的方天画戟，没事了就打仗，其实就是比武，如果有人来找一方的麻烦了，另一个人一定会舍命相助。他俩后来在梁山泊成了宋江的护卫。

4. 石勇派 1 人

石勇是在找宋江的过程中临时碰上的，本与这一派无关，但因是一起上梁山泊的，所以归为一派。石勇是个夜郎自大的人，自以为老子天下第一，实际上没什么大本事，他是宋江的一个铁杆粉丝。

这一派系人马是因为宋江的原因走到了一起，由宋江介绍上了梁山泊，和山寨并没有什么交情，是宋江的嫡系人马。这一派人马的加入，是梁山泊整建制接收外来队伍的开始，使山寨的实力大为增强，初步具备了走出山寨，攻城略地的能力，到江州劫法场救宋江就是小试牛刀。

（五）江州派系。这一派人马有点不成体系，他们是为了救宋江走到了一起，一共有 14 人（其中天罡星 6 人）

神行太保戴宗　　黑旋风李逵
混江龙李俊　　催命判官李立　　出洞蛟童威　　翻江蜃童猛
船火儿张横　　浪里白条张顺　　没遮拦穆弘　　小遮拦穆春

摩云金翅欧鹏　　神算子蒋敬　　铁笛仙马麟　　九尾龟陶宗旺

这一派系人马中，包括在政府系统工作的牢狱头，开黑店的老板，在江面上做黑活杀人越货的匪徒，开鱼行的渔霸，在一方为所欲为的恶霸，占山为王的强盗。他们之间本来没有什么关系，是为了救宋江这一个目标把他们结合到了一起。这一派有一定的实力，马军八骠骑兼先锋使占 1 席，步军头领 1 人，四寨水军头领 3 人。他们的加入极大地壮大了梁山泊水军的实力，混江龙李俊是四寨水军头领之首。

这一派中又可分为 5 小派。

1. 江州派，由 2 人组成

神行太保戴宗和黑旋风李逵。戴宗是李逵的大哥，李逵鲁莽、好斗，但他在见到宋江之前，全听戴宗的。戴宗有神行奇技，是梁山泊总探声息头领，作用很重要，本事也仅如此；李逵是一员猛将，光是他那天不怕地不怕凶恶的样子，就会把敌人吓破胆。李逵那样的出身，武艺从何而来？倒让人怀疑起武艺来了，至少也会认为，有力气、有胆气比会武艺更重要、更厉害。张顺尽管在江州生活，但和张横是亲兄弟，关系更近。

2. 揭阳岭派，由 4 人组成

混江龙李俊、催命判官李立、出洞蛟童威、翻江蜃童猛。李俊是大哥，几个兄弟都尊敬他，听他的调遣。除李立外，另外 3 个人水性都很好。

3. 揭阳镇派，由穆弘、穆春兄弟 2 人组成

他们本是大地主，又因为有些本事，养成了恶霸习气，在当地形成了黑社会，横行乡里，欺辱过往客商。他们很尊敬李俊，可能因为李俊比他们本事大，还有大哥范儿。

4. 张横、张顺兄弟派，由 2 人组成

张横是江匪，在江上干抢劫、杀人的勾当，他很尊重李俊；张顺是江州的渔霸，他是梁山泊水性最好的人。把他俩放在一派，是因为血浓于水。

5. 黄门山派，由 4 人组成

摩云金翅欧鹏、神算子蒋敬、铁笛仙马麟、九尾龟陶宗旺。这 4 人中欧鹏是大哥，武艺也精一些，蒋敬有特殊的才能，马麟武艺不错还善吹笛子，他们是很招人喜爱的组合。

这一派人马中，李俊、穆弘、张横等人本来就是好兄弟，上梁山泊后还会很紧密，没事的时候喝个小酒都没问题，以他们的交情，也可以划入一个小派。特别是李俊有头脑，也很有大哥样，会为兄弟们考虑。另2个小派和他们会渐渐疏远，他们的共同点确实太少了。这一派系人马因救宋江聚在一起，是宋江的嫡系。

（六）郓城县派系。这一派都来自郓城县，共有3人（其中天罡星2人）

美髯公朱仝　　插翅虎雷横　　铁扇子宋清

这是一个地域派系，朱仝是梁山泊马军八骠骑兼先锋使头领，雷横是梁山泊步军头领，这两个人都有好武艺，他们还在郓城县为同僚，关系很好。朱仝是个最讲义气的人，对晁盖、宋江、雷横都有恩，但并不求回报。看在宋江的面上，他俩都会照顾宋清的。这一派和梁山泊原班人马派系的劫生辰纲派关系密切，也是宋江的嫡系人马。

（七）二龙山派系。这一派人马包括二龙山、桃花山、白虎山和少华山的人马。一共有15人（其中天罡星4人）

花和尚鲁智深　　青面兽杨志　　行者武松
操刀鬼曹正　　母夜叉孙二娘　　菜园子张青　　金眼彪施恩
打虎将李忠　　小霸王周通　　毛头星孔明　　独火星孔亮
九纹龙史进　　神机军师朱武　　跃涧虎陈达　　白花蛇杨春

这一派人马中思想观念上比较一致，就是军官出身的人，在为官的时候就很有江湖作风，遇事讲义气，敢出头。这一派人马实力强大，在江湖上名头响亮，更兼文武兼备，马军八骠骑兼先锋使占2席，步军头领2人，鲁智深是当之无愧的步军头领首席。他们的加入，极大地壮大了梁山泊的力量。

这一派系又分为4小派：

1. 二龙山派，由7人组成

花和尚鲁智深、青面兽杨志、行者武松、操刀鬼曹正、母夜叉孙二娘、菜园子张青、金眼彪施恩。这一派实力最强，人数最多，又各有连带关系，如：鲁智深是林冲的哥们，曹正是林冲的徒弟；孙二娘和张青是夫妻，又和武松是朋友，施恩也是武松的哥们，武松为帮施恩出头，险些送了性命。他们的关系稳定、紧密、亲密。

2. 桃花山派，由 2 人组成

打虎将李忠、小霸王周通。这二人本事平常，做人也差点意思，他们如果不依附二龙山，很容易让官军灭掉。李忠指点过史进枪棒，也算个启蒙老师，但史进的真本事是从王进那里学的，和李忠无关。

3. 白虎山派，由孔明、孔亮兄弟 2 人组成

这兄弟 2 人跟宋江学的武艺，其水平可想而知，在村里斗殴还可以，到战场上就只能任人宰割了，孔明到青州救叔叔，只几个回合就被呼延灼生擒。孔家兄弟和宋江关系非同一般，是宋江最信得过的亲信，他们上梁山泊后和这一派关系会逐渐淡下去，和宋江兄弟会很热乎。

4. 少华山派，由 4 人组成

九纹龙史进、神机军师朱武、跃涧虎陈达、白花蛇杨春。这是一个很好的组合，有武艺高强的大哥、有聪明的军师、有冲锋陷阵的兄弟，又共同经历过生死，活得很爽。美中不足的是人员单薄了点，经不住大的风浪。但他们却敢作敢为，在史进没加入的时候，陈达就敢去附近县城借粮，实际就是攻打县城，他们的胆量比实力强。

这一派人马中，鲁智深是深孚众望的老大，他讲义气，爱助人，自己过上好日子了就想起自己的兄弟，他为找史进、救史进，自己还被抓进了华州的大牢，受尽了折磨。这样的大哥兄弟们当然愿意跟着他，但他们如果一直呆在二龙山，那就永远是小打小闹的强盗。

(八) 孙立派系。这一派人马以亲戚、朋友关系组成，是一个团结的十分紧密的派系，一共有 8 人（其中天罡星 2 人）

病尉迟孙立　小尉迟孙新　母大虫顾大嫂　铁叫子乐和

两头蛇解珍　双尾蝎解宝　出林龙邹渊　独角龙邹润

他们是亲兄弟、表兄弟、姻亲、铁哥们关系，介绍他们到山寨入伙的人，是在梁山泊地位不高的杨林、邓飞、石勇，可以说他们和梁山泊基本无渊源，

到山寨后也是一个关系紧密的小团体。这一派的领军人物孙立武艺高强，却未能列入天罡星，在马军小彪将兼远探出哨头领中，也排在比他本领明显有差距的黄信之后，显然是受到排挤。解珍、解宝兄弟双双列入了天罡星，有分化这一派系的嫌疑。

这一派系又分为2小派。

1. 孙立派，由孙立、孙新、顾大嫂、乐和、解珍、解宝6人组成

他们全是很近的血缘关系和姻亲关系，团结紧密，在山寨一家人一起搞个什么家庭聚会活动也是正常的。

2. 邹渊、邹润派，由2人组成

他们二人是叔侄关系，在梁山泊他们原来就有熟人，自己又有绿林习气，喜欢赌博，很适应山寨的绿林、强盗文化，在山寨很容易找到相同经历、爱好的人。但他们讲义气，和孙新等人还会是好哥们。

（九）饮马川派系，由4人组成

铁面孔目裴宣　　火眼狻猊邓飞　　玉幡竿孟康　　锦豹子杨林

锦豹子杨林本不是饮马川的头领，但因他与邓飞是哥们，又与他们一起上的梁山泊入伙，也都是江湖中人，所以列入一派。孟康的加入，使梁山泊有了造战船的高手，梁山泊那样大的水面，水军力量的加强十分重要。

（十）杨雄、石秀派系，由3人组成（其中天罡星2人）

病关索杨雄　　拼命三郎石秀　　鼓上蚤时迁

杨雄、石秀都是步军头领，有一定战斗力。时迁看上去无足轻重，其实却有过人的本领，如盗徐宁家雁翎圈金甲那样的事，没有时迁根本就别想。千万不要小看鸡鸣狗盗之徒，有时候他们也能帮人做成大事。

（十一）芒砀山占派系，由3人组成

混世魔王樊瑞　　八臂哪吒项充　　飞天大圣李衮

他们本来在芒砀山占山为王，3人应是铁哥们，本领也不可小看，曾把史进带领的人马打得落花流水。他们扬言要吞并梁山泊是不自量力还是计谋，施耐庵先生是在让读者猜。

（十二）李应派系，由3人组成（其中天罡星1人）

扑天雕李应　　一丈青扈三娘　　鬼脸儿杜兴

扑天雕李应和鬼脸儿杜兴本是老爷和管家的关系，自然是一派的。一丈青扈三娘因与李应在独龙冈是同盟关系，所以列入一派。李应是梁山泊掌管钱粮头领，他和扈三娘武艺出众，实力不弱。扈三娘嫁给王英是她个人的悲剧，也是女人的悲剧，是宋江对女人的迫害。杜兴与杨雄是旧相识。

二、梁山泊各派系之间、各派系与山寨主要人物之间的关系

在梁山泊有的派系之间有些存在一定的联系，有的还很紧密，另外他们和宋江的关系，和特殊人物柴进之间的关系也需要交代清楚。

（一）派系之间的关系

1. 梁山泊原班人马派系与郓城县派系

梁山泊原班人马派系中的领头人晁盖就是郓城人，他与郓城派系的3个人原来就都认识，与朱仝、雷横的关系很好，当时在郓城县做都头的两个人，应该都是晁盖的座上宾，有事办事，没事就在一起喝酒或是喝喝茶。晁盖本身豪爽，家里又富有，经常帮助两人点银子，应该不是让人意外的事情。正因为有这样的关系，在生辰纲事发后，朱仝、雷横抓人都不积极，最后朱仝直接放走这一批朝廷要犯。

由于有朱仝救人环节，所以晁盖死后，梁山泊原班人马派系尽管解体，但劫夺生辰纲的其他人还在，他们之间依然会有很紧密的关系，再加上朱仝确实义气，也有一定的人格魅力，这两部分人的关系还会很好。

2. 二龙山派系与梁山泊原班人马派

鲁智深是个很重感情的人，他看得起又聊得来的人，永远也不会忘记，所以当他过上好日子的时候，就想到要找史进，那个他认为很好的哥们。他

对林冲也是一样，谈得投机就结拜成兄弟，知道兄弟受迫害了，生怕押解人员起歹意，就从东京到沧州一路跟着，暗中保护，直到林冲安全了自己才离开，这是怎样的情谊！对林冲来说，那是个哥们，更是个救命恩人。梁山泊原班人马派解体后，林冲和这派人马的关系会更亲近，壮大这批人马的力量。林冲的徒弟曹正也在这个派系中，林冲和杨志也有过短暂的交往，使林冲与这个派系关系的砝码更加重了。

3. 孙立派系与饮马川派系

孙立派系在找后路的时候，知道梁山泊可以去，介绍人是饮马川派系的杨林和邓飞。由于邹渊、邹润都不是孙立派系的领头人，杨林、邓飞在梁山泊的话语权也有限，纽带太弱了，所以这两派之间可能有个人的朋友关系，但形不成两派间的联合，两派人马在梁山泊也起不到主流作用。

4. 杨雄、石秀派系与饮马川派系

杨雄、石秀投梁山泊，是因为石秀和戴宗、杨林有过一面之缘，谈不上什么交情，所以这两派人马之间不会有什么深的发展。石秀的豪爽在梁山泊会有很多人喜欢，特别是绿林出身的人。另外，石秀和武松的性格有相像的地方，二人成为好朋友也未可知。

5. 杨雄、石秀派系与李应派系

时迁被祝家庄抓了以后，由于杜兴的关系，杨雄和石秀曾到李应庄上寻求帮助，虽然没有成功，但也算是很给面子，李应因此与祝家庄翻脸，还在争斗中受伤，正因如此，在宋江率梁山泊人马攻打祝家庄时，李应背盟不去救援。杨雄曾有恩于杜兴，后者又是李应很信任的管家，杨雄、石秀、李应还都是有本事的人，他们到山寨入伙后，很可能把扈三娘排除在外，形成一个关系紧密的集团。惟一的问题是李应是大地主出身，他要当老大杨雄和石秀能不能答应，他受不受得了拼命三郎的脾气。

6. 林冲和徐宁的关系

林冲和徐宁是老相识，但关系并不一定多铁，他们之间的关系也影响不到派系。徐宁和他表弟汤隆的关系也是私人关系，与派系无涉。

7. 清风寨、清风山派系和李应派系的关系

这 2 个派系因扈三娘嫁给王英扯上了关系，其实夫妻二人的感情并不一定好，还有就是扈三娘跟李应的关系并不密切，王英在清风寨、清风山派系

中也无什么话语权，所以二人的婚姻关系基本影响不到两个派系之间的关系。

（二）几个重要派系和宋江之间的关系

1. 宋江在梁山泊依靠的核心力量

宋江在梁山泊依靠的核心力量有3个：

一是清风寨、清风山派系。以花荣、秦明为代表的嫡系部队人员比较整齐，与宋江共同战斗过，可以说是生死之交。花荣和宋江本来交情最深，在梁山泊没有几个那么铁的，宋江又做主把花荣的妹妹嫁给了秦明，这个队伍当然最可靠了。

二是江州派系。江州派系因宋江而出现，内部虽然看着不成体系，但在宋江的大旗下就形成了有纲有目的力量。这一派人马与宋江经历过生死，当然是宋江的核心力量。宋江在江州收服了李逵，这是一个莽汉，没什么头脑，宋江指东他就根本不想西，心甘情愿地把自己绑在宋江的战船上，任风狂雨暴也没有一点含糊，二人关系更似主仆，这是宋江在江州最重要的收获。李俊是大哥式的人物，在江州派中很有威信，他很信服宋江，那批人马就是宋江完全可以依靠的力量。

三是郓城派系。朱仝和雷横本来就是他的哥们，同为郓城县人，知根知底，他们在宋江成为老大后，必然会捧宋江的场，这是毫无疑问的，也正因为如此，宋江才不惜冒天下之大不韪，杀死垂髫孩童，把朱仝逼到山寨入伙。

另外，二龙山派系的武松、孔明、孔亮兄弟、吴用也会是宋江核心队伍中的核心成员。武松是个豪爽又有本事的汉子，他应该是被宋江表面的一套完全迷惑住了，是宋江坚定的支持者。吴用逐渐成为宋江最值得依靠的人之一，吴用知道自己想干什么，还知道自己能干什么，吴用这样有真才实学、能运筹帷幄的文人，比那些武人更重要，所以宋江需要他。

2. 宋江有意识建立的力量

宋江有意识建立的力量就是军官派系。

这个派系中人员整齐，社会影响大，像关胜、呼延灼还是受人敬仰的名人之后，而且都武艺高强，形成一定力量后，在梁山泊就会很有话语权，宋江需要在山寨建立起这样一支队伍。宋江把聚义厅改为忠义堂，提出替天行道的口号，靠社会下层出身的人和绿林好汉，根本达不成宋江的目标，就连任他呵斥的李逵，对他提出的招安都大呼反对，出身寒微的三阮等人的反对更不言自明。宋江走曲线当官的道路，掌权伊始就奔着接受朝廷招安，军官派系是招安最积极的支持者。

3. 宋江刻意拉拢的派系

宋江刻意拉拢的派系是卢俊义派系，主要是拉拢卢俊义本人。卢俊义是大商人、大地主，社会影响很大，把他拉上山来，做山寨的二把手，宋江就如多了一条胳膊。首先，这样的富商对招安一定有精神上的认同，他可以通过老二的身份来做工作，影响别人；其次卢本人在山寨没有队伍，不会威胁到自己的地位。实际上，在招安的过程中，卢俊义派系的燕青凭借个人的机敏和帅气，把山寨的诉求直接传达给皇帝，完成了宋江梦寐以求的人生第一要务，这也许是宋江的意外之喜。

宋江拉李应入伙，也是要壮大支持招安的队伍，大地主出身的人，没有几个愿意长时间混迹山林为匪的。

（三）几个派系和柴进的关系

柴进是梁山泊很特殊的人物，他是周世宗柴荣的后代，宋朝的江山是赵匡胤用不光彩的手段，从他家手里夺来的，为了封住别人之口，给了他家丹书铁券，也就是皇帝亲自发的，可以免罪、免罚的“执照”。这个柴进不知出于什么目的，偏偏喜欢和杀人犯、流放人员、流浪汉等社会不良人员往来，只要有求于他，来者不拒。梁山泊的派系中很多人和他有联系。

1. 梁山泊原班人马派系

林冲、杜迁、宋万都曾受惠于柴进，在柴进的帮助下，林冲躲过了牢中的 100 杀威棒，更主要的是由于柴进出手，林冲杀死陆谦等人之后，才有机会逃过官府的缉捕，雪夜上梁山，使梁山泊有了真正能打硬仗的首领。

2. 二龙山派系

武松在家乡打伤人后，浪迹江湖，最后到了柴进的庄园才算安定下来，他的脾气尽管让柴进不太喜欢，但衣食供应从不缺乏。武松如果能够反思，就会知道柴进十分对得起他，毕竟耍酒疯是很讨人嫌的，他耍的还是那种暴力酒疯。

另外，柴进还直接帮助过宋江、石勇等人。柴进和宋江不同，宋江接触的人中大都是落魄的人，他朋友中最高级别的人物就是花荣，宋江的影响力主要在三教九流中，在社会中高阶层影响很小，最多也就是听说过他。柴进则不同，以他的身份，以他的财力，以他的仗义疏财的豪爽，他在社会各个阶层都能造成影响，王公、高官都可能是他的座上客。

柴进没有形成宋江那样的影响，说明柴进的能力上还有欠缺，手段与宋江相比，还不在一个层次上，贵胄对下层人民的理解毕竟有限，甚至是浅薄的。鲁迅先生曾说“焦大不会娶林妹妹”，那是很精辟的论断。同样的，柴进也难和石勇等生活在社会底层的流浪汉、赌徒成为交心的朋友。

（四）山寨中的其他关系

在山寨中其他人与人的关系中，燕青与别人的关系是最值得一提的。

燕青是卢俊义的家人，尽管情同父子，可他说到底还是卢家的仆人，他自己显然很清楚自己在卢家的地位，所以除了生活上舒服一些，对主人的决定从来就是服从。他在梁山泊列入天罡星，除了和卢俊义的关系之外，他的个人魅力也是重要因素。

燕青有好武艺，他箭无虚发，几乎可与花荣相比；他的相扑本事更是天下一绝，连身高体健，号称打遍天下无敌手的任原，也被他摔下擂台。被梁山泊俘虏的高俅酒后夸口，号称自己相扑了得，让燕青好好地教训了一下，也算为林冲等人小出一口恶气。在大多数情况下凭功夫说话的梁山泊，燕青不输给任何人。

燕青和柴进、戴宗、李逵等人的关系都很好。特别是李逵，别人都有些怵他，每次外出都是和燕青一路，连宋江都知道李逵和燕青最好。其实他二人在一起应该没什么好聊的，一定是李逵喜欢燕青，才“小乙哥、小乙哥”地叫着，跟着燕青。李逵要是捣乱，也只有燕青能制住他，摔上两跤就把一个浑人搞得服服帖帖了，但李逵就愿意跟着燕青到处去转转，还很听燕青的话。柴进也很高看燕青，他和燕青一起到京城看了重阳节灯会之后，对燕青的机警、干练印象很深，所以宋江征讨方腊的时候，柴进主动请缨去做卧底，提出的条件就是要燕青和他同去，有了燕青他心里就有了底。柴进那样的贵胄高看一个人，也不是容易的事。

他对卢俊义始终很忠诚，有始有终，在征方腊之后，准备脱离队伍，也先去找了卢俊义，在对方不肯走的情况下，他才自己悄然而去。他不去见宋江表现了他的机智，宋江那样的人表演起来，你很难不被蛊惑，燕青很担心自己决心被动摇，所以干脆就不见了。曾文正公说过：凡有盛必有衰，不可不预为之计。燕青深知盛极而衰的道理，知道在适当的时候适可而止，不因富贵、权势的诱惑而迷失自我。

作为男人，燕青的个人魅力难以抵挡，连阅人无数，常见包括皇帝在内的达官贵人的李师师，也对他一见倾心。但燕青知道自己在做什么，知道自己的目标在哪，并不因美色当前就乱了方寸。如果是矮脚虎王英那样的人，早就晕倒不知几回了。由于燕青的作用，梁山泊的真实情况得以直接传达到皇帝，为宋江实现魂牵梦萦的招安铺平了道路。梁山泊招安成功，燕青立了头功，没有燕青走通李师师的门路，还不知道要经过多少曲折。

才华秀出谓之“英”，胆略过人谓之“雄”，燕青以自己的英俊、机智、胆略，还有武功，配得上英雄这个称谓。

第十章 正说阎婆惜、潘金莲、潘巧云

阎婆惜、潘金莲、潘巧云是《水浒传》中3个很有特点的女人，她们不是梁山泊的巾帼英雄，却比那三个巾帼英雄更值得关注，更有生活中的女人味。这3个在书中都出场不多，生命短暂的女人，生活轨迹各有不同，追求美好生活的愿望却一致；人生的结局都是被杀，有的让人叹息，有的让人叫好。本章正说阎婆惜、潘金莲、潘巧云。

一、正说阎婆惜

阎婆惜一家是宋朝的都城东京人，在东京的时候就是以卖唱为生，京城繁华地，各种文化娱乐产业也应该是当时最发达的，其竞争也一定很残酷。阎家小门小户，也没有什么靠山，在那种环境中必然生存艰难。我们想一想曾经的上海滩，从事类似阎家的行当，都要受黑社会控制，被黑社会欺负，给黑社会上供。宋朝应该还没有那么成气候、成系统的黑社会，但欺行霸市，恃强凌弱的泼皮无赖却不会少，被杨志杀掉的牛二，在东京城内绝不会只有一个。阎婆惜家一定是在京城混不下去了才到山东投奔别人的，否则谁愿意离开既繁华，自己又熟悉的都市，跑到一个既陌生又前途未卜的地方呢？今天是这样，古代的人也是这样，美好生活才是人们追逐的目标。

（一）阎婆惜一家要投奔谁

《水浒传》中对阎家到山东投奔谁说得很简单：

三口儿因来山东投奔一个官人不着，流落在此郓城县。（第二十一回）

那个官人是什么人呢，与阎家是什么关系呢？官人在唐朝是称呼当官的人，到了宋朝就平民化了，妻子可以称呼自己的丈夫为“官人”，《水浒传》中林冲家的使女锦儿称呼主人为“官人”；还有就是对有一定地位的男人称为“官人”，西门庆就被大家尊称为西门大官人。很显然，阎家3口要投奔的人是第三类，有一定地位的男人，那为什么又投奔不着呢？笔者推测是他们觉得那个人可靠，可以投奔，但实际上对那个人的了解并不深，这又是为什么呢？

阎公是卖唱为生的，一个大男人卖唱有多少人愿意听呢？在这方面消费的主力军当然是男人，年轻漂亮的姑娘才能招来更多的主顾，《水浒传》中几次出现在酒楼卖唱的，也都是年轻的姑娘。阎家卖唱本以阎公为主，艰难可想而知，等阎婆惜长大一些，也跟着阎公去唱几曲。宋江见阎婆惜的时候，姑娘已经18岁了，两年前正是二八佳人，人漂亮又清纯，如含苞待放的玫瑰，不仅能吸引人听曲儿，还能勾走男人的魂。北宋都城繁华，张择端的《清明上河图》中就有直观的反映。那里往来商旅富人，云集四方举子，宋朝还有准备买官之人，等待补缺的官员，其中有的人离家时间很久，遇到阎婆惜这样年轻貌美的姑娘，“色不迷人人自迷”也不是什么奇怪的事。阎婆惜正是情窦初开的时候，遇到风流倜傥的公子来追，动了春心也合情理，那时的女孩子15~16岁嫁人再正常不过了。阎公、阎婆那里，女儿有了好的归宿，家里的生计有了着落，“福无双至今朝至”了，当然不会有异议。

官人在阎家生活了1到2年，找个理由回家了，分别时也许信誓旦旦地说来接人，但人一走就如泥牛入海，留下女儿空流泪。这在交通不便，信息难通的时候经常发生。有的商人在外一住就是几年，两边都有家室，却绝不相互往来，也不通任何信息；也有的是不知什么原因，人在旅途死了，当然就再无消息；有的是本来就有家，大老婆又强悍不许纳妾；有的就是一个人在外面寂寞，花钱找个人满足生理需求，还有可心人解闷。阎婆惜遇到的应该是后两种中的一种，曾经的恩爱让阎家相信是真情，久等不来，日子又过得拮据，就自己找上门吧。很让人郁闷，家的地址也是假的，这就能解释为什么觉得可靠，又投奔不着了。人是真的，如果地址是真的，宅院怎么搬得走，中国人是不会轻易离开自己的根的。阎婆惜的运气还不如杜十娘，李甲已经领杜十娘在回家的路上，迫于家中压力和孙富利诱才改了主意，那恩爱还是有真情的，而阎婆惜的官人可能一开始就在欺骗她。

那个官人手段够狠，阎家也过于轻信，弄得一家 3 口流落街头，几乎是要乞讨了，郓城县这样的小地方没有几个人听曲，阎家又无别的谋生手段，完全断了经济来源，阎公的死应是羞愤难当，急火攻心，又饥寒交迫患上急病，还无钱医治，在流浪的路上死去的。阎公不仅不能入土为安，在讲究落叶归根的中国人来说，客死他乡本身就是十分悲惨的了。

（二）阎婆惜为什么看不上宋江

阎婆惜起初对宋江应该还算满意，在她母女二人最需要帮助的时候，宋江作为一个路人无条件地及时出手相助，使他得父亲有了一口好棺木，总算没有暴尸荒野，在那样的窘况下也对得起老人了。阎婆让她跟了宋江，想必也征求过她的意见，母女俩相依为命，如此关系家庭命运的大事，二人不会事前没有交流。宋江找好房子，置办好居家过日子的东西：

> 没半月之间，打扮得阎婆惜满头珠翠，遍体金玉。（第二十一回）

阎婆惜过上了丰衣足食的日子，和前些天有了天壤之别，18 岁的少女，哪个不喜欢美呢？连阎婆也有了几身像样的衣服。这样天上人间的差别，阎婆惜母女感触最深，对宋江当然会满意，那时阎婆惜应该从心里是满足的，感到嫁对了人。

好日子大概也就过了一到两个月，阎婆惜就对宋江不满意了，原因应该有四个：

第一，宋江外貌的确丑了一些。从外形上看，宋江黑矮胖，根本谈不上帅，还实在有些不入眼，江湖上好汉尊宋江为大哥，是因为传说他是仗义疏财好男儿，但那样的传说，对阎婆惜来说没什么用，给宋江加不上什么分，女人的心思与男人根本不同，与一味讲义气的男人更差了十万八千里。唱曲儿人家出身的阎婆惜见过的人多了，宋江属于丑的一类，把以前那个不错的官人的人和宋江对比，就会越发不满意。这样的不满意会引发家庭矛盾，但至于有多严重，嫁鸡随鸡嫁狗随狗，又有阎婆劝着，18 岁的阎婆惜耍耍性子也就算了，不会掀起什么大的波澜。

第二，宋江没把阎婆惜放在心上。尽管是妾，宋江也应该把阎婆惜领到家里，让父亲看看，让阎婆惜认认家门，这应该是人之常情，也应该是阎婆惜的愿望，但宋江一直不把娶妾的事告诉家里。宋家庄离县城并不远，都过去一个多月了，宋江一点这样的意思也没有，难免让阎婆惜心中生怨，就是阎婆也不一定满意宋江这种做法。没进宋家门，阎婆惜和宋江的关系就没有真正确认，那就是露水情缘，不定哪一天说甩就甩掉了，宋江心里也许就是这样想的，所以宋江听到阎婆惜与张三的风言风语后，根本就没往心里去，只是寻思：

> 又不是我父母匹配的妻室，他若无心恋我，我没来由惹气做什么？我只不上门便了。（第二十二回）

以后真就一个月不上门，阎婆来请也借故推掉。本来宋江就丑，又让阎婆惜感觉不出爱意，还没有安全感，对宋江的怨气就重了，也更不满意了。

第三，宋江没有让女人满意的本事。宋江对待阎婆惜基本就是可有可无，没有什么甜言蜜语，回家去也就是吃个饭、睡个觉。只有 18 岁的阎婆惜当然是需要和丈夫卿卿我我，让丈夫哄她的高兴，但这不是宋江的强项。施耐庵先生的解释是：

> 宋江是个好汉，只爱学使枪棒，于女色上不十分要紧。（第二十一回）

这样的敷衍太过牵强，也禁不住推敲。好汉就不爱妻儿吗？既爱美人又爱江山才是真的英雄好汉，“无情未必真豪杰，怜子如何不丈夫”，倒是英雄无后常令人叹息。《水浒传》有一个误区，就是把不近女色，不娶妻和英雄划等号。

还有就是宋江很可能患有生理疾病。宋江家虽非大富，但也是可以丰衣足食的地主，到了30岁还没有娶妻真的很让人费解。晁盖没娶还可以解释，晁家老人双双早逝，晁盖的心性喜欢舞枪弄棒，没人管束他正好撒欢，如果有生理需要，他那样的大财主也不难解决，所以未娶。宋江则不然，他是家中实际的长子，老父宋太公在堂，盼孙子应该是老人最大的期待，如果没有特别的原因，宋江会承受来自宋太公的巨大压力，怎会让他30岁还不娶？他一开始“夜夜与婆惜一处歇卧，向后渐渐来得慢了”，这是宋江花钱在县城安的家，经常有家不回根本就说不通。

宋江长相不如阎婆惜的意，又不会讨阎婆惜喜欢，假如还患有生理疾病，满足不了年轻、生理需求旺盛的阎婆惜，必然导致两人矛盾升级，后来阎婆把宋江死拉活拽地弄回家，两个人已经是形同陌路了，如果那个家不是宋江置办的，阎婆惜就不会只是那样冷言冷语，一定会把宋江轰出去。这样就好解释宋江为什么漠然对待阎婆惜与张三的关系，正常的男人在别人给自己戴“绿帽子”的时候，反应一定是愤怒，甚至是去拼命。宋江有生理疾病，是妙龄阎婆惜对宋江不满的直接原因，也是两人过不下去的主要原因。

第四，帅哥张三的介入。阎婆惜不满意宋江，见到风度翩翩，年貌相当的张三，一下就动心了。18岁的姑娘有这样的情怀，在今天会被认为是追求真爱的行为，会得到广泛的理解和同情；民国时期，军阀何健的小妾找了个男同学私奔，双双被残忍地杀害，两个追求爱情的青年人得到了广泛的同情，社会上对何健更是一片讨伐之声。但在宋朝，阎婆惜的行为不会被包括她母亲在内的大众理解，生理上的不满足更是难以启齿的事情。

张三在这里表现的很不地道，俗话说“朋友妻不可欺”，宋江待他不薄，又是长他几岁的兄长，带他到家里吃次饭，他就惦记着“盗嫂”了，如此龌龊之徒到是该杀。在阎婆惜与张三的关系上，宋江有很大的责任，他自己是引狼入室的祸首。用现在的眼光来看，阎婆惜只要让宋江写了休书，离了婚，她就没有什么错了。

（三）阎婆惜的过错

在与宋江的关系上，用现在的眼光看，阎婆惜追求爱情没有错，但在她还是宋江的妾的时候，就与张三私通就说不过去，后来发展到几乎明目张胆地往来，弄得街坊四邻无人不知，就有些太过分了，这样的不守妇道，也是很多人不同情她被杀的原因。在这件事情上，阎婆惜还有三个过错。

1. 忘恩、任性

宋江在她家最落魄的时候伸出援手，那真是雪中送炭，让这个就要流浪乞讨的家庭重现活力，这种大恩真是无以为谢。阎婆把女儿送给宋江做妾，一方面是给家和自己找个归宿，也还隐藏着报恩的意思。宋江对这家人也算是尽心尽力，当然他有苦衷，有不能满足阎婆惜的地方。

在阎婆惜来说，知恩图报是一个人最基本的良知，母亲安排了，她也同意过，无论怎样也应该好好对待恩人。而阎婆惜的表现完全就是忘恩负义，让人想到"戏子无义，婊子无情"，唱曲儿人家的女儿似乎就是这样的。正因为如此，宋江杀死阎婆惜后，并没有因为杀死女人使他得名声变坏，反而这件事本身成了宋江的一件英雄行为，在江湖上为他增色不少。

阎婆惜的行为与他得年龄有关，尽管古代人结婚早，但从心理上说，18岁的女孩子尚未完全成熟，宋江到家后，阎婆惜无论在行动上，还是在言语上，都表现出了任性、刁蛮，这正是心理不成熟的具体表现。阎婆的表现就完全不同，一心想让女儿与宋江和好，两边赔小心，和稀泥，要是如了阎婆的愿，就没什么故事了。

2. 做人太狠

前些日子，有个女演员被她的丈夫杀死了，丈夫随后自杀，并留下了一句话："她太狠了！"怎么个狠法我们不知道，而阎婆惜做人太狠，施耐庵老先生是告诉了我们的。

阎婆惜抓住了宋江私通梁山泊贼寇的把柄，她认为自己的机会来了，到了摆脱宋江公开追求自己爱情的时候了，就和宋江展开了谈判，提出了三个条件：

> 第一件是：你可从今日便将原典我的文书来还我，再写一纸任从我改嫁张三，并不敢再来争执的文书。
>
> 第二件是：我头上带的，我身上穿的，家里使用的，虽都是你办的，也委一纸文书，不许你日后来讨。
>
> 第三件是：有那梁山泊晁盖送与你的一百两金子快把来与我，我便饶你这一场"天字第一号"官司，还你这招文袋里的款状！
>
> 你怕是贼赃时，快熔过了与我！（第二十一回）

从阎婆惜提出的条件来看，宋江娶阎婆惜不仅通过了媒人，还有文书手续。她现在要手续，就是解除与宋江的关系，还要宋江净身出户，另外要梁山泊给的金子。宋江道没有讨价还价的余地，只能任人宰割，实际上 3 个条件马上都答应了，只是因为没要刘唐送来的金子，就做出保证：

> **限我三日，我将家私变卖一百两金子与你，你还了我招文袋！（第二十一回）**

100 两金子，值 1000 两银子，足够阎家和张三风风光光地生活 50 年。人心不足蛇吞象，阎婆惜不仅要爱情，还要上演一夜暴富，对刚有大恩与其家的宋江一点也不手软，真配得上“心太狠”三个字，但她不知道，狠过了头是要搭上自己性命的。

3. 做事太蠢

阎婆惜和宋江谈判，主要目的都已经达到了，就是暴富的目标还需要通过某种方式来实现。很明显，无论宋江要没要梁山泊的金子，他身上是没有的，否则那么沉甸甸的东西带在身上，阎婆惜也能看得出来。明知道没有，却非要人家马上给自己兑现，这样做事可视为蠢，可能与她日常处事任性有关。

宋江已经答应三日内变卖家私凑 100 百两金子，从道理上说，让他立下字据就行了，宋江为了自己的身家性命着想，不会冒险不履约的，就是从他的为人上，这件事闹起来，他也丢不起那个人，阎婆惜完全不用担心什么。她让人家现场兑现的要求，是想无中生有，做根本不可能的事情。“穷寇莫追”，当人被逼到绝境的时候，只好进行困兽之斗，那个时候局面就很难控制，结果就更难预料了。

宋江好话说尽，条件全应，身家性命仍捏在人家手里，没有办法了，在这样还不行的情况下，出于自我保护的本能，就只好动粗，下手来抢，这符合事件发展的逻辑。

（四）阎婆惜为什么被杀

阎婆惜狠，贪得无厌；阎婆惜蠢，一点不留余地，不给别人，也不给自己。宋江最初也还只是想把“招文袋”夺回来，是阎婆惜自己的惊叫，“黑三郎杀人也”，引发了宋江激情杀人的冲动，是一时的火从心中起，恶向胆边生。如果她不喊，或不把宋江逼到绝境，在宋江拿起刀的时候说点软话，就不会发生血案了。但阎婆惜本来不该死的，她的被杀完全是自己造成的。

阎婆惜要怪还可以怪施耐庵老先生，是他非要阎婆惜死，搞出了个完全不合逻辑的情节。

《水浒传》中的解释是：

> 我本欲在酒楼上刘唐前烧毁了，他回去说时，只道我不把他为念；正要将到下处来烧，却被这阎婆缠将我去；昨晚要就灯下烧时，恐怕露在贼人眼里：因此不曾烧得。（第二十一回）

其实从和刘唐分别到把“招文袋”落在阎婆惜床上，已经有差不多两个月了，宋江一直没有烧掉，而且一直带在身上，以宋江的处事谨慎、周密，却立于危墙之下，那是不可能发生的事情。这一段人为制造的痕迹太重，所以阎婆惜应该怪施老先生，是他安排阎婆惜死，好让宋江有机会浪迹江湖，再去干惊天动地的事情。

二、正说潘金莲

潘金莲是清河县人，一个大户人家的使女，已经有20岁了。在那个时候，女孩子15~16岁就应该嫁人了，二八称为佳人，20岁已经过了最佳的出嫁年龄，35岁左右的女人就被称为半老徐娘。那潘金莲为什么已经20岁了还在主人家，这本身就有点可疑。

（一）潘金莲为什么20岁还没嫁人

潘金莲应该很漂亮，还很有风情，他在大户人家一直是服侍主人婆的，因为善解人意，又聪明伶俐，深得主人婆喜爱，所以一直跟在身边，到了20岁还没给找一个好人家嫁出去或是配给家中的伙计。潘金莲家里一定是没有人了，所以没人能帮她跟主人家说句话，或者她是从小跟家人逃荒到清河县的，家人已不知所终。

大户肯定不是在潘金莲 20 岁才缠他，15 ~ 16 的时候，因为年龄小差不多随时跟着主人婆，所以大户尽管一直有心，却很少有机会去缠她，只是看着她一天一天长大，一天一天出落得水灵、标致，却不能得手，中间找机会说点关心的话、贴心的话一定是有的，也许还有别的什么小恩小惠。潘金莲那样的聪明伶俐，又是情窦初开的年纪，当然知道大户的意思，但她必须躲得远远的。

从大户偷偷摸摸的行为可知，主人婆一定是个悍妇，大户在老婆跟前一直是低声下气的，所以缠家里自己喜欢的使女也生怕老婆知道。主人婆对丈夫也看得很紧，几乎不给任何机会，所以潘金莲在跟前 5 年左右的时间，一直也缠不上。那个在老婆跟前不敢喘大气的大户，可能还没有纳妾，他早就看上潘金莲了，所以也一直没有提醒老婆"女大不中留"，把潘金莲嫁出去。

悍妇很是可怕，西晋惠帝司马衷的皇后贾南风做太子妃时，虽然对弱智太子不中意，但决不允许别的女人得到太子的宠幸，有一次，贾南风听说司马衷的一个姬妾怀了孕，便手持方天画戟，猛击那个女子的腹部，生生地打得胎儿流产坠地。《红楼梦》中的王熙凤表面和善，却把贾琏偷娶的尤二姐逼的走投无路，最后可怜到吞金而死；贾琏想和自己的妾平儿亲热一下，"便搂着求欢"，平儿却不敢，"被平儿夺手跑了"，还说："难道图你受用一回，叫他知道了，又不待见我"（《红楼梦》第二十一回）。平儿还是王熙凤陪嫁丫头，一直跟着她的心腹，可见女人嫉妒的可怕。

潘金莲未必是不愿意跟了大户，继续在那样的家里过锦衣美食的生活，那是她希望和习惯的生活，何况做妾那时并不丢人，在汉代你有特殊的贡献，才可以娶到 8 个妾，一般的官员最多娶妻妾三人，汉代史学家蔡邕称"卿大夫一妻二妾"，"小三"在古代也是正途，不像现在这样有很多人声讨，还不受法律保护。她一定是害怕悍妒的主人婆，只有主人婆点头了，她的事才有谱。她去主人婆那里告状应该有两层意思：一是主人看上我了，你看能不能让我给她做妾？二是我也不小了，你不让主人要我，也该让我出嫁了。主人婆当然也觉得潘金莲不能再留了，就把她嫁了出去。

把潘金莲嫁给"三寸丁谷树皮"武大郎，很可能是主人婆的主意，她会觉得潘金莲勾引了她的男人，必须给予处罚，这样的人根本不讲什么道理、对错，她就把责任一股脑推在潘金莲身上，这种狠毒是潘金莲没想到的。那个大户未必肯把鲜花插到牛粪上，但他在家里没有话语权，否则他早就纳潘金莲为妾了。

潘金莲先被耽误出嫁，又直接被惩罚送给武大郎，这个漂亮女人真无辜又可怜！

（二）潘金莲红杏出墙是早晚的事情

因为受到主人婆的惩罚，自己又做不了自己的主，潘金莲被迫嫁给了和自己极不般配的武大郎，那个大户就是老一些，怎么也比武大郎强，所以潘金莲不喜欢大户的说法不能令人信服，就是真的不喜欢人，也会更习惯那样的生活。而武大郎，人和生活潘金莲都不喜欢，他俩根本就过不下去。

第一，武大郎从生活上满足不了潘金莲。武大郎是个侏儒，那个时候国家没有对残疾人的救助政策，侏儒靠自己的能力维持生计，其艰难可知。武大郎惟一的技能是卖炊饼，整天走街串巷也挣不到几个钱。潘金莲在大户人家见过世面，大户锦衣玉食的生活和她自己的生活现实，形成了巨大的反差，能够有衣服遮体大概也是靠大户的那些陪嫁，有时可能吃不上饭。潘金莲没想到自己会悲惨至此，这样的生活她过不下去，因为这不是她想到过的结局，根本不是她想要的日子。

第二，武大郎作为男人满足不了潘金莲。武大郎的身高，大概就到潘金莲腰部靠上一点，对潘金莲这样风情万种，正值青春年华的女人，从性生活上武大郎根本就满足不了她，这是没办法的事情，也是客观的现实，而造成这种畸形生活状态的是那个时代，那个时代衍生的可耻人伦制度。那不是潘金莲的选择，是时代对一个漂亮女人的摧残；那不是武大郎的过错，他只是捡到了一个不该捡的美丽的毒蘑菇。从现在的视角来看，潘金莲的追求是人性正常的要求，不应该受到谴责。

武大郎满足不了潘金莲，配不上潘金莲，这是一目了然的，所以清河县里的浮浪子弟就经常到武大郎家里调戏潘金莲。武大郎没有能力守住门户，还经常外出卖炊饼不在家，有的浮浪子弟就乘虚而入，和潘金莲勾搭上了。因此《水浒传》中说她：

> **倒诸般好，为头的爱偷汉子。（第二十四回）**

武大郎维护不了自己的尊严，在没办法情况下，搬到了阳谷县租房居住，潘金莲也还配合，没闹什么事就跟着搬了家。

无论搬到哪，不和谐的关系一目了然，潘金莲红杏出墙是早晚的事情。

（三）为什么选择了西门庆

潘金莲的春心一直在萌动，只是需要一点雨露的滋润，很容易就会疯长起来。她第一次见到武松，就以为自己的爱情找上门来了。

> **武松与他是嫡亲一母兄弟，他又生的这般长大。我嫁得这等一个，也不枉了为人一世！你看我那三寸丁谷树皮，三分像人，七分似鬼，我直恁地晦气！据着武松，大虫也吃他打倒了，他必然好气力。说他又未曾婚娶，何不叫他搬来我家里住？不想这段因缘，却在这里！（第二十四回）**

却没料到武松爱兄长，敬兄长，发现潘金莲对自己有不轨之心，立刻就搬到县衙去住了，把潘金莲弄了个没趣，变由爱生恨：

> **你还我一纸休书来，你自留他便是。（第二十四回）**

她要挟武大郎不许去找住到衙门的武松。武松正好要出个公差，要差不多两个月，在这期间潘金莲找到了自己心仪的人，想托付终身的人。

潘金莲找到的人是西门庆。有一天潘金莲到门前叉帘子的时候，手里的叉竿失手滑落，正好打在过路的西门庆头巾上，西门庆看上了她。西门庆符合潘金莲的所有要求：第一，长得英俊，他说自己“面貌虽比不得潘安，也充得过”。和“三分像人，七分似鬼”的武大郎过了那么久，这一点是潘金莲最在意的。第二是身体好，“使得些好拳棒”，能在性生活满足潘金莲，这和武大郎又是一个天上一个地下。第三，他们年貌相当，只比潘金莲大 5 岁，如果在这一点上潘金莲曾对大户有点不满意，在西门庆这里完全得到了解决。第四，他是大财主，能满足潘金莲生活上的物质追求，虽然也是做妾，但家无悍妻，应该比在大户家的生活更值得憧憬。第五，他会哄人，“他就打我四百顿，休想我回他一拳”，与武大郎“人物猥猥，不会风流”真是天上地下，不可同日而语。

潘金莲找到了自己的真爱，就不顾一切地和西门庆搞到了一起，在武大郎捉奸被西门庆打成重伤后，武大郎用自己惟一可以仰仗的弟弟警告潘金莲：

> 我的兄弟武二，你须得知他性格。倘或早晚归来，他肯干休？你若肯可怜我，早早伏侍我好了，他归来时，我都不提。你若不看觑我时，待他归来，却和你们说话。（第二十五回）

西门庆听到后，马上显得有点乱了方寸：

> 苦也！我须知景阳冈上打虎的武都头，他是清河县第一个好汉！我如今却和你眷恋日久，情孚意合，却不恁地理会。如今这等说时，正是怎地好？却是苦也！（第二十五回）

而潘金莲却并没有乱，她先是把武大郎的话传给了西门庆和王婆，又按照王婆的毒计害死了武大郎。这个女人在奔向自己幸福生活的时候，的确是不管不顾，毒如蛇蝎。

潘金莲选择了西门庆，就是选择了悲剧的结局。

（四）潘金莲死的可惜，但又必须死

从以人为本的角度，从尊重人性的角度来说，潘金莲追求爱情是无可厚非的，如果她生活在现代，一是根本就不会嫁给武大郎，就是嫁了也可以离婚，武松再有本事，也会面对现实，允许潘金莲进行人生的选择。潘金莲惟一的错（罪）就是杀人。

潘金莲能不杀武大郎吗？回答是否定的，原因是潘金莲和西门庆要做长久夫妻，而武大郎不肯放手：

1. 潘金莲还没想杀武大郎，是奸情被撞破后，西门庆逃跑时对武大郎的误伤。但这只是两个人奸情的开始，他们以后也是要做长久夫妻的，那时候还是要除掉武大郎这块绊脚石才行。

2. 武大郎不会休了潘金莲。潘金莲在清河县就已经红杏出墙，武大郎只是选择带潘金莲离开，搬到阳谷县居住。在被西门庆打伤后，他甚至对潘金莲的祈求多于愤恨：

> 你若肯可怜我，早早伏侍我好了，他归来时，我都不提。（第二十五回）

武大郎差不多只有这样一次机会娶到老婆，而且是天仙似的老婆，那是一个上天的玩笑，地造的错误，这样的小概率事件几千年也不会有几起，被武大郎赶上了，他就抓得死死的，再也舍不得放弃。在中国古代，像潘金莲这样的情况想要离开武大郎，惟一的选择就是杀人。

武松为兄报仇理所应当：你的悲剧不是我哥哥造成的，嫁鸡随鸡嫁狗随狗，你成了武家的人，当然要遵从“夫为妻纲”，那是规矩。从现在的视角看，潘金莲有点可怜，但从宋朝的观点说，潘金莲就是典型的淫妇，上木驴刑，被千刀万剐都一点不为过。更倒霉的是，他们遇到了武松，爱兄如父，有仇必报的打虎英雄。

潘金莲死的可惜，她犯下的罪行，是那个时代造成的错误，是时代演绎的悲剧，她一个漂亮女人，正是风华正茂的年龄，生在了那个错误的年代，进行了违反时代道德规范的选择，完成了自己无奈的人生悲剧。但是，潘金莲的死还要好于他伴着武大郎活，一定有许多人是这样认为！

三、正说潘巧云

潘巧云是蓟州人，年龄在 18 岁左右，长得也算是漂亮，至少也有很招人喜爱的模样，不然杨雄不会人家刚死了丈夫，就急急忙忙娶到家里来，和尚裴如海也不会冒杀身之祸来勾引她相会。潘巧云的生活是怎么样的呢？

（一）她与杨雄性生活上不和谐

杨雄是不是性无能不好说，但杨雄的行为十分奇怪，他和潘巧云结婚还不到一年，正应是如胶似漆的时候，这个杨雄却撇开娇妻，每个月要在外面住 20 天。不过是个管牢狱的头，哪至于整天忙得不可开交，优秀干部也不是这样装出来的吧？再说，既然这样不需要潘巧云，把她娶到家里来做什么？合理的解释就是因为杨雄的原因，造成二人的性生活不和谐，杨雄经常在外面躲着，他害怕晚上面对潘巧云。要是那样，杨雄娶潘巧云就不是因为需要，而是为了面子，他28岁不娶妻，也会遭人指指点点。这样的话，潘巧云就相当于守活寡，心里会很苦，她正是需要男欢女爱的年纪。

（二）她的可爱浑然天成

有一种女人，可能不十分漂亮，但却异常的可爱，无论什么场合，她的可爱都会感染自己周围的人，女人嫉妒，男人倾心。她的可爱来自内心，从她的一颦一笑，一举手一投足之间向外散发，自然天成，不用任何刻意的做作，潘巧云就属于这种女人。

给前夫做法事的时候，她素装来到法坛，与生俱来的可爱就蔓延开来。她不施粉黛，外面是一群她根本不在意的和尚，很显然她并没有想勾引谁，那些和尚“七颠八倒”的，纯粹是“色不迷人人自迷”，潘巧云根本无意引诱，却自然散发着难以抗拒的女人味。

石秀一眼就看出潘巧云“淫”，是因为这个28岁的汉子一直在外流浪，没有接触过女人，没有机会了解女人，更没注意到潘巧云这样有魅力的女人。还可能他受其他什么人影响，视女人为祸水，对女人形成了一种来自内心的敌意，就如李逵等人都觉得阎婆惜该死一样。

（三）她从心里爱裴如海

潘巧云从心里爱裴如海，从她向石秀介绍裴如海的时候，就已经看到她从内心表现出的爱意：

> 那妇人便笑道：“是师兄海黎裴如海。一个老实的和尚。他是裴家绒线铺里小官人，出家在报恩寺中。因他师父是家里门徒，结拜我父做干爷，长奴两岁，因此上，叫他做师兄。他法名叫做海公，叔叔，晚间你只听他请佛念经，有这般好声音。”（第四十五回）

她的欣喜太外露，让石秀觉得不舒服，觉出了点味道。裴如海曾经是个英俊小生，家里是开绒线铺的，日子应该也还过得去，不知道为什么去当了和尚，他明显是凡尘未了，心里始终装着潘巧云，和同处宋朝的佛印和尚差之千里。潘巧云和裴如海应该从小就认识，两家的社会地位也差不多，两人还可能是互有好感一对小儿女，也许是女的嫁了押司，男的才一怒出家了。

如果有这层关系，嫁女儿给押司一定是潘公做的主，他是个屠户，觉得女儿嫁个吃官饭的更体面，以后生活也更有保障，后来嫁给杨雄也是这个原因。

潘巧云是一个性需求旺盛的女人，她需要生理上的满足，还正赶上杨雄在这方面有缺陷，成就了你有情我有意的一对。性欲旺盛的女人十分可怕，北齐武成帝高湛的皇后胡氏，本是门阀士族出身，高湛死后儿子高纬继位，公元577年，北周大军压境，高纬慌忙将皇位传于自己8岁的儿子高恒，然后带着10余人准备投降南方的陈朝，途中被俘，北齐政权轰然倒塌。40余岁的胡太后和自己20多岁的儿媳皇后穆黄花流落民间，生长在深宫的她们没有在民间谋生的本事，公开干起了在青楼接客的买卖，嫖宿太后、皇后者络绎不绝，生意兴隆。无耻的胡太后居然兴奋地对皇后儿媳说：为后不如为娼，为娼更有乐趣。胡氏之淫荡可谓登峰造极，从生理上说这是一个性欲极强的女人。

裴如海对潘巧云十分有心，用足了心思，认干爹、做法事、到寺里还愿等等，他还是一个很聪明的人，嗓音很有磁性，让潘巧云着迷。他应该很懂音律，可能是把梵唱和演奏佛曲中，掺进中国传统器乐，使梵音显得优美、动人。他本来就有意，杨雄又给了他机会，如果二人真曾经两小无猜，这时候续前缘就水到渠成了。

潘巧云获得的是心理、生理双重需求的满足。在电视连续剧《水浒传》中，潘巧云临被杀前说，她自嫁与杨雄做老婆两年，还不如与海和尚的两晚来得快活。编剧对潘巧云的理解胜过常人，是石破天惊之笔。

（四）她没有要害杨雄

石秀被杨雄赶出家门后，自己也有离开的打算，但最后还是因为“义”字留了下来：

> **杨雄与我结义，我若不明白得此事，枉送了他的性命。（第四十五回）**

其实石秀的担心是多余的。首先，杨雄和潘巧云除了性关系不和谐，别的方面还是好的，杨雄也很大度，已经成为杨雄老婆的潘巧云，还可以在新家里，为去世的前夫做两周年祭日的法事；其次，潘巧云很怕杨雄，丈夫酒后骂她的时候，她一句话也不敢回，和潘金莲明显不同。杨雄是舞枪弄棒的好汉，潘巧云知道这一层，并不敢动杀心；第三，潘巧云和裴如海只是偷情，满足心理和生理的需要，如果裴如海哪天准备还俗娶潘巧云，会是件很难的事，要冒着被杨雄杀的危险，潘巧云和裴如海也不一定有那个胆量。

潘巧云死的很惨，却是3个女人中最该死的女人。在中国古代的文化中，背夫淫荡，不守妇道的女人，就该千刀万剐，她的惨是其他妇女的榜样。就是在现代，因为生理上不满足就偷人，还是被大众所不容。所以现在可以为潘金莲翻案，认为阎婆惜死的可惜，但很少有同情潘巧云的。

四、比她们3个人更悲惨的女人

《水浒传》中有一个女人的命运更悲惨，比这3个被杀的女人还要不如很多倍，那个女人就是一丈青扈三娘！她本是独龙冈扈家庄的小姐，人长得漂亮还武艺高强，和同在独龙冈的祝家庄的三儿子祝彪有婚约。两个庄子有协约，当梁山泊强人来攻打的时候，互相就应，共同对敌。说扈三娘更悲惨，有四个原因。

（一）金童玉女被拆散

祝彪是祝家的小儿子，大地主之家，从来衣食无忧，长得一定也不错，还学了一身好武艺，与扈家的漂亮女儿就是一对金童玉女。两家人都有保一方平安的心愿，所以要结盟对付梁山泊。成为儿女亲家，是门当户对也是俊男靓女，还加强了联盟。因为梁山泊攻打祝家庄，祝彪战死，扈三娘被掳上梁山，金童玉女被活活拆散。

（二）全家被梁山泊所杀

祝家庄战败后，扈家庄也被梁山泊洗劫，黑旋风李逵冲进庄里，把扈三娘父亲扈太公在内的扈家人悉数杀尽，哥哥扈成逃得快，捡到了一条命，却不知所踪。扈三娘家已被梁山泊屠庄，梁山泊的人与她有不共戴天的血海深仇。

（三）被迫认宋太公为父

直接杀她全家的不是宋江，但宋江是祝家庄战役的总指挥，对屠杀扈家却脱不了干系。她却被迫认宋江的父亲为“义父”，这是典型的认贼作父，她怎么对得起自己刚刚下到九泉的父亲？如果她稍有良知就不会做出这样令亲者痛、仇者快的事。她本以对抗梁山泊强盗，保护家园为目标，自己却马上成了强盗中的一员，情何以堪。

（四）被迫嫁给矮脚虎王英

王英生的猥琐，还是典型的好色之徒，扈三娘在战场上已经见识过这个男人的“无理”表演。无论从长相上，还是从武艺上，这个矮脚虎和祝彪相比，那都是天上地下的距离。人品差、长相差、个子矮，扈三娘却要由外姓人，甚至是仇人做主，被人家当成践行诺言的礼物，嫁给这么一个人。造化弄人，扈三娘怎么能甘心就范呢！漂亮扈三娘给丑陋的王英当老婆，除了怕死之外，没有别的解释，而这样的活着比死又好多少呢。

《水浒传》中的人物，空称好汉，男人、女人都算上，很多人缺少了阳刚的骨气，不说比肩铁骨铮铮的文天祥，就是和当时的妓女李师师相比（李师师在金兵攻破宋朝都城后，不肯受辱自尽），也没有几个比得上。男人贪生怕死战败即降，女人不但降了，还给一个猥琐的男人做老婆。扈三娘的心只要还活着，她就不如死掉，那种悲惨的境遇，根本比不上 3 个死去的女人，一了百了更干净些。

现在被拐的妇女，有的已经生了小孩，还伺机逃跑，盼着被解救。是宋朝的女人比不上今天的女人吗？还是施耐庵先生心里恨极了女人，让她们不得好死，让她们不得好活！

第十一章　正说梁山泊的生存环境

梁山泊英雄排座次的时候，108名好汉到齐，山寨达到鼎盛时期，这个时候的梁山泊已经不把附近的朝廷州府放在眼里，更不会有祝家庄、曾头市等豪强地主敢与其为敌。也正是此时，是“福兮祸之所伏”的时候，山寨人马众多，还需练武演阵，各种消耗必然巨大，自身生存环境这一大矛盾开始凸显。本章正说梁山泊的生存环境。

一、梁山泊养了多少兵马

梁山泊鼎盛时期有多少兵马，《水浒传》中没有明确交代，但我们还是通过书中有些地方的描述，发现一些端倪。书中提到梁山泊人马的地方有以下几处：

第一是梁山泊人马被招安时，宋江采取自愿的原则，不愿意被招安的发给生活费，自行离去，“当下辞去的，也有三五千人”。这也很正常，很多人还是愿意过安稳日子的，何况前途并不明朗，朝廷也许会对梁山泊的人进行报复，更何况招安的受益者是宋江为首的头领们，小喽啰们基本得不到什么好处。被招安后的实际情况是，大批的梁山泊士兵战死在征辽、征方腊的战场，头领们死后还留个名，而喽啰们什么也留不下，这些人的离去十分明智。

第二是梁山泊人马被招安后，人马驻扎在汴梁城外，引起朝廷官员担心，于是有大臣向宋徽宗上奏：

> 现今数万之众，逼城下寨，甚为不宜。（第八十二回）

此话说得不错，刚刚被招安的虎狼之师，如果真萌生反意，京城会倾时瓦解，作为朝廷必须有所防范。当初让梁山泊全部人马临京城驻扎明显是个错误。这里说是“数万”，应该不到10万。

第三是梁山泊人马征辽的时候，兵分两路攻打蓟州，一路取道平峪县，一路取道玉田县：

> 宋江、卢俊义各引军三万，战将人马，各取州县。（第八十四回）

除了这6万人马，应该还有水军和其他少量人马未随行，梁山泊征辽的人马总共大约有7万人。

如果只有7万人马，和后面有点矛盾，辽国兀颜统军率20万大军列阵，宋江如果只有区区7万人马去正面迎敌，差不多只有人家的三分之一，近乎是以卵击石，就是以一敌二也应该有10万人马，才可以勉强正面交交锋。何况宋江人马先输了3阵，折了些人马，又正面冲入辽兵大阵破敌，原先没有10万人马，实在有点说不过去。

征辽时，朝廷派御前80万禁军枪棒教头，正受郑州团练使王文斌，到前线劳军、督战时，给宋江送寒衣很说明问题：

> 押运衣袄五十万领，前赴宋先锋军前交割。（第八十八回）

很明显这些御寒冬衣都是给宋江的，那为什么有50万领呢？如果宋江的人也就10万出头，甚至不足10万，送了50万领衣袄就有点对不上数了。就是上衣和裤子算2领，也多出了1.5倍，难道朝廷不知道棉衣一冬天只穿一套吗？

第四是征剿方腊的时候，说到了宋江的人马数量：

大小正偏将佐四十二员，随行精兵三万人马，宋先锋总领。
大小正偏将佐四十七员，随征精兵三万人马，卢俊义管领。
大小正偏将佐一十员，水军精兵五千，战船一百只。（第一百十二回）

此时宋江的人马总共在 7 万人左右。宋江的人马征辽时，已经损失了一些兵马，在和兀颜统军打第二仗时：

宋江军马，抵挡不住，转身便走；后面架隔不定，大败奔走，退回原寨，急点军时，折其大半。（第八十八回）

就是后来杀败兀颜统军的 20 万辽军，也会是杀敌一千自损八百，到了征方腊时还有 7 万人马，可见当初梁山泊的兵马有近 10 万人，是一个合理的数字。

另外，梁山泊还养着数量庞大的家属，有多少人根本说不清楚，但在把这些人从山寨搬下山，安顿好，就是一个挺大的工程，宋江带了“马步水军一万余人回去”，可见人数不少。把兵马和家属算到一起，梁山泊总共需要养活 11 至 12 万人应该是有的。

因为有近 10 万的兵马，所以周边的州府对抗梁山泊十分忌惮，济州太守张叔夜与率军征剿梁山泊的枢密使童贯的对话可见一斑：

童贯：水洼草贼，杀害良民，邀劫商旅，造恶非止一端，往往剿捕，盖为不得其人，致容滋蔓。吾今统率大军十万，战将百员，刻日要扫清山寨，擒拿众贼，以安兆民。

张叔夜：枢相在上，此寇潜伏水泊，虽然是山林狂寇，中间多有智谋勇烈之士，枢相勿以怒气自激，引军长驱，必用良谋，可成功绩。

童贯听了大骂：都似你这等懦弱匹夫，畏刀避剑，贪生怕死，

> 误了国家大事，以致养成贼势。吾今到此，有何惧哉！（第七十六回）

张叔夜挨了骂当然不敢再说什么，傲慢的童贯大败，几乎只剩下了裤衩。说真话、讲实情，真是件很难的事。《三国演义》中袁绍与曹操战于官渡，袁绍的谋士田丰献计不被采纳还被关进牢狱，结果袁绍军大败，败军相聚，各各捶胸大哭，都说："若听田丰之言，我等怎遭此祸。"看守田丰的狱卒听到消息向他贺喜，田丰说：如果打了胜仗，我或许还能被赦免；可现在主公吃了败仗，我估计是没活头了。果然，袁绍杀死了田丰。

梁山泊对童贯的10万大军没太当回事：

> 且说宋江等已有细作人探知多日了。宋江与吴用已自铁桶般商量下计策，只等大军到来，告示诸将，各要遵依，毋得差错。（第七十六回）

但对高俅的13万大军，宋江却感到有些惊恐，还是吴用劝解了宋江：

> 仁兄勿忧，小生也久闻这十节度的名，多与朝廷建功，只是当初无他的敌手，以此只显他的豪杰。如今放著这一班好弟兄，如狼似虎的人，那十节度已是过时的人了，兄长何足惧哉！比及他十路军来，先教他吃我一惊。（第七十八回）

从此也可以看出，梁山泊的人马，大概就在10万上下。

二、梁山泊有多少战马

如果梁山泊有10万军队成立，那其中20%是骑兵就比较正常，在冷兵器时代，没有一定数量的骑兵，很难形成强大的战斗力，部队也没有机动性。古代的游牧民族之所以善战，除了其生就的剽悍外，靠马背得天下也是重要原因，而经过文明进化的农耕民族，马匹变成了生产工具，其部队战斗力就大为减弱。

公元1619年，清王朝创建者努尔哈赤就是凭借其强大的骑兵，面对明朝分成4路，总共超过10万明军的进攻，采取集中兵力聚歼1路的战法，依靠强大骑兵的机动性，来回长途奔袭，先后消灭3路明军和朝鲜所派助战的1.3万兵马及叶赫部2千人，创造了以少胜多的萨尔浒战役大捷，此役之后，明朝对努尔哈赤的战争进入被动防守阶段。

《水浒传》中直接描写梁山泊骑兵数量的地方不多，童贯征剿梁山泊时写了几笔：

> 东边山后鼓声响处，又早飞出一队人马来。一半是红旗，一半是青旗，捧著两员大将，引五千军马杀将来。
>
> 那红旗队里头领是霹雳火秦明，青旗队里头领是大刀关胜。
>
> 正行之间，刺斜里又飞出一彪军马来，接住了厮杀。那队军马，一半是白旗，一半是黑旗，黑白旗中，也捧著两员虎将，引五千军马，拦住去路。
>
> 那黑旗队里头领是双鞭呼延灼，白旗队里头领是豹子头林冲。（第七十七回）

这1万人马都称为“军马”，与后面鲁智深、武松带领的“飞出一彪步军”，有明显的不同，解珍、解宝也是明确“又引领步军杀入阵内”。与前面朱仝、雷横带领5千人马描述相同，“山背后鼓声震地，喊杀喧天，早飞出一彪军马”，这时雷横也是骑在马上的：

> 毕胜大怒，拍马挺枪，直取雷横，雷横也使枪来迎。两马相交，军器并举，二将约战到二十余合，不分胜败。

可见秦明、关胜、呼延灼、林冲、朱仝、雷横带领的都是骑兵，梁山泊的骑兵明确已有1.5万，如果再加上董平、花荣、杨志、索超等马军头领带领的骑兵，梁山泊的骑兵应该不少于2万，也就是说，梁山泊的马匹不少于2万匹。

三、养活梁山泊的人马需要多少粮食、草料

养活一支军队，需要粮食、食盐、食用油、饮用水、蔬菜等等，在这些东西基本能够得到满足的条件下，才能够形成持久的战斗力。饮用水梁山泊8百里水面可以解决，食用油和蔬菜可多可少，最主要的就是粮食、草料、食盐需要解决，而且必须是从外面运进来，因为梁山泊不产盐，粮食、草料也不能自给自足。

梁山泊按11万人算，每人每天平均吃粮2斤，吃食盐6克，这样每天山寨需要分别是：

粮食：每天22万斤；每年8030万斤。

食盐：每天66万克，合1320斤；每年48.18万斤。

要维持梁山泊士兵、家属的基本生活，仅粮食一项，每年需要至少8030万斤，梁山泊水资源丰富，但可耕地很少，又没有专门种粮的人，粮食问题是一个很大的压力。在战争中要“兵马未动，粮草先行”，蜀汉诸葛亮伐魏，有几次无奈撤退，就是因为粮草接济不上造成的。清朝的年羹尧率领23万大军在青海平叛，几乎耗尽了大清朝国库的所有银两，粮草要国家动员全部力量才勉强保障，雍正皇帝无奈采取了新的税收制度。中国抗美援朝作战，也是被美国人发现了中国军队的粮食、弹药，只够进行7天的战斗，从而使美国人占据了一定的主动权。

梁山泊的粮食问题解决不好，轻则是军队的战斗力减弱，重则会出现士兵的逃跑。真到了第二种情形，也就不剿自灭了。

（一）宋朝生产粮食能力的情况

古代由于生产手段比较落后，水利设施大都很简陋，粮食亩产还是很低的，根据学者研究，公元1200年，黄河流域由金朝统治，当时平均1亩产量为麦粟复种共2石，单一种麦子就是1石。当时的南方地区水稻产量为每亩4石，这4石是不脱壳的水稻，相当于现在每市亩381市斤。宋朝1亩地相当于现在的0.9市亩，1石相当于现在95斤左右。[注]不脱壳的水稻381斤，按出米率70%计算，可产米266.7斤。

上述资料可信度还是比较高的。宋仁宗时，范仲淹在奏议《答手诏条陈

十事》中说："臣知苏州，田出税者三万四千顷，中稔之利，每亩得米二石至三石。"按高限3石计算，每亩产米285斤，与前面吴慧先生计算的江南产米数量是很接近的。但也有人研究指出，上海的松江县是江南最好的地方，1949年平均亩产水稻167公斤，折成大米约为100公斤，如果范仲淹说的是每亩产2－3石大米，那亩产上限就接近300多斤，超过松江县1949年的水平，认为是不可能的。我们这里取用吴慧先生和范仲淹的资料。

梁山泊地处北方，以麦粟复种的情况计算，每年每亩地也仅能收获麦子、谷子共190斤，合面粉80斤、小米80斤，共约160斤。这样的计算同样可信，据2010年河南省政府门户网站载，河南省科技厅农业处处长徐功民说：河南小麦平均亩产已由1949年的不足百斤增加到800斤左右。数字是吻合的。

粮食产量的提高，首先需要兴修水利，战国时李冰父子修筑的都江堰水利工程，就把四川平原改造成有稳定产出的千里沃野，但在古代特别是战乱时期，根本不可能普遍做到；其次要进行品种改良，袁隆平先生对中国，对世界的贡献就在于此；第三要依靠现代科学技术，比如化肥的使用，现在粮食高产化肥起到了重要的助力作用；第四要依靠土地和雨水等自然条件，肥沃土地与贫瘠的土地，风调雨顺与旱涝灾害，会直接对产量造成重要影响，古代还是这一点对产量起重要的作用。

（二）几个州府可以养活梁山泊

根据学者研究，宋朝行政区划分为路一级，州府（包括规模小的军、监）一级，和县一级，宋朝最盛时期，有路26，京府4，普通府30，州254，（另有军59、监4），全国州府一级共有351个，因军、监规模比较小，所以按300个计算州府数。宋朝全国耕地面积为5.6亿亩，全国人口约1.1亿。

每州府耕地：56000万亩÷300＝187万亩／州府

每州府人口：11000万人÷300＝37万人／州府

每人耕地数：56000万亩÷11000万人＝5.1亩／人

山东1州府产粮：187万亩×160斤／亩＝29920万斤

山东1州府粮食一年自然消耗：37万人×2斤／人·天×365天＝27010万斤

山东1州府粮食一年结余：29920万斤－27010万斤＝2910万斤

因为梁山泊每年需要粮食 8030 万斤，所以供养其州府数为：

8030 ÷ 2910 = 2.76

从计算出数字看，供养梁山泊粮食需要 2.76 个州府，但这只是最基本数字，如果有的财主家囤积了粮食，还有粮食运输中的损耗，以及上交给国家的粮食等等。在正常年份，假定财主家囤积、运输等损耗，各州府上交国家公粮等为余粮的 1/2，要供养梁山泊的人吃饱饭，起码要有 6 个州府的粮食才够。梁山泊基本没有人种地，所有粮食都要靠外来，除购买一部分外，主要靠到各州府去“借”。

另外，梁山泊有战马 2 万匹，据养马人说，每匹战马每天需要草料约 10 公斤，一年下来，战马需要的草料为 7300 万公斤。尽管梁山泊自己能解决一部分草料，但大量的还需要外面运进来，那要多少牛车、马车逶迤在道路上，要用多少人力去征集，所以压力很大。还有，梁山泊每年需要 48.18 万斤食盐，尽管山东靠海，但那样大的运输规模，如果州府的力量足够强大，也是很难办到的事情。

（三）没有粮食、草料等会出现什么样的结果

没有人是天生愿意造反的，抛开其他原因，造反的成本实在太高了，古代造反就是灭族的大罪。在民国时期，中国军阀混战的时候，民不聊生，绝大多数人当兵的目的就是能吃一口饱饭。中国共产党闹革命的时候，对没有文化的农民也是进行很朴素的教育，就是地主老财剥削你们，拿走了应该属于你们的东西，革命就是要“打土豪、分田地”，让大家有饭吃，让大家都有衣穿。

中国的老百姓不到绝路一般是不造反的，中国古代诗歌《东门行》中的妻子，是中国老百姓处事的写照：

出东门，不顾归；
来入门，怅欲悲；
盎中无斗米储，还视架上无悬衣。
拔剑东门去，舍中儿母牵衣啼：
“他家但愿富贵，贱妾与君共哺糜。
上用仓浪天故，下当用此黄口儿，今非！”

“咄！行，吾去为迟！白发时下难久居。”

刚才出东门的时候，就不想着再回来了，回到家进门惆怅悲愁，米罐里没有什么粮食，回过头看衣架上没有衣服。拔剑出东门，孩子的母亲牵着衣服哭泣说：“别人家只希望富贵，我情愿和你吃粥，在上有青天，在下有年幼的孩子，你现在这样做不对！”丈夫说：“你不要管，我已走得太晚了！白发老翁现在也不能安心活下去了！”已经没有最基本的生活条件了，妻子还是哭着不让丈夫离家去造反。

没办法活下去的人才出来造反，如果梁山泊也不能给大家饱饭吃，逃跑就是自然会发生的事，甚至会出现有人会哗变投敌，10 万人一条心根本是不可能的。宋江是有理想的，要“替天行道”，那 108 个兄弟有理想听老大的，但广大为活着上山当强盗的喽啰兵，没有那样的理想，和宋江也没有那么亲密的关系，他们不会为理想、为义气去奋斗。如果没有草料、没有食盐，部队形不成战斗力，山寨也会很快被剿灭。

宋朝的统治者也很失策，宋江等占据梁山泊，本来就是个易守难攻之地，所以就不应该由童贯、高俅带领人马进行清剿，只要把重兵放在梁山泊外出的要冲地带，以逸待劳，对梁山泊实行封湖、封路政策，梁山泊没吃没穿，变成一群饿鬼、叫花子，何愁宋江等不灭呢？东汉统治者就曾采取类似政策，阻止大量饥民投奔黄巾军，使黄巾军没能迅速做得更大。

四、上山落草的强盗怎么解决吃饭问题

如果是一个国家，解决粮食问题首先是从产粮区征调，还可以由军队进行屯田，部分解决自身的吃饭问题，三国时期的曹操、诸葛亮都实行过屯田。八路军在延安时期，也实行过开荒种地，王震将军率领的 359 旅在南泥湾的开荒种地很有点名气。古代上山落草的强盗则不同，他们解决吃饭问题根据自己的实力，一般有 4 种方式。

（一）抢劫单身客人

这样的强盗本身实力很差，人员也少，要是人家知道那里聚集着强盗，绕路走了，从他那里过的人也少，就很少有机会抢到什么东西。锦毛虎燕顺

等占据的清风山就近乎这一类，对宋江这样的单身客人也不放过，可见他那里平时难得见到人，客商也很少，把苍蝇、蚊子也当肉，本身也就混个温饱。还有的干脆就是冒名劫道，如劫了李逵的李鬼，拉大旗作虎皮，也只能吓住单身客人。

（二）抢劫过往行商

这样的强盗已经有了一定的实力，自己山寨所处的地理位置也比较好，行商绕不过去，他们有机会去做大一点的买卖，抢到更多的钱财，然后论秤分金，大碗喝酒、大块吃肉。有的还盗亦有道，只抢财物不伤人命，有得干脆就杀人越货，根本不讲一点道义。王伦为首领时的梁山泊，鲁智深、杨志领衔的二龙山，李忠、周通的桃花山基本可以归到这一类，但李忠和周通的本事弱一点。

（三）抢劫大财主、大庄园

这样的山寨已经有了相当的实力，有了很多的人马，如果不出去抢大户，他本身就难以生存下去，抢大财主、大庄园也是其发展到一定阶段的必然选择，梁山泊攻打祝家庄就属于这种情况。从祝家庄来说，无论有没有杨雄、石秀投奔梁山泊的事情，早晚要和梁山泊有一战，所以他们早就做了准备，还建立了3庄联盟；从梁山泊来说，山寨生存的需要，必然会出去抢粮，在还没强大到可以向州府“借粮”的时候，首选目标就是祝家庄这样的大庄园。

（四）抢劫州府

这样的山寨其实力必定要比朝廷的州府还要强大，像梁山泊攻打东平府、东昌府的时候，主动出击，根本就没把对方放在眼里。这样的山寨已经具备夺取州府，和朝廷抗衡的能力了，去不去和朝廷为敌，是看山寨自己的选择。大多发展到这样实力的强盗，都会有点过皇帝瘾的想法，如果赶上军阀混战的年代，占点地盘搞成个小朝廷，草头王也可以风光个几年，快活个几年。

《水浒传》中值得一提的是朱武、陈达、杨春占据的少华山，其实力并不很强大，3人的本事也一般，他们最多也就是去抢个大财主的实力，但却敢想敢干，听说华阴县出赏钱捉拿他们，竟要去华阴县“借粮”，结果连史家庄也没过去，陈达就被史进擒了。从中也可以看出，宋朝地方治安能力的低下，一个并不强大的团伙，就敢和政府叫板。还是朱武有计谋，不但救出了陈达，还把史进拉下了水，史家庄没了，少华山山寨变强大了。

五、梁山泊前面的道路

从自然规律来说，任何事物都有盛极而衰的过程。梁山泊发展到鼎盛之时，就是其危机四伏，开始走下坡路的时候。养活那么一大家子人，自己又基本没有生产能力，其生存环境面临严重恶化的趋势，其整个山寨的生存将面临严重的危机。想要化解危局，只有两条路可以走。

（一）和朝廷彻底决裂

所谓和朝廷彻底决裂，就是出兵抢占州府，做改朝换代自己做皇帝的打算。梁山泊已经有了这样的实力，他们攻打大名府、青州都已取得过胜利，但还需要夺占些州府，再聚集些人马，就能和赵天子分庭抗礼，何况梁山泊离宋朝都城汴梁只有 100 多里地，直接就威胁了朝廷的统治中枢。但有宋江在，这条路在梁山泊是堵死的。

1. 宋江是招安派

出仕是宋江人生的态度，在就要掉脑袋的情况下，万不得已加入到梁山泊的队伍中，仍旧抱着曲线出仕的态度。他始终念念不忘招安，晁盖一死，就把聚义厅改为了忠义堂，通过引进关胜、呼延灼等朝廷的军官，卢俊义、李应等大地主，改变梁山泊人员的成分，聚集招安了力量。有宋江在反叛朝廷就根本不可能。

2. 招安派在山寨占据绝对话语权

宋江、卢俊义是绝对的招安派，主导着山寨的发展方向。同时，在梁山泊最有本事的人中，在天罡星中，都是招安派占据绝对优势，占据绝对的话语权，“只反贪官，不反朝廷，拥护赵天子”是梁山泊的主基调。柴进进入禁院看到御书四大寇姓名有“山东宋江”后，心中想到的是：

> 国家被我们扰害，因此时常记心，写在这里。（第七十二回）

在梁山泊和柴进一样对朝廷怀有愧疚之心的大有人在，而且基本都是有话语权、有势力、有实力的人。像李逵那样动不动就让哥哥“做皇帝”的人是少数，还是没有话语权的。

（二）接受朝廷招安

接受朝廷招安不但是随了宋江等人的心愿，也是化解梁山泊生存危机的办法。不肯占据州府，就是去借了粮，成功打破州府后又退回山寨，只能解决梁山泊一时的困难，化解不了梁山泊潜在的巨大危机，毕竟养活 10 万人马和几百人占山为王的小打小闹不同，没有足够的势力范围，形不成稳定的钱粮供应，就难以长久生存。

一旦朝廷采取调集重兵，对梁山泊进行全面封锁的策略，山寨的好日子就到头了。清朝的海禁政策，就曾给予占据台湾的郑成功很大的打击，而围困梁山泊比禁海要容易很多。梁山泊地域狭小、封闭，又无强有力的外援，如果朝廷有决心，肯投入财力和时间，很容易受到围困，假如再出现一个像袁崇焕那样的厉害角色，就更加雪上加霜了。梁山伯并不适宜成为屯驻大批军马的根据地。

宋江、吴用等一定也知道自身的弱点，所以确定了“曲线出仕报国”，为朝廷替天行道的路线后，就积极去寻找门路，接受招安，如果他们行动慢了，梁山泊生存环境出现恶化，形势就可能向山寨生存危机的方向发展。

注：以上资料来源于吴慧《中国历代粮食亩产研究》。农业出版社，1985 年版。

第十二章　正说高俅

高俅是《水浒传》中的重要人物，他的经历本身就是传奇，能从一文不名的破落户，变成国家最高军事长官，必然有其过人之处，就算他是流氓，也是流氓中的佼佼者，有远大志向，有抓住机遇本事的流氓。高俅还间接推动了梁山泊的繁荣，没有高俅假公济私的陷害，致人死地的迫害，林冲不会到梁山泊落草，也就没有英雄梁山大聚义，甚至高俅率兵围剿，更加重了宋江招安的本钱。本章正说高俅。

一、高俅的出身

高俅是宋朝东京人，在家里排行老二，因为是破落户子弟，已经一文不名，所以没人把他当回事。破落户子弟钱没了、势没了，只剩下曾经学过的一些本事还在，一些富家子弟的习气还在。

高俅有以下几个本事：一是通音律，会吹弹歌舞；二是爱练武，好刺枪使棒；三是学过些技艺，喜欢相扑顽耍；四是通点文墨，“亦胡乱学诗书词赋”；五是爱玩要，踢得一脚好球。穷文富武，从高俅的爱好里可推测，高家在高俅小时候家境尚可，使他在小的时候学过很多方面的知识。高俅尽管有些技艺、本事，但为人很差，名声不好，“仁义礼智，信行忠良”上有亏，就是在街头的地痞、混混，正经人家不会和他有什么往来。

高俅这样的人不会有什么正当营生，他的富家子弟习气让他也没有靠诚实劳动谋生的想法，就是整天坑蒙拐骗混口饭吃，主要方向就是拉少不更事的富家子弟下水，自己从中捞点好处，也趁机玩儿个痛快。他蒙骗的一个对象是富户王员外的儿子，二人整天到赌坊赌钱，到娼家风花雪月花钱，被王员外在开封府里告了一状，因为事实清楚，王员外又贿赂相关人员，高俅却无钱无势，被判脊杖 40 下，打得皮开肉绽逐出了京城。

高俅这样的破落户子弟没什么门路，却有自己的本事，他也听说淮西临淮州有个开赌坊，“平生专好惜客养闲人”的柳世权，就去投奔，一住就是 3 年。对开赌坊的来说，高俅的本事正好用得上，所以高俅在那里也不是白吃饭的。高俅能一下子呆 3 年，说明他实在无处可去，也说明柳世权对高俅还算满意，甚至可能是个干将，最不济也是个做事伶俐，还说得过去的马仔。

高俅从柳家离开后，也就是辗转给一些富裕人家当门客，就是在这个过程中，高俅的人生出现了奇迹般的转折。

二、高俅的发迹之路

中国人的故土情结根深蒂固，许多从大陆到台湾的老兵，经过几十年的两岸隔阂，在盼到可以自由往来之后，纷纷回国，去自己阔别多年，已经完全陌生的家乡看看，还祭拜祖先，有些身体、财力不济，不能实现重回家乡愿望的老人，托人带回家乡的一抔泥土，慰藉深切的思乡之情。

高俅在外流放 3 年，遇到了皇帝大赦天下，他可以回家了。尽管在临淮州过着衣食无忧的生活，他还是决定回家，这和中国人眷恋故土，落叶归根的文化传统直接相关，如果是逐水草而居的游牧民族，可能理解不了高俅的行为。高俅回家还算不上衣锦还乡，最多也就是混出了个模样，也有了点小积蓄，回到家被从前的街坊四邻见到，也还不算丢人。

柳世权对高俅可谓仁至义尽，他同意高俅离开，还给自己在京城开药铺的亲戚写了推荐信，让高俅到了京城，就能在生活上有着落。这时候的柳世权和高俅做梦也想不到，高俅到东京后就会有奇遇，就会发迹，柳世权纯粹是在尽一个大哥的责任。不是哪个大哥都会关照小弟，给离开的小弟写推荐信。高俅靠自己的本事和老大混铁了，是跟对了人。

不是谁都喜欢高俅这样的人，柳世权的亲戚就对高俅很有戒心，他看了来信，见了高俅，就是另一番打算：

> 这高俅，我家如何安得着遮着他？若是个志诚老实的人，可以容他在家出入，也教孩儿们学些好；他却是个帮闲破落户，没信的人，亦且当初有过犯来，被断配的人，旧性必一肯改，若留住在家中，倒惹得孩儿们不学好了。（第二回）

柳世权的亲戚是个行为谨慎的人，把高俅这样的人留在家里，就像是在床下藏着炸药，哪天引爆了就全完了。人家为面子，让高俅在家里住了10几天，把高俅推荐给了小苏学士，学士知道高俅是“帮闲浮浪”的人，只让高俅在家里住了1个晚上，就推荐给了驸马王小王都太尉。

柳世权的亲戚主要是不想得罪老柳，又不想用高俅，就推荐给小苏学士；小苏学士是个文人，和高俅根本就不对路，但不想得罪人就推荐给了驸马爷。这两人的不喜欢，倒成就了高俅一步一个台阶地攀上了高枝。值得说一下的是小苏学士，应该是三苏中的苏辙，他们父子3人同为进士，同朝为官，父亲苏洵称为老苏，哥哥苏轼称为大苏，苏辙为小苏，唐宋八大家中，被这一家人占去了3席，苏家之人傲视古今。高俅这样的浪荡江湖的人，想在文豪人家混饭吃，比登天还难。

小王都太尉是宋神宗的驸马，宋哲宗的妹夫，他就喜欢高俅这样的人，马上留下做了亲随，“自此高俅遭际在王都尉府中，出入如同家人一般”。高俅跟上驸马爷，不知是他哪一辈祖宗烧过高香，他已经能看到自己的出头之日了。俗话说宰相门前七品官，衙门大机会多，以高俅与人交往的本事，又赶上驸马爷喜欢他，找到出人投地的机会是早晚的事，但没人会想到，马上又出现了更好的际遇。

小王都太尉派高俅给自己的小舅子端王送东西，这端王的喜好正和高俅是一路：

> 浮浪子弟门风帮闲之事，无一般不晓，无一般不会，更无一般不爱；即如琴棋书画，无所不通，踢球打弹，品竹调丝，吹弹歌舞，

自不必说。(第二回)

高俅送东西的时候，正巧碰上端王在和亲随踢球，还正好球滚到了高俅脚下，高俅也是个见过世面的人，一点也不怯场，尽管是在王府，他的表演欲望强烈迸发：

那高俅见气球来，也是一时的胆量，使个“鸳鸯拐”，踢还端王。

端王见了大喜，便问道：“你是甚人?”

高俅向前跪下道：“小的是王都尉亲随；受东人使令，送两般玉玩器来进献大王。有书呈在此拜上。”(第二回)

端王随即叫高俅下场踢球，高俅也不含糊：

高俅只得把平生本事都使出来奉承端王，那身分，模样，这气球一似鳔胶黏在身上的！端王大喜，那肯放高俅回府去，就留在宫中过了一夜。(第二回)

端王看上了高俅，为把其收入门下，端王还专门请小王都太尉吃了顿饭，从此高俅成了端王的亲随。高俅如果有祖坟，这时候一定冒青烟了。人的命运真是很离奇，只要很短的时间，一个流浪汉的命运就可能出现翻天覆地的变化。在现代社会，媒体的包装、炒作更是厉害，也引得少男少女们更加疯狂的想入非非。

就是这个端王，居然成了皇帝，就是宋徽宗。这样纨绔的人成为国家之主，是高俅的福音，也就不到一年的时间，高俅就从端王的亲随，变成了国家的重臣太尉；但这样的国家之主是政权的灾难，是百姓的灾难，也是他自己的灾难。国家破败往往是有类似昏庸的国君造成的，宋朝如此，明朝更为典型。

富人偶尔会被打倒，穷人偶尔能够翻身；富人被打倒后需要忍耐，积蓄力量，为翻身做好准备；穷人翻身之后需要目光远大，为永久成为富人做好准备。高俅就忍了很长时间，但他在积蓄能量，曾经学过的东西帮了他，让他家族荣耀，同时赵宋王朝为之衰败。

三、高俅的情商

高俅是个情商很高的人。他曾经衣食无忧，家道中落、破败后，自己不仅失去了生活的来源，还一定体会到了世态炎凉，比如他在开封府受杖刑、被发配，如果是在自己家里有钱的时候，一定会把事情摆平的。亲历了生活的大起大落，饱尝了人间的欢乐与辛酸，练就了高俅与人相处的高超能力，从他和宋徽宗、蔡京等人的关系就可以看出来。

（一）与宋徽宗的关系

高俅初识宋徽宗的时候，对方还是一个喜欢玩闹的王爷，高俅因有踢球的本事，被酷爱此道的宋徽宗看重，招到了门下，但如果只是会踢球，也就是能跟着王爷混吃混喝，陪着王爷玩玩乐乐的小跟班，这样的人在端王身边有一大堆，想有个出头之日也难。

高俅显然不是如此，他凭着踢球攀在王爷左右，凭自己的智慧、情商很快成了亲信，所以宋徽宗登基的时候，马上就要提拔高俅。做王爷的时候，喜欢玩乐的宋徽宗身边会跟很多人，如果是掷色子撞大运，论资排辈，未必轮得上高俅，但高俅在宋徽宗心中的地位显然不一样，他是随着宋徽宗登基，紧跟着一步登天为数不多的人之一。

宋徽宗虽然不善治国，但在艺术上却造诣颇深，他的书法和绘画都在中国艺术史上有重要地位，在这样具有艺术修养的人身边，总要显示出点特别才能，比如蔡京独步当时的书法，否则长期得到皇恩的眷顾真的很难。

人们常说“伴君如伴虎”，形容皇帝身边人的凶险，一旦皇帝变脸，马上宠臣就可能身首异处。清朝雍正皇帝和年羹尧的关系最为典型，曾经是君臣、主仆、哥们，但转眼之间变成眼中钉、肉中刺，雍正必杀年羹尧而后快，后者便在劫难逃。但高俅却游刃有余，成为国家重臣之后，高俅依然得宠，他欺上瞒下的事情已经露馅了，皇帝只是斥责一番，根本没有治罪的意思，靠踢得一脚好球做官，但并不能持久保持皇帝的恩宠，他和皇帝关系的纽带当然不是踢球那样简单。

没有原则的皇帝，就要为自己的昏庸付出代价。高俅弄权耽误的是国家，宋徽宗耽误的是自己！高俅的情商高，为他误国、害国创造了条件。

（二）与蔡京的关系

蔡京是进士出身，身居太师的高位，还写得一手好字，在当时就是米、蔡、苏、黄4大家之一，现在谁能找到一幅蔡京的真迹，在北京的四环路附近，换套100平方米的房子应该没有问题。蔡京的真迹还应该是国家级的文物，属于限制出境的物品。

蔡京这样的人素养很高，一般的人不会放在眼里，能和他交往的人一定"无白丁"，像高俅这样街头混混出身，在蔡京那里是上不了台面的。在宋朝的官场，那些买官获得前程的人，也是被进士及第的官员看不起的。按正常的逻辑，蔡京作为一人之下，万人之上的宰相，又是为世人推崇的书法大家，他对皇帝的宠臣高俅客气些也就是了，不会有很深的交往。但实际情况是，高俅与蔡京有很紧密的关系，是在朝臣高层中最铁的。

和蔡京有这样好的关系，显然是高俅更主动一些。文人固有的傲气蔡京必然也有，何况他还是个谁都想去巴结的太师，如果高俅不主动，可以想像蔡京为不得罪皇帝的宠臣，会客客气气地拒人千里之外。高俅如果只是会拍马屁还不行，他的本事之一是通点文墨，"亦胡乱学诗书词赋"，那就和蔡京有了共同语言，有了那样的黏合剂，他才能成为蔡家的座上宾，他们才会变成臭味相同的哥们。

以高俅那样的出身，那样的为官之路，没有高情商，仅靠皇帝的恩宠，也很难在文人为主的宋朝官场混出名堂，可见高俅的确是个人物。

（三）与柳世权的关系

高俅投奔柳世权的时候，已经是穷途末路了，人家收留了他，已经是有恩于他。很显然在3年的交往中，二人成了很好的哥们，所以高俅提出回家的时候，柳世权尽到了一个大哥的责任，他修书一封，把高俅推荐给了自己在京的朋友。

从这里可以看出，柳世权对高俅的工作还是满意的，应该还很谈得来，所以高俅要走了，他主动出面给介绍工作；高俅不是柳世权生意上离不开的人，所以尽管感情不错，还是理解人家希望还乡的心情，马上就同意了。

3年的时间，一个被流放的人和主人混成了好哥们，并不是那么容易做到的，多亏高俅的情商高，才越走越顺利。情商这东西很怪，想学几乎是学不到的。

（四）与下属的关系

高俅和下属的关系平时很亲近，这符合他市井出身，四方飘泊的经历，因为曾经在社会底层呆过太久，发达了一般也不愿意整天端着架子，还是愿意表现得平易近人一些，还有就是看重有本事的人。当然他要报复的人和他要迫害的人除外。

1. 与陆谦、富安的关系

林冲知道陆谦背叛友情之后，在陆家外面转了 3 天，要找对方报仇，这时候陆谦为躲避林冲，逃到了高俅家里：

> 陆虞侯只躲在太尉府内，亦不敢回家。（第七回）

可以在太尉府里躲 3 天，说明高俅不是个很严厉的人，否则一个下属，怎么能随便在最高长官家里吃住 3 天呢？陆谦、富安定计陷害林冲，他们见到高俅的时候，并没有紧张、恐惧，甚至没有像一般人见到高官那样下跪：

> 陆谦，富安，入到堂里唱了喏。
>
> 高俅问道："我这小衙内的事，你两个有甚计较？救得我孩儿好了时，我自抬举你二人。"（第七回）

可见高俅对下属并不是一副凶神恶煞的嘴脸，下属尽管想尽办法巴结他，但在他跟前的表现还算正常。

2. 与丘岳、周昂的关系

高俅征剿梁山泊不利，朝廷派 80 万禁军都教头、护驾将军丘岳，和 80 万禁军副教头、车骑将军周昂带兵前去助阵。这二人都是高俅的直属下级，高俅对二人给予了很高的礼遇，让官职比二人高很多的众节度使出城迎接，这里有高俅正需要二人的成分，更主要的还是高俅对下属的态度，他们后面的对话就是个很好的注解：

高太尉道：“二公且消停数日，待海鳅船完备，那时水陆并进，船骑双行，一鼓可平贼寇。”

丘岳，周昂禀道：“某等觑梁山泊草寇，如同儿戏，太尉放心，必然奏凯还京。”

高俅道：“二将若果应口，吾当奏知天子前，必当重用。”（第八十一回）

高俅对二人的尊重、关心溢于言表，甚至对他们的发展也有承诺，表现了高俅与下属的和谐关系，也表现了高俅对有本事的人很看重。

3. 与开封府尹的关系

高俅陷害林冲的时候，明确“分付滕府尹好生推问，勘理明白处决”，但滕府尹是个良心尚存之人，又有正直敢言的孔目孙定据理力争，府尹“自去高太尉面前再三禀说林冲口词”实际是没有执行高俅的命令，为林冲开脱了。高俅在情知理短的前提下，并没有对比他职位低的府尹进行刁难，而是同意了流放林冲的判决。滕府尹敢去那样做，与高俅平常对下级、下属没架子，为人也还讲理不无关系。

4. 与林冲的关系

如果撇开高衙内看上林冲妻子，高俅陷害林冲一节，高俅原本和林冲这个下属的关系也还是不错的。林冲买刀的时候，他想到的是：

高太尉府中有一口宝刀，胡乱不肯教人看。我几番借看，也不肯将出来。今日我也买了这口好刀，慢慢和他比试。

又是甚么多口的报知了。

我在府中不认得你。（第七回）

从这几句话中可以发现，高俅的宝贝林冲这个下属可以去借，高俅不肯拿出来，林冲还不依不饶，三番五次去借。林冲买了宝刀，高俅派人来要比试，林冲觉得很正常，直接就去了太尉府，显然平时走动很多，林冲对高家是轻车熟路。林冲觉得两个请他的人很陌生，更说明林冲跟高俅来往多，对高俅府里上上下下的人都很熟悉。

林冲和陆谦喝酒的时候，陆谦宽慰林冲：

> 如今禁军中虽有几个教头，谁人及兄的本事？太尉又看承得好，却受谁的气？（第七回）

从陆谦的话，到林冲买刀的过程，都能看出高俅对林冲的器重，和高俅与下属的良好关系，也表现出高俅是个重视人才的人。

（五）与宋江的关系

宋江是梁山泊草寇头，高俅是朝廷高官，二人本来没什么关系，但从梁山泊人马攻破了高唐州，杀死了高俅的堂弟知州高廉，高俅就把宋江看成了对头，欲杀之而后快。在中国古代，堂兄弟与亲兄弟几乎是一样的，有的大户人家把堂兄弟大排行，就如一家人一般，高俅又无子女，堂弟就如同亲兄弟。

堂弟被杀后，高俅马上调集精锐部队征剿梁山泊，后来又主动请缨，率领大军进攻梁山。高俅做些“浮浪子弟”的事情专业、在行，真正领兵打仗就是“蜡枪头”了，主帅是水货，下面的人再能干也难有好结局，宋朝军队的精锐在高俅的带领下，被梁山泊打得落花流水，高俅本人被俘。这回他和宋江有了面对面的关系。

高俅的泼皮无赖市井象再次出现，他最担心的就是梁山泊的人杀了他，许多人是和他有仇的，林冲自不必说，柴进、杨志、鲁智深也会恨他，就连史进也愿意为师父报仇。如果能逃过一死，找到机会下山，他相信自己能够摆平朝廷上的事，自己也就化险为夷，渡过了人生最凶险的一关。

高俅的高情商在这时候又发挥了作用，他知道宋江是老大，在宋江对他表示尊重，对他“纳头便拜，口称‘死罪！’”的时候，高俅一改往日的傲慢，慌忙答礼。宋江为进一步讨好高俅：

> 叫吴用，公孙胜扶住拜罢，就请上坐。再叫燕青传令下去：“如若今后杀人者，定依军令，处以重刑！”（第八十一回）

高俅在与宋江等人的交流中，敏锐地发现了宋江对招安的迫切要求，于是称宋江为义士，还很诚恳地给了一个宋江很希望的承诺：

> 宋公明，你等放心！高某回朝，必当重奏，请降宽恩大赦，前来招安，重赏加官，大小义士，尽食天禄，以为良臣。
>
> 若是义士肯放高某回京，便好全家于天子前保奏义士，定来招安，国家重用。若更翻变，天所不盖，地所不载，死于枪箭之下！（第八十一回）

他的所有行为，所有承诺只有一个目的，就是保命，尽快下山，他的目的达到之后，就杳如黄鹤。宋江聪明一世，却因招安心切，被高俅并不高明的计谋耍了一道。高俅如漏网之鱼一般，急忙逃回京城，但把招安宋江的事抛到了脑后。高俅还没把事做绝，好吃好喝地管着萧让和乐和，这也是他情商高的体现吧。

智商起到敲门砖的作用，情商决定人的发展。高俅凭自己的智商、技能攀上了皇帝，但让皇帝信任他、重用他，就要他的情商发挥作用。皇帝身边那么多人，真正贴心的能有几个？提拔到公卿高位的有几人？高俅的情商之高，应该和宋江在伯仲之间，也正因如此，曾混迹市井的他才能在皇帝、大臣之间如鱼得水。

四、高俅与宋徽宗

高俅与宋徽宗可以说是荒唐的大臣，昏庸玩闹的皇帝组合。高俅的长项是玩乐，宋徽宗喜欢的是玩乐，他们相识于玩乐，还是王爷的宋徽宗对高俅一见就十分中意，高俅从此平步青云，过起了做梦也不敢想的生活。

从富人变成穷人，从深宅大院变成混迹花街柳巷，高俅为了活命，必然要看别人的眼色，在那种艰苦的讨生活中，他学会了窥视别人心理，学会了乖巧的做事行为。皇帝想到的，他已经帮着做到了，皇帝喜欢的，他已经奉上了，再加上不动声色地奉承话，皇帝心里别提有多爽了。清朝的明君乾隆皇帝就逃不出和珅的甜言蜜语，任由其胡为，具有艺术家气质的宋徽宗更不用提了，几句体己话会连江山都忘掉。

古代皇帝和宠臣的关系也很有趣，据《隋唐嘉话》记载，唐太宗和宠臣宇文士及有一次散步到一棵树下，唐太宗说：这棵树很好。宇文士及就跟着不住口地赞美那棵树。唐太宗严肃地看着对方说：魏征经常劝我远离阿谀献媚的佞人，我不知道佞人是谁，心里怀疑是你，但不能肯定，今天证实果然你就是佞人。宇文士及马上叩头认罪，同时巧言辩解：官员们在朝堂上当面指责您的过失，和您争辩，弄得您经常下不来台。我现在侍候在您身边，要是不顺从您一点，陛下虽贵为天子，生活有什么乐趣呢！唐太宗很快怒气消了，以后对宇文士及亲近如故。明君如唐太宗，知道谁是佞人，却离不开佞人，佞人的本领可称为“高”。西方人说，“连上帝都愿意被夸奖”，看来此言不虚。

如果按现在的情况归类，宋徽宗属于艺术人才，他在书法和绘画上都有很高的水准和成就，独创了瘦金体，并重视书画事业。翰林书画院在他的支持下地位大幅扩容，著名的《清明上河图》作者张择端就是其提拔的。艺术家皇帝更关心书法绘画，喜欢到妓院去会才子佳人，用书法家蔡京做宰相，用市井无赖管国防，这样的皇帝不蒙难，这样的国家不灭亡，昭昭天理何在？靖康之难，误己误国，还害了多少无辜的女人。

金人占领宋朝京城，俘获徽宗、钦宗两位皇帝，“选纳妃嫔八十三人，王妃二十四人，帝姬、公主二十二人，人准金一千锭，得金一十三万四千锭，内帝妃五人倍益。嫔御九十八人，王妾二十八人，宗姬五十二人，御女七十八人，近支宗姬一百九十五人，人准金五百锭，得金二十二万五千五百锭。族姬一千二百四十一人，人准金二百锭，得金二十四万八千二百锭。宫女四百七十九人，采女六百单四人，宗妇二千单九十一人，人准银五百锭，得银一百五十八万七千锭。族妇二千单七人，歌女一千三百十四人，人准银二百锭，得银六十六万四千二百锭。贵戚、官民女三千三百十九人，人准银一百锭，得银三十三万一千九百锭。”（《靖康稗史笺证》，耐庵、确庵编，崔文印笺证，中华书局 1988 年出版）以王室、贵族之女折金银，所谓帝姬就是公主，王妃是皇帝的儿媳，宗姬是诸王子之女（郡主）。金人不仅要占有宋王朝的国土和财物，还要占有宋王朝曾最为高贵的女人。第一批被押解北上的女人 3400 余人，抵达燕山，还有 1900 余人，近一个月的跋涉死亡 1500 人。这可以说是宋徽宗这个艺术家皇帝招的祸。可笑南宋的文人意淫出了《尝后图》，说是南宋和蒙古联合灭金国后，统兵大将率18名军士强奸了金国的皇后，报了靖康之耻的一箭之仇。

宋徽宗生在帝王家无可选择，但就是不该做皇帝，他用不好人，管不好国家，赵匡胤曾经南征北讨的江山，被不肖子孙毁于一旦。也许有人说是报应，宋王朝征服南唐之后，囚禁了后主李煜，荒唐的宋太宗赵光义竟然自己后宫3000佳人还不满足，偏偏要让曾为贵胄的阶下囚的老婆去皇宫侍寝，极尽侮辱之能事，李煜、小周后的泪水只能往肚子里咽。这样无耻的皇帝，其后人遭到报应，去还祖先的账，也还算是合理，也许还解气，只可惜那些无辜的生命，无端在历史长河中短命陨落。

宋徽宗昏庸得有些可怜，他就信任那么几个大臣，而那几个人合伙欺骗他，童贯征剿梁山泊战败后，蔡京、高俅、童贯有一番密谋：

> 高太尉道："枢相不要烦恼，这件事只瞒了今上天子便了，谁敢胡奏？我和你去告禀太师，再作个道理。"
>
> 蔡京道："你折了许多军马，费了许多钱粮，又折了八路军官，这事怎敢教圣上得知？"
>
> 蔡京道："明日只奏道天气暑热，军士不伏水土，权且罢战退兵。"（第七十八回）

高俅率领宋朝的主力部队进剿梁山泊，也是铩羽而归，本人还成了俘虏，要不是宋江求招安心切，性命都可能不保。高俅回朝之后，"以病患不能征进，权且罢战回京"，把兵败的事情推诿过去，当然有蔡京、童贯等帮着瞒了个水泄不通，宋徽宗一直就蒙在鼓里。

在中国古代，对皇帝来说家、国是不分的，所有的一切都是他家的，宋徽宗是毁国，也是败家，他那样的皇帝，赶上强敌窥伺的年代，有多少家底也不够他败的。金人实在值得一提，一个游牧民族，灭掉了汉人的北宋和明代两个王朝，建立了金、清两个强大政权，特别是清朝，以20万8旗兵入关，历经12个皇帝，统治了中国广大的版图268年，这在中国的历史上是绝无仅有的。

和宋徽宗一样的还有李煜，这个南唐后主的父亲太没眼光，选这样一个百无一用的书生治理国家。历史上的李煜“性骄侈，好声色，又喜浮图，为高谈，不恤政事”，做个王爷可以，做了君主是自戕，结果当然凄惨。就是这样的连牙都没有的病猫，宋太宗赵光义却非要置他于死地，让人不解，宋朝也不缺养一个人的粮食吧？赵宋王朝抢兄弟江山，辱贵胄妻子，报应到后代遭受奇耻大辱。作为李煜实在活的委屈，稍有一点血性，也早就自裁了。在那样战乱的年代，应该让文人走开。

但李煜的词实在精妙，在此抄录两首：

虞美人

春花秋月何时了，往事知多少。
小楼昨夜又东风，故国不堪回首月明中。
雕栏玉砌应犹在，只是朱颜改。
问君能有几多愁，恰似一江春水向东流。

浪淘沙

往事只堪哀，对景难排。秋风庭院藓侵阶。
一任珠帘闲不卷，终日谁来！
金锁已沉埋，壮气蒿莱。晚凉天净月华开。
想得玉楼瑶殿影，空照秦淮。

五、高俅的心胸

高俅尽管有市井气，对下属也还亲近，但心胸也很狭窄，用“子系中山狼，得志便猖狂”形容他很贴切，他掌握权力之后，为一己私利，为自己的亲属，有点近乎疯狂地迫害人，特别是王进、林冲这样的人才，一个被他逼得举家离乡背井，一个走向了和朝廷对抗的道路。

（一）迫害王进

王进是个武艺高强的80万禁军教头，很受镇守延安府的老种经略相公手下看重，在受到高俅迫害后，就去投奔。他逃亡的路上收了史进做徒弟，没有多久就把史进调教得有模有样，在方圆百里也有了名气，朱武等人占据少华山打家劫舍，就是对史家庄不敢越雷池一步。名师出高徒，可见王进的本事。

高俅迫害王进，是因为他混迹东京的时候，被王进的父亲教训过。高俅真是睚眦必报，王进的父亲已经死去多年了，有点肚量的人也会一笑泯恩仇，但高俅不是，他上任第一天就故意找茬，而且自己点破就是要报王进父亲的一棒之仇，明显是要王进加倍还上。王进很乖巧，知道高俅的报复会很残酷，所以毫不犹豫地丢弃已有的荣华富贵，带上母亲，第二天就逃遁了。

王进是个行事果断的人，遇事看得开、想得透，他如果稍微犹豫一下，就会是家破人亡的结果。王进果断正是武将需要的气质，战场上的战机稍纵即逝，能抓住战机才会克敌制胜，在战场上的王进也许会很有建树。高俅赶走的是国家的栋梁之才。

（二）迫害林冲

高俅与林冲本无过节，有比较和谐的上下级关系，但这种关系因为高衙内看上了林冲的妻子，就陡然生变，高俅设计陷害林冲。林冲父亲是军官，自己又有本事，生活一直顺利，对高俅的险恶毫无防备，一下就进了对方的圈套。

就陷害林冲一事，高俅也犹豫过，林冲实在没有过错，又是个人才，平时关系还不错，所以他的良心上也有过些许的不安。但在自己儿子和林冲之间，他选择帮儿子，在邪恶和正义之间，他选择邪恶，这就是君子和小人的区别。“无耻是无耻者的通行证”，写的真是很精辟。

同是 80 万禁军教头，林冲被迫害的时候报有诸多的幻想，甚至期待着熬过流放期，回家和妻子团聚，人生太顺利的人就会有不切实际的天真。林冲被迫害之后，受到了种种虐待，就连押解他的小人物，也骑在他脖子上拉屎。从这一点上说，林冲比王进要略逊一筹，性格不够果敢，对当权者的狠毒认识不够清楚。

高俅对林冲流放之后还不够，又派人到流放地沧州追杀，非要置之死地而后快，逼得林冲突然爆发，杀死陆谦、富安，雪夜上了梁山，走到了朝廷的对立面。林冲的家庭被搞得家破人亡，林冲的心中郁结了挥之不去的仇恨和愤懑。

把林冲逼到朝廷的对立面，是高俅作为朝廷高官，犯下的又一个严重错误，在国家内忧外患之际，陷害忠良、赶走人才，甚至可以说是对国家的犯罪。高俅也自食了恶果，他的堂弟高廉就死在与梁山泊的对抗中。

鲁智深因在林冲被发配的路上出手救了林冲，也遭到高俅的追杀，把鲁智深追上了二龙山和朝廷作对。高俅害起人来好像有瘾。

（三）正直的孙定对高俅的评价

孙定是开封府的孔目，类似现在的法官，一个刚直不阿的人，他知道林冲被陷害，尽管人微言轻，也要想办法周全林冲。他和开封府尹当面抗争：

> 孙定道："谁不知高太尉当权倚势豪强。更兼他府里无般不做，但有人小小触犯，便发来开封府，要杀便杀，要剐便剐，却不是他家官府！"
>
> 府尹道："据你说时，林冲事怎的方便他，施行断遣？"（第八回）

是孙定的抗争救下了林冲一命，从他的抗争中也可以看到高俅对司法的干预，害人对高俅也是常事。

（四）高衙内害人

高衙内就是个纨绔子弟，整天游手好闲不说，还四处生事，抢夺人家的妻女，他到是继承了高俅曾经放浪的衣钵。高俅过继这个侄子，真应了"不是一家人不进一家门"的说法，高俅就喜欢这样的衙内。

高衙内对林冲妻子的追逐本就无理，高俅作为长辈毫无原则，不是开导自己的儿子，甚至帮他找一门亲事，反而纵容儿子荒唐的行为，甚至自己参与其中，对无过错的军官进行毫无道理的陷害，置人于死地。国家有这样的大臣是百姓的不幸，是其下属的不幸，更是国家的不幸，有这样的人把持朝政，百姓焉能不反。高俅就是大宋朝廷的噩梦，是上天降给宋徽宗的灾星，他们君臣自己给自己掘墓，一步一步走向灭亡。

高俅的行为败坏的是朝廷的声誉，堵塞的是民意疏通的渠道，积聚的是反对政府的干柴，一旦出现导火索，有人振臂一呼，就很容易群起相应，如秦朝末年的陈胜、吴广的先例，幻想万代千秋的秦始皇，只传到第三代，就悄无声息地灭亡了。

中国古代许多最初反朝廷的人，都是被逼无奈，为了有一口活命饭，在走投无路的情况下才造反的。

六、高俅与梁山泊

天下人都知道某人奸邪，而惟有皇上不知道，这样的人就是奸邪之人。高俅、蔡京等就是这样的人，举国皆知其奸，而宋徽宗认为他们是忠臣。国家在这样的统制下，焉得不败。不过高俅的行为，却成就了梁山泊。

（一）高俅为梁山泊输送了大量人才

高俅为梁山泊输送的第一位人才是林冲，他把林冲逼得走投无路，要想活命只能造反。林冲进入山寨后，使梁山泊实力大为增强，成为往来客商畏惧的力量，本来敢到梁山泊讨生活的人，也因林冲的名声而退避三舍。林冲火并王伦后，梁山泊真正举起了聚义的大旗，初步成为可以和官府对抗的力量。

柴进是高俅间接输送到梁山泊的，他堂弟高廉的小舅子看上了柴进叔叔的园子，就毫无理由地让人家搬走，连家带园就都成他的了。这样看起来，今天的开发商再歹毒无理，也还知道给点补偿，实在是文明多了。高廉根本不把赵匡胤的“丹书铁券”放在眼里，对柴进说打就打，要杀便杀，在梁山泊人马从牢狱中把柴进救出之后，这个贵胄出身的人，把自己的家当装了几十车，无奈地投了梁山泊。

高俅间接往梁山泊输送的人才还有鲁智深、杨志、史进等，都是响当当的人物，对壮大山寨的实力作用巨大。高俅应该算是梁山泊兴起间接的福音。

（二）主动征剿梁山泊，是疯狂的举动

高俅主动要求带兵征剿梁山泊，很容易让人联想到战国时代赵国纸上谈兵的将军赵括，仅凭读过几本兵书，就请缨为主帅上阵，在白起率领的虎狼秦军面前吓破了胆，40万赵国精壮被坑杀，从此赵国一蹶不振，赵国的灭亡与赵括有很大的关系。人说知子莫若父，赵括的父亲，老将军赵奢就知道儿子不堪为将，还专门把想法告诉了赵王，但赵王可能忘记了老将军的话，把一个好端端的国家基本就葬送了。

市井无赖出身的高俅，仅凭自己官职是太尉，就以为可以指挥10几万大

军作战，真是把战争看成了儿戏。高俅指挥的人马堪称雄壮，10路威名远扬的节度使，后来还有两个武艺高强的80万禁军教头参战。但可惜高俅不是称职的主帅，又是不把梁山泊放在眼里的骄兵，这样的军队战胜是侥幸，战败才是必然。

高俅也实在不是打仗的料，面对把童贯10路人马，10万大军杀得片甲不留的梁山泊，他出征的时候还“又选教坊司歌儿舞女三十余人，随军消遣”，这样妄自尊大的人，让人几乎不知道他要去干什么，他带领的军队能打胜仗吗？打仗是儿戏还是消遣，高俅在关键时刻就露出了流氓习气。他可以做高官，但不能做大事。

高俅请缨征剿梁山泊，是神智不清的疯狂的举动，无异于自寻死路，要不是宋江招安心切，高俅在梁山泊有那么多仇人，必然被杀，林冲就第一个不会放过他。是什么人就做什么事，掂对好自己的斤两，志大才疏者往往自取其祸。

九天玄女娘娘告诉宋江“逢高不是凶”，在这里应验，高俅的征剿更壮大了梁山泊的声威，增加了山寨和朝廷讨价的筹码，宋江、吴用等因与高俅一战，对朝廷许以高官的期望增强。

（三）自以为聪明的偷改诏书

高俅当然不敢改诏书，他在一个济州老书吏的撺掇下，从断句上偷改了诏书的意思，把宋江和山寨其他头领分别对待：

原文是：

> **除宋江、卢俊义等大小人众，所犯过恶，并与赦免。**

改成了：

> **除宋江，卢俊义等大小人众，所犯过恶，并与赦免。（第七十九回）**

谬之毫厘，差之千里。欲灭其国，先灭其势；欲灭其势，先灭其领袖。高俅知道的别人也懂，他想擒王之后，让梁山泊众人如鸟兽散的小伎俩，很容易就让别人识破了，梁山泊人马再次与高俅对决，高俅第三次战败后被擒。

聪明人卖弄聪明，不知道是不是真的聪明，三国时的杨修因此死在曹操的刀下。更有那么一些人，本来也无十分过人的资质，却总觉得自己比别人聪明，时刻不忘去愚弄别人，高俅就是这类人中的一个，他们往往搬起石头砸自己的脚，自己种的苦果自己咽。

第十三章　正说施耐庵的女人观

在中国古代，女人一直是被轻视的对象，孔子“惟小人与女人难养也”的论断，表明这个古代圣人的女人观，其后儒家为主流思想的中国文化中，女人一直是被轻视的对象，“女子无才便是德”，完全把女人排除在社会文化生活之外。施耐庵先生对女人的描写，体现了他的女人观和孔子一脉相承，甚至对女人更为蔑视。通过《水浒传》中女人的命运，本章正说施耐庵的女人观。

一、女人曾是男权世界的附属品

女人在历史长河中，曾经就是男权世界中男人的附属品，她们是各种工具，供男人使用，自己几乎没有任何权利左右自己的命运，即使有的生于富贵人家，也可能因为突发事件，突然改变自己的命运。汉朝的解忧公主、唐朝的王昭君，都是男权世界的牺牲品。

（一）解忧公主

解忧公主是真正的汉室皇族后裔，生于公元前 120 年，她的先祖叫刘交，是汉高祖刘邦的同父异母小弟弟，因随刘邦打天下立下显赫功劳被封为楚王。公元前 103 年，西域最远的乌孙国使臣来到长安，为乌孙王求娶汉朝公主，延续乌汉联盟，汉武帝爽快地答应了乌孙的请求，决定派解忧公主远嫁乌孙国。

乌孙国在大汉西部9000里之外，在音信只能靠骑马传递的汉朝，这基本意味着解忧公主和家人再无见面的机会了，就是客死他乡，家人都来不及去见最后一面，一个王室的公主，就因为生为女人，其命运只在皇帝一闪念之间就注定了。她最初嫁给乌孙王军须靡，根据乌孙国的风俗，继承王位者还同时继承老王的姬妾。军须靡死后，解忧公主依照习俗改嫁军须靡的堂弟，号称肥王的翁归靡。

就算是贵为王后，毕竟风俗人情差的太远，解忧公主对故乡的思念难以排解，即使已经在乌孙国生活了50多年，还是有落叶归根的愿望。在她年近70的时候，向汉朝皇帝述思乡之苦，提出归国还乡的请求，皇帝准其回国。

据《汉书·西域传》载："公主上书言年老土思，愿得归骸骨，葬汉地。天子闵而迎之，公主与乌孙男女三人俱来至京师。是岁，甘露三年也，时年且七十，赐以公主田宅奴婢，奉养甚厚，朝见仪比公主。"汉朝皇帝对为国家牺牲了青春甚至一生的人，总算给了一点临终关怀。

远嫁乌孙王的第一人是刘细君公主，她是西汉江都（今江苏省扬州市）王刘建的女儿，公元前105年，汉武帝为共制匈奴，封刘细君为公主下嫁乌孙国王。《汉书·西域传》记载，细君公主出嫁时颇为隆重，汉武帝"赐乘舆服御物，为备官属侍御数百人，赠送其盛"。乌孙国王也很爱护她，命随从工匠为她建造了汉制的宫室。细君公主只有16岁，正是少女天真烂漫的年龄，却突然背井离乡，远嫁万里之外，语言不通，习俗不同，让她的思乡之愁难以排遣，留下了《悲愁歌》：

吾家嫁我兮天一方，远托异国兮乌孙王。
穹庐为室兮毡为墙，以肉为食兮酪为浆。
居常土思兮心内伤，愿为黄鹄兮归故乡。

刘细君公主的凄苦、哀婉无以复加，而且无助，公元前101年，公主就在对家乡的思念中香消玉殒，只活过了20个年头，就葬身异域。

细君公主的故事让人神伤，但也让人明白，在环境已经不能改变的情况下，如果还希望好好的生活，就要改变自己，否则前面不远处等着你的就是悲剧。继任者刘解忧公主就在乌孙国成为很成功的和亲公主。有位阿拉伯移山大师说：山不过来，我就过去。很值得回味。

（二）王昭君

王昭君被誉为中国4大美女中的落雁，传说她北去匈奴的路上心绪难平，在坐骑之上拨动琴弦，奏起离别之曲，南飞的大雁听到这悦耳的琴声，看到骑在马上的这个美丽女子，竟忘记摆动翅膀，跌落地下。

王昭君是汉元帝时期的宫女，在后宫3000人中，有机会见皇帝一面也并不容易。后宫的画师就显得非常重要，宫女们为得到皇帝的召幸，纷纷贿赂画师，王昭君自恃美貌，拒绝贿赂，尽管貌美如花却被丑化，被派遣和亲匈奴。匈奴单于呼韩邪临辞大会，汉元帝方惊叹自己后宫竟有如此美人。汉元帝不能失信于匈奴，便赏给她锦帛2.8万匹，絮1.6万斤及黄金美玉等贵重物品，并亲自送出长安10余里。回宫之后，汉元帝就斩杀了画师毛延寿。

昭君出塞，使汉朝和匈奴边境出现了团结和睦的景象，边塞的烽烟熄灭了50年。呼韩邪死后，王昭君按照匈奴“父死，妻其后母”的风俗，嫁给呼韩邪长子复株累单于。王昭君后来死于匈奴，葬在今内蒙古呼和浩特市旧城南9公里处的大黑河畔。据说她深受匈奴人爱戴，许多人给她建墓以示纪念，所以王昭君在内蒙古有很多的墓穴。

根据历史记载，王昭君是主动要求出塞的，可能是对汉宫失望已极。汉元帝也有点风度，尽管有过留住惊为天人的王昭君的想法，最终还是放行，没有失信于匈奴，汉元帝把王昭君的父母兄弟一齐接到长安，赐宅赐田，予以了妥善安置。但王昭君回归故土的愿望一直没能实现。

还有一个著名的和亲人物是唐朝的文成公主。这些被朝廷安排远嫁的女人，从历史的角度说，为边关的安宁、为中华民族的融合做出了重要的贡献，甚至对少数民族地区经济、技术的发展，也起到了重要的推动作用。但从个人的角度说，她们无从体现个人意愿，只是为了朝廷达到某个目标的工具，有的远涉万里还前途未卜，不能不说是其个人的悲剧。

二、施耐庵在《水浒传》中对女人充满蔑视

在施耐庵先生眼里，女人是无足轻重，他们对男人而言，是可以随便丢弃、随便更换的物件，最多也就是可惜一下。《三国演义》中刘备有句话：兄

弟如手足，女人如衣服。这句话契合施耐庵先生的思想，手足断了不能再生，衣服却是可以随便更换的，在他们眼里，老婆没了不算什么事情。

（一）秦明对妻子死亡的态度

秦明被宋江设计陷害，慕容知府被并不高明的反间计蒙蔽，杀死秦家一门老小。秦明30多岁了，相当于省军区司令那么高的职位，妻子没有生养可以娶妾，书中没有提他的父母，只交代“你的妻子，今早已都杀了!”，有点奇怪，或许青州人都知道，秦明与妻子是相敬如宾的模范夫妻。

秦明看到妻子被杀时的表现也还合乎常理：

> 看了浑家首级，气破胸脯，分说不得，只叫得苦屈。
>
> 秦明回马在瓦砾场上，恨不得寻个死处。
>
> 该剐的贼，装做我去打了城子，坏了百姓人家房屋，杀害良民，倒结果了我一家老小，闪得我如今上天无路，入地无门！我若寻见那人时，直打碎这条狼牙棒便罢！（第三十四回）

但他知道是宋江等人害死他全家后的表现就令人费解，当时的情况下，他确实没有和宋江、花荣等人拼命的能力，但以它那“霹雳火”的暴脾气，只是说人家行事太毒就作罢了。当宋江表示：

> 宋江恰知得花知寨有一令妹，甚是贤慧。宋江情愿主婚，陪备财礼，与总管为室如何?（第三十四回）

在这之后，他干脆就归顺了，显得转弯太快，他和妻子就没有感情吗?

在施耐庵眼里，无所谓感情，家人被杀后，不去报仇就够差劲了，还马上和仇人成了一伙；爱妻尸骨未寒，就被别人用女人诱惑，去为别人出力。施耐庵通过秦明告诉大众，女人根本不值一提。

（二）关于花荣嫁妹

花荣家世为将门之后，花荣的妹妹也是个官家小姐，花家二老都已去世，妹妹就跟着哥哥花荣。据此可以推测，花小姐很小的时候就父母双亡，她和哥哥年龄应该差距较大，至少应在5岁以上，否则16岁就是婚嫁黄金年龄的古代，花小姐早就该出嫁了。

花小姐嫁给秦明的时候应该在18岁左右，最大不超过20岁，花荣作为负责任的大哥，就算是驻守在清风寨那样偏僻的地方，也会千方百计寻找人家，不能把妹妹的婚事蹉跎过20岁，那样的老姑娘在古代很难嫁出去了。秦明那时应该在30岁多一点，是个年轻有为，前途无量的高级军官，如果岁数太大的老姑娘，他不会看上眼。

年龄上10多岁的差距，对花小姐来说不算什么，古代的女人出嫁都凭父母之命，媒妁之言，父母不在了，一切就要听长兄的。他们出嫁全靠运气，嫁个什么样的夫婿，过门之后才能知道，俊丑都由不得自己。花小姐嫁给秦明也算是好命，嫁对了人。

问题是花小姐出嫁不是哥哥给她找的好人家，而是宋江为笼络秦明，把花小姐当成礼物送给秦明的，好让秦明这个有本事，又被自己害得无家可归的人死心塌地地跟着自己。从这一点上说，花小姐有些委屈。

宋江着实有些无理，按他说话的口气，就像他是花荣妹妹的家长，有权利把人家嫁了。这样的事宋江做了不止一回。

（三）扈三娘嫁王英

在清风山做山大王的时候，王英看上了清风寨知寨刘高的妻子，要把其做自己的压寨夫人。宋江为报仇，让燕顺杀死了刘高妻，为此王英当时就要跟燕顺翻脸，是宋江上去劝解，还答应为王英找个更好的，才把事态平息下来。宋江这一点很好，他答应的事老记着，这时候漂亮的扈三娘撞到了枪口上。

扈三娘是大地主家的千金，她天然貌美被誉为“海棠花”，但这朵花的命运应了中国一句古话，叫“红颜薄命”。她本来和祝家庄最有本事的祝彪订了亲，是门当户对很般配的一对，扈三娘对祝彪很满意，所以当梁山泊人马攻打祝家庄的时候，她才挺身而出，带着扈家庄的人马前来救援。偏巧遇见了矮脚虎王英，好色的王英那时的表现不像是在战场，色迷迷的样子到像在挑女人，所以扈三娘说“这厮无理”。

王英色心大本事小，没几下就被扈三娘生擒了，扈三娘被林冲活捉。这时的宋江就开始乱点鸳鸯谱，一个外姓人要做主把扈三娘嫁给王英，扈三娘就是宋江为实现诺言，送给王英的礼物，他有这样的权力吗？

一丈青见宋江义气深重，退却不得，两口儿只得拜谢了。（第四十九回）

王英和祝彪从外貌、从年龄和身高上，都是一个地下一个天上，简直不可同日而语，何况扈家全家被梁山泊所杀，扈三娘怎么会感受到宋江的“义气深重”呢！

扈三娘同意嫁给王英，惟一的解释就是贪生，她如不从就只有死路一条，地主家的千金小姐没见过这架势，被逼无奈只得从了。但王英那样无能、无德、无貌的人，要获取扈三娘的芳心，实在是太不可能，谁都能够看出来，安排这样的结合，完全违背扈三娘的意志，实在对女性蔑视到了极点。

三、女人背主求荣

在我国古代文化中，背主之人必遭唾骂，背叛丈夫的女人必遭鞭挞。宋朝之前女人改嫁还不算什么，大家闺秀李清照也是再嫁之人。等到程朱理学甚嚣尘上的时候，宣扬女人从一而终，改嫁的女人遭到唾弃，只有夫休妻，不能妻背夫。以二潘为代表，《水浒传》的女人被描写成卖主求荣的淫妇。

（一）背叛丈夫的潘金莲

潘金莲嫁给武大郎就是被迫的，无论是谁，一眼就能看出来二人的不般配，而且潘金莲漂亮，确实是“鲜花插在了牛粪上”，那些流氓无赖个个蠢蠢欲动也不奇怪，西门庆因此有占花魁的机会。

按照正常的逻辑，潘金莲背叛武大郎只是时间问题，就如“离离原上草”，在春天来到的时候就会绿满人间。只有一种情况会让他们白头到老，那就是他们住在边远蛮荒之地，过自给自足的生活，和他人绝少往来，也就是把潘金莲隔绝在凡尘之外，断绝其红杏出墙的机会，否则潘金莲的背叛不可避免。

现代人从尊重人性的角度，对潘金莲充满同情，但在中国古代要“嫁鸡随鸡，嫁狗随狗”，生为女人就要认命，潘金莲谋害亲夫，犯下的是十恶不赦之罪，受怎样的酷刑也不为过，武松杀死她祭兄，真是她的造化。

潘金莲的命运的确可悲、可悯，她杀人也是无奈，那是她追求美好生活的惟一出路。武松的杀人更情有可原，官府不作为，只能自己去担当，那是给正义的交代。潘金莲的悲剧是时代的错误，她算是时代祭坛上的祭品。

施耐庵心中的潘金莲是邪恶化身，叛夫、杀夫是不可饶恕的罪恶，作为淫妇被后世唾骂。但历史在发展，文化在进步，判断是非曲直会有新的标准。

（二）淫荡的潘巧云

潘巧云是个情感世界丰富的女人，他和前夫琴瑟和谐，在前夫去世两年之际，还在家里做法事超度，也算得上有情有义。杨雄对妻子的情况很了解，也许是婚前就谈好的，对潘巧云的行为给予了支持。

杨雄的行为十分怪异，他把漂亮或说女人味十足的潘巧云娶回家，应该正是恩爱缠绵的时候，他却泡在牢里公干，每个月有 20 天不在家，一个官职不大的牢头，会有多少公务要处理，何至于忙成那样？潘巧云嘴上不敢说，心里肯定不舒服，还有可能杨雄本来就有性功能障碍，回到家也是一样，所以潘巧云也就不说什么了。

潘巧云正值青春年华，精力旺盛又整天没什么事做，就容易无事生非。从潘巧云和裴如海交往的频率看，她是一个性欲旺盛的女人，这是生理原因造成的，不由人的意志决定，她的错误就在于自己不能左右命运，嫁给了不解风情的杨雄。

潘巧云和裴如海是有爱情的，后者想尽办法追求前者，还认了屠夫做干爹，应该是醉翁之意不在酒。潘巧云对裴如海的追求心知肚明，但二人没有机会成为夫妻，搞起了你情我愿的婚外恋。身心之爱的交融，二人的幸福只有自己知道，自己在尽情享受。电视剧《水浒传》中，潘巧云临死前说嫁与杨雄两年，还不如与海和尚的两晚来得快活，是对人性的解读，体现了作者对人性的了解。

潘巧云的行为被世人所不耻，她的婚外恋对象还是和尚，就更为正道所不容。就是在今天，潘巧云还是淫荡的典型。施耐庵把潘巧云定性为淫妇算是选准了靶子，还没听说有谁要大张旗鼓地为她翻案。

（三）莫名其妙的卢俊义妻子

卢俊义出场的时候，他和妻子的关系很好，吴用使计骗他去梁山泊方向避难，妻子还很关心，和燕青一同劝他不要外出。

> 休信夜来那个算命的胡讲，倒敢是梁山泊歹人，假装做阴阳人，来煽惑主人。小乙可惜夜来不在家里，若在家时，三言两语，盘倒那先生，到敢有场好笑。
>
> 丈夫，我听你说多时了。自古道："出外一里，不如屋里。"休听那算命的胡说，撇下海阔一个家业，耽惊受怕，去虎穴龙潭里做买卖。你且只在家内，清心寡欲，高居静坐，自然无事。（第六十一回）

燕青还是有见识，一下就想到是梁山泊的人怀着不可告人的目的来的；卢妻说得也有理，不出家门能有什么飞来横祸。卢俊义也是个刚愎自用的人，自以为聪明过人，本事了得，根本听不进去别人的意见。俗话说：听人劝，吃饱饭。卢俊义要是能听进去别人点意见，也不必经受那么多苦难，险些丢掉性命了。

卢妻的转变没有一点铺垫，本来和睦的夫妻，卢俊义只出去几天就全变了，她成了管家李固的老婆，而且万贯家财全成了李固的财产。如此的翻天覆地的变化，是李固风流倜傥，二人早就情意相通吗？卢妻的转变没有基础，不让人信服。

卢妻行为的惟一的解释，就是施耐庵让她自甘堕落，背叛丈夫，诠释施家的女人观，也为卢俊义受难、甩开包袱到梁山泊入伙甩开羁绊。

四、女人心如蛇蝎

《水浒传》中心如蛇蝎的女人典型代表是给西门庆、潘金莲拉皮条的王婆，其次就是潘金莲，她们为自己的私欲，草菅人命，行为近乎疯狂，而疯狂有时的受害者就是自己，所谓搬起石头砸自己的脚。

（一）狠毒的王婆

西门庆与潘金莲原来只是偷情，被武大郎发现后，西门庆是逃跑的时候踢到了武大郎，然后慌忙跑了，并没想杀死武大郎。武大郎受伤不能起床，潘金莲只顾和西门庆约会，对武大郎不闻不问，武大郎使出了自己的杀手锏：

> 我的兄弟武二，你须得知他性格。倘或早晚归来，他肯干休！你若肯可怜我，早早伏侍我好了，他归来时，我都不提。你若不看觑我时，待他归来，却和你们说话。（第二十五回）

从这里可以看出，武大郎离不开潘金莲，他有这样的老婆，在心里是感到很满足的，命都快没了，还不肯放手。西门庆听到这个情况，马上慌了手脚：

> 苦也！我须知景阳冈上打虎的武都头，他是清河县第一个好汉。我如今却和你眷恋日久，情孚意合，却不恁地理会。如今这等说时，正是怎地好？却是苦也！（第二十五回）

是王婆教唆西门庆、潘金莲去做长久夫妻，用砒霜把武大郎毒死，再迅速火化，等武松回来已经没了痕迹。这就是王婆的“斩草除根，萌芽不发”的毒计。西门庆、潘金莲被说动，壮胆要了武大郎性命。

王婆这样做是为利，她的后半生要靠在西门庆身上；西门庆、潘金莲为情，要成长久夫妻。双方一拍即合。很明显，王婆的狠毒更胜西门庆，她是杀人的主谋，潘金莲怎么杀人，也是她手把手教的。这个婆子的心太歹毒了！有人说：女人比男人更凶残，还真是这样。

王婆先受木驴之刑，这是古代对女重刑犯的刑罚，后被凌迟处死，这样的重刑也算大快人心。

（二）潘金莲也死得其所

潘金莲杀人是因为她实在不能和武大郎白头到老，遇到西门庆是他中意之人，从人到财都能满足她的愿望，她是为情杀人，为飞出牢笼杀人。就杀死武大郎，她比西门庆更主动，尽管实施时有点害怕，她还是坚定地做了。潘金莲有让人同情的地方，但却也该杀，从武松的角度更是如此。但潘金莲死得其所。

1. 杀人偿命

在古代，杀人偿命是天经地义的。从尊重人性出发，从尊重女性出发，不好指责潘金莲不守妇道，但为自己的美好生活就杀害他人，毕竟为国法所不容。武松杀人是一报还一报，潘金莲无话可说。

2. 离开武大郎就是解脱

对潘金莲来说，这样的结局也算是解脱，她只有死才能摆脱武大郎，而摆脱武大郎是她心中被压抑的愿望。这种解脱方式尽管残酷，但是干脆、彻底，这样的结局是潘金莲的宿命。

五、女人无原则苟活

《水浒传》中的女人无原则的苟活，代表人物是扈三娘、董平妻、刘高妻，她们中有的人活着还不如死掉，扈三娘的生命就如行尸走肉，还不如死去的潘金莲、潘巧云。

（一）扈三娘

这个大地主家的千金，漂亮的女人，仅仅为了活命，就整天混迹于杀死自己全家的强盗之中，仅仅为了活命，就和一个长相猥琐的好色之徒成为夫妻，还是一个带兵杀自己全家、自己未婚夫全家的外姓人做主。今天的女人被拐卖后还知道逃跑，扈三娘却死心塌地的为人家卖命，这样的活真不如死。

（二）董平妻

董平妻是东平府太守的千金，父亲本是董平的上司、同僚，一文一武镇守一方。因为长得漂亮，刚到16岁董平已经去求了几次婚。梁山泊人马攻打东平府，董平被俘后投降，带领梁山泊人马杀进东平府，杀死太守全家，把漂亮的小姐抢走为妻。那么年轻就失去所有的亲人，整天和仇人同衾共枕，这样的人生还有什么意义？多亏没有孩子，否则孩子要给外公、外婆报仇，仇人却是自己的父亲。苟活的女人，生命真就值得那么无原则的留恋吗！

（三）刘高妻

刘高妻第一次被清风寨的矮脚虎王英掳上山，是宋江救了她，但她反而恩将仇报，诬陷宋江。她第二次被王英掳上山的时候，如果想活命，只有给王英做压寨夫人这一条路了，这个女人的表现真叫人失望，“那婆娘哭着告饶”，她情愿做又矮又丑男人的老婆，在山上过土匪婆的生活，也要保住自己的性命。这个女人除了长得漂亮，真看不到还有什么地方可取。

六、女人就是祸水

（一）林冲妻

林冲的妻子是施耐庵比较喜欢的女人，她漂亮、贤惠，和林冲的关系十分和睦，基本无可挑剔。就是被高衙内骗到陆谦家，孤独无助的时候，也保存了名节，这个细节很重要，古代女人如果失节，那是很大的污点，所以林冲到陆谦家救下妻子后，问的第一句话就是："不曾被这厮点污了？"知道妻子没有失节，林冲心中一定轻松不少。

林冲的妻子十分关心林冲，在林冲整天揣着尖刀，要找陆谦报仇的时候，她担心事件搞大，就劝林冲："我又不曾被他骗了，你休得胡做。"如果林冲真的杀了陆谦，被发配是轻的，高俅如果那时陷害他，开封府尹和孙定都只能奉命行事，林冲难逃一死。林冲妻子要过安稳的日子，所以规劝林冲，这真是个好女人。就是这样的女人，施耐庵让她自尽而死，保全了名节，但也不是善终。

（二）董平妻

董平的妻子年轻漂亮，是太守家的小姐，我们知道的信息只有这些。这个小姐被董平看上了，几次去求婚都未成，董平心生怨气。董平被梁山泊俘虏后很快率对方人马攻打东平府，他投降的原因之一就是太守不答应婚事，他进城的目的就是抢亲。

林冲妻、董平妻都因为自己的漂亮惹祸上身，最后家破人亡，林冲妻自己也香消玉殒。漂亮是灾祸，女人是祸水，这是施耐庵先生透过这 2 人要表达的信息吧？在一些封建士人文化中，女人就是坐在家里也要被谴责为祸水，还咬牙切齿地把西施沉江，却没有人去想一想，那个浣纱女是被男人随意送来送去的礼物，根本没有能力左右自己的命运。

七、女人忘恩负义

（一）阎婆惜

《水浒传》中忘恩负义的女人首推阎婆惜，在她家里最困顿的时候，宋江出手相救，其母主动找人说和，把她送给了宋江为妾。宋江有自己的问题，他对阎婆惜不够关心，也不太重视，所以花样年华的阎婆惜很快找到了意中人。这些还不能对她苛责，但她发现宋江与梁山泊往来的机密后，表现的就太过分了。

宋江已经同意把财产给她，任她改嫁他人，甚至要给她写下重金的欠条。但这个女人一点不顾恩情，非要当场兑现银两。不给别人留余地，也同时是把自己往死路上逼，终于宋江忍无可忍杀死了她。了断了自己的性命，也断了宋江正途出仕的希望，却成就了梁山泊的辉煌事业。

（二）刘高妻

她因烧香被矮脚虎王英劫掠上山，以她的智商，分清楚谁是山大王，谁是山寨的客人并非难事，是宋江卖了个好大的面子，才使出奇好色王英同意放她下山回家。就是这个女人，在清风寨见到宋江之后，一口咬定宋江是山大王，结果是害人者自取其祸。

她被杀一点也不冤枉，但这个女人一定很漂亮，媚色诱人，否则王英不会三番五次要娶她做压寨夫人；当燕顺杀了她后，王英马上就和燕顺翻了脸，要火并了；宋江把漂亮的扈三娘送给王英为妻，也因为和她有个比较，长相不能差了。

八、女人水性杨花

《水浒传》中真正水性杨花的女人是潘金莲，他被迫嫁给武大郎，心有不甘也是正常的心态，但她有点自甘堕落的倾向，“倒诸般好，为头的爱偷汉子”，她早就给武大郎戴上了绿帽子。武大郎没有能力收拾那些无赖，为过安心日子，只好“走为上”，带着潘金莲搬到了阳谷县。

武大郎和潘金莲的不般配是一目了然的，他们到阳谷县的时间还短，所以没出什么事，等时间长了，阳谷县的无赖也会找上门的，武大郎又要忙生计、又要把住门户，必然出现疏漏，除非是潘金莲不生外心了才行。

西门庆的出现是偶然的，潘金莲红杏出墙是必然的，也不能全怪潘金莲，遇到武大郎那样的男人，有些姿色女人，对人生有追求的女人，不变得水性杨花也难。

李师师爱上燕青不能说是水性杨花，她阅人无数，真能有燕青那样俊秀的却少，一见钟情可以理解，如果燕青愿意，李师师就此从良也未可知，那是一个女人的真爱。

《水浒传》中施耐庵先生蔑视女人、仇视女人的倾向十分明显，周作人先生早就提出，《水浒传》存在“憎女”问题；书中女性凡有姿色者，统统是荡女淫娃；梁山好汉面对她们，似乎有一种不可理喻的刻骨仇恨，不但必欲杀之而后快，甚至死后还要剖腹摘心、肢解泄愤。笔者以为除了程朱理学影响的原因，还有可能他受过女人的害，在心中形成了对女人难以平复的恨。

施耐庵曾参加元末农民起义，在张士诚部做幕僚，他信奉忠臣不事二主，烈女不嫁二夫，对背叛之人十分痛恨。张士诚有两个心腹大将，潘元明和潘元绍兄弟，潘元绍还是张士诚的女婿，在朱元璋大军围困苏州的关键时刻，二人背叛张士诚，至张士诚被捉到金陵，后自缢身死。施耐庵奈何不了现实中的二潘兄弟，就把他们描写成自己痛恨的女人，在小说中把他们变成背叛丈夫（背主）的水性杨花之女，被杀、被剐，一泄心头之恨。

施耐庵对女人的偏见从何而来，已无从知晓，但女人决不像他想像的那么不堪。诚然有北齐胡太后那样的女人，更有好女子为世人传颂，就是有的已沦落风尘，仍存不被玷污的高洁之心，宋朝女严蕊就是鲜活的事例，她的《卜算子》词代表了许多女人的心声：

> 不是爱风尘，似被前缘误。花落花开自有时，总赖东君主。
> 去也终须去，住也如何住！若得山花插满头，莫问奴归处。

她被朱熹上重刑，要其诬告台州知府，严蕊誓死不从，表现得极有气节。后来是岳飞的后人岳霖出面救了她。

第十四章 正说《水浒传》中的无官不贪

官员贪腐在中国古代是一种普遍现象，升官和发财是连在一起的，只要是官员，干过几任知府、县官，就会从做官前的穷秀才，变成腰缠万贯的衣锦人，回到家乡买房置地。对这样的事情人们已经习以为常，如果谁做官后没有回乡置办家产，那才让人觉得不正常。《水浒传》中人与人之间的关系中，也可以看到腐败渗透在社会各个阶层。本章正说《水浒传》中的无官不贪。

一、古代官员的贪腐

贪腐的首恶在卖官鬻爵，这样的行为不仅仅是钱的问题，而是直接败坏了朝廷的信誉，阻住了贤能之士服务国家的渠道，使大批昏聩无能之人占据国家、地方要津，败坏国家的名誉。吏治的黑暗，直接蛀蚀国家这棵大树，一旦有什么风吹草动，外强中干的国家机器就会迅即崩溃，如迅雷不及掩耳，令人惊愕，猝不及防。

古代卖官分为以下几种：

一是重臣卖官。这类人中以明朝严嵩最为典型，他任内阁首辅（宰相）卖官，“官无大小，皆有定价”，如文官州判白银300两，吏部官售价最高，郎中、主事开价白银3000两，后又猛增至1.3万两。严嵩败落后，抄其家所得净金、金器重3.4万余两，净银、银器重203.9万两，这其中主要应是卖官所得。

二是外戚卖官。外戚通过皇后、太后等后宫的关系，担任国家的高官，由于有后宫当权者撑腰，行事更加毫无顾忌。这类人中以东汉梁冀为代表，汉顺帝时任大将军，公开向求官者收取贿赂，他的私家林苑方圆近千里。事发后被治罪，从其家搜出资财富可敌国。

三是宦官卖官。外戚专政后，小皇帝往往受制，时常会如芒在背，这时伺候其长大，与其朝夕相处的宦官就是最贴心的人，小皇帝长大后，宦官会辅佐其夺回政权。历史上多次出现外戚、宦官交替得势的情况。宦官得势的时候也疯狂敛财，明英宗时的大宦官王振权倾天下，操纵官吏选拔、升迁，凡是想当官者，一律"攫金进见"。

四是后宫卖官。清朝光绪皇帝著名的宠妃珍妃，就是身体力行者，她通过光绪皇帝，把上海道台卖给了江苏候补道鲁伯阳，得白银4万两，而鲁道台的实际花费高达白银20万两。电影《雍正王朝》中描述，抚远大将军年羹尧卖一个巡抚收白银30万两，应该还是有些依据的。珍妃的行为遭到慈禧的申斥，做了错事的珍妃居然敢当面顶撞，被脱衣杖责。看来珍妃的死并不只是和光绪亲近有关。

五是朝廷卖官。朝廷卖官最早的记录见于《管子》和《韩非子》中，但只是有事实发生，还没有形成制度。公元前243年，秦始皇时期"捐官"就有明确的价码，"百姓内粟千石，拜爵一级"，被认为是中国古代最早的关于卖官的明确制度性规定。我国古代王朝几乎都存在公开的卖官制度，各代虽有异同，但基本都与朝廷财政出现困难密切相关。从宋朝来看，一般卖出的官位品级不高，但价格昂贵，不是一般的中小地主能够承担的起，捐前程者多为大地主、富豪。

卖官与政治的昏暗和腐败紧密相关，成为衡量一个时代政治昏暗和腐败程度的重要标尺，古代就有人提出"鬻官者，欲民之死"的名言，因为官位既然是可以进行买卖的商品，其就具有了商品属性，买官者要把自己花出去的钱挣回来，还要追加利息，甚至获得高额的利润，"3年清知府，10万雪花银"就没什么奇怪了。先"以财贸官"，再"以官鬻财"，其途径就是狠毒地搜刮盘剥老百姓，其结果是造成民怨沸腾，严重的形成官逼民反。

靠买官进入官员队伍者，大多不学无术，有的本身就是纨绔子弟，这样的人很难有为国为民的思想，更多的是要作威作福，必然会产生一批贪官、庸官、酒肉官，买官者一旦履任，必然巧取豪夺，搜刮百姓，带坏整个官场风气。

另一种贪腐就是官员的贪污、受贿。宋徽宗时的太师蔡京，假公济私聚敛不义之财，拥有家赀巨万，还拥有土地 50 万亩，仍然贪心不足，晚年“既贵而贪益甚”，不惜造假账，领双份的宰相俸禄，可谓贪婪无耻之极。清朝的和珅更是贪污受贿的祖宗，当时清朝每年的财政收入是白银 7000 多万两，和珅被抄家时，从他家中搜出的白银等近 3 亿两（也有说为 8 亿两），所以说“和珅跌倒，嘉庆吃饱”。

官员贪污、受贿如果上行下效，将严重影响政府的公信力，甚至使国库空虚。严重的时候，处于战争前沿的将士无饷可领，无粮可食。明朝败亡的原因之一，就是无官不贪，尽管崇祯皇帝勤勉，却管不住官员、后宫的贪腐，自称“非亡国之君”的皇帝在皇城被攻破之后，无奈吊死在梅山。

二、晁盖等人劫生辰纲的说辞

晁盖尽管是大地主，但他的性格更像江湖人士，其父母双亡，从小没有约束，喜欢舞枪弄棒，造成了这样的结果，和史进的情况有点类似。刘唐投奔他的目的很明确，就是要劫蔡京的生辰纲。但晁盖与一般的劫匪不同，他抢劫也要找出说辞，和“义”字沾上边。

> **有北京大名府梁中书收买十万贯金珠宝贝送上东京与他丈人蔡太师庆生辰，早晚从这里经过，此等不义之财，取之何碍。（第十三回）**

这是晁盖向吴用转述刘唐的话，也代表他自己的心声。梁中书价值 10 万贯的生辰纲，无疑是搜刮的民脂民膏，在晁盖看来只有一句话，就是该抢，必须抢。强盗也要有强盗的逻辑，也要师出有名，他打着为天下百姓出气，是江湖豪杰的义举的幌子行事。

其实他们行为无关正义，也就算得上是黑吃黑，江湖上的黑社会打劫朝廷官衣伪装下的强盗。10 万贯就是 10 万两白银，打劫一次就够这 7 个人逍遥生活一辈子了，但被抓住了死的也快。晁盖他们只是为自己发财，打劫犯案的时候，阮家 3 兄弟已经分了钱财回家去了，他们没有想过把这些钱用来做善事。

从打劫生辰纲来看，晁盖有的是胆量，但只是为获取钱财，使自己更加富有，最多还有对贪官的痛恨，并没有远大的抱负。他们打劫成功后，马上就开始分钱，过快活日子，对后来的事没有考虑，上梁山泊入伙是被官府追捕的结果，不是设计好的退路。

从生辰纲被劫情况看，还是要相信“要想人不知，除非己莫为”，没有什么是万无一失能保住的机密。梁中书刚有了想法，远在蓟州以修道为主业的公孙胜，都听到了确切的消息；晁盖等人自以为聪明，却被人无意中发现了行踪。如果以为自己做的事情只有天知地知，那是在欺骗自己，“伸手必被抓”，这是铁律，自作聪明的人，其结果就是反误了卿卿性命。

梁中书身为大名府的最高长官，其品级应与开封府相当，为正三品，其薪水是有数的，年收入大约有白银 2000 多两，其给老丈人蔡京祝寿，一次就出手 10 万两，差不多是其 50 年的总收入，且连续两年都是这样，而他家中并不因这两次出手就变穷了。梁中书可谓巨贪，他一定是对百姓拼命搜刮，对朝廷税收截留中饱私囊，吃军队的空饷甚至克扣饷银，多管齐下捞钱，否则他聚敛财富的速度不会有那样快。

对贪官的行为，人们深恶痛绝，梁中书连续两次生辰纲被劫，说明贪腐已让百姓极为不满，当然也有人借机发财。晁盖等人虽被朝廷通缉，但其行为对社会危害并不大，也不招百姓恨，朝廷如果眼光放开一点，缉捕抢劫犯和追查贪官一并进行，反而对国家更有利。追缴的赃物可以归国库，查处贪官可以打击腐败，梁中书之流末日到了，国家何至于皇帝被虏，皇家女儿被侮辱呢。

梁中书也挺背的，作为封疆大吏，连续两年送给老丈人的大礼被劫，有苦难言。宋朝的朝廷真是到了覆亡的时候了，从河北到河南，就护不住宰相家的巨额财富，军队养又何用，不养又如何？败亡之象已现，非人力可挽回。

三、宋朝的腐败已经进入社会各个阶层

宋朝的贪腐已经进入了社会各个阶层，而且公开化，蔡京的贪婪前面已经提到，一人之下、万人之上的宰相无耻到那种程度，社会风气自然江河日下。蔡京的女婿梁中书步其老丈人后尘，贪腐也同样严重，他的治下也好不到哪去。

《水浒传》中的贪腐现象基本是公开的，大官大贪小官小贪，无官不贪、无事不贪，贪腐已经渗透到官场文化的各个角落，蔓延到社会生活的方方面面。

（一）高官的贪腐

宿太尉是《水浒传》中好官、忠臣的代表，也是九天玄女娘娘说的“遇宿重重喜”，是宋江的福音。就是这样代表正面形象的官员，也难逃官场的贪腐。

梁山泊第一次接触宿太尉是在华州，当时少华山人马的老大史进在华州身陷囹圄，梁山泊重要将领鲁智深为救史进被捕，宋江率梁山泊的人马前去救援。华州城高堑深，宋江正愁眉不展的时候，遇到宿太尉奉旨到西岳降香。宋江等人劫了宿太尉，派小喽啰冒充太尉去骗太守出迎，才得以救出鲁智深、史进。

> 宋江教取一盘金银相送太尉；随从人等，不分高低，都与了金银。（第五十九回）

一盘金银不知道有多重，相信宋江对宿太尉这样高官的出手一定不轻，随从也人人有份，花费一定不菲。

梁山泊第二次接触宿太尉是在东京，宋江派戴宗、燕青去走李师师和宿太尉的门路，安排招安的事情，二人去了宿太尉家：

> 两个吃了些早饭，打挟了一笼子金珠细软之物，拿了书信，迳投宿太尉府中来。
>
> 宿太尉使人收了金珠宝物，已有在心。（第八十一回）

那一笼子里装了多少东西实在说不清楚，但肯定是份重礼，宋江有求于朝廷高官，况且是招安的事情，出手不会小气，宿太尉欣然接受了。

梁山泊第三次接触宿太尉是在梁山泊山寨，宿太尉带人去招安，临走的时候：

> 宋江亲捧一盘金珠，到宿太尉幕次，再拜上献。宿太尉那里肯受。宋江再三献纳，方才收了。（第八十二回）

这次宿太尉推辞了一下，还是收了。像宿太尉这样号称忠臣、清正的高官都如此，蔡京、童贯、高俅之流就更别提了，《水浒传》中说他们连敌国辽邦的贿赂也敢接受，国家政权掌握在这些人手里，不亡国又如何。

（二）地方官员的贪腐

朝廷地方上的府、县级官员接受贿赂就更加普遍，甚至到了疯狂的地步，为了获得钱财，就无所不为，甚至敢草菅人命。

1. 武松的遭遇

武松本来不想杀人，而是要通过正常的司法途径解决哥哥被杀事件，为此武松进行了细致调查，做了大量的取证工作，特别是从何九叔处拿到了有力的物证，然后就到县里告状。知县已经收了西门庆的银子，就敷衍武松，无奈之下，武松杀了潘金莲和西门庆。官府不管自己管，自己管了更加干净彻底。

武松帮助施恩醉打蒋门神，收回快活林后，蒋门神买通了张都监陷害武松，张都监自己收了人家的钱，就去干缺德事，为置武松于死地，又去向太守行贿，收人钱财替人消灾，知府审案的时候，不分青红皂白：

> 这厮原是远流配军，如何不做贼！一定是一时见财起意！既是赃证明白，休听这厮胡说，只顾与我加力打！（第三十回）

蒋门神贿赂了孟州城上上下下所有的人，就是要结果武松性命，还是施恩求到了管刑狱的法官（也是用银两贿赂），才使武松没有死在牢里，才有了“血溅鸳鸯楼”，张都监满门被杀。

2. 陷害解珍、解宝

解珍、解宝兄弟二人被陷害是再明白不过的事，就算有私闯民宅，毁坏私人财物的嫌疑，也不是什么重罪，但毛家贿赂太守之后，情况马上严峻起来：

父子二人分付孔目王正："与我一发斩草除根，萌芽不发。我这里自行与知府的打关节。"

知府教取两面二十五斤的死囚枷来枷了，钉下大牢里去。（第四十九回）

本来是小事一桩，打一顿板子了不起了。但钱能通神，贪官收了银子就按孔家的要求办事，解珍、解宝兄弟眼看性命不保，若不是有个知心的表姐出头，二人必成冤死之鬼。

3. 克扣招安劳军酒肉

宋朝官员对外征战懦弱，贪腐之胆量奇大，朝廷用于劳军的酒肉，送到即将出征的将士面前，差不多被克扣掉一半，被军士发现后，还敢对人家高声叫骂，这样无耻的官员也算少见。奇怪的是朝廷知道此事后，只对宋江等人进行了训斥，而对明显的贪污行为却不闻不问，难怪贪污的官员胆大，难怪宋徽宗被掳。

（三）管营、节级等受贿

宋朝的贪腐已经渗透到政府系统的各个方面，被流放的囚犯到流放地后，第一件事就是给管营、节级例银，一般是管营10两、节级5两，如果没有孝敬，就要挨100杀威棒，被打的皮开肉绽，死去活来。林冲因为孝敬银子晚了，就被差拨一顿臭骂：

你这把贼骨头好歹落在我手里！教你粉骨碎身！（第九回）

当林冲拿出银子奉上时，对方马上就换了一副嘴脸：

林教头，我也闻你的好名字。端的是个好男子！想是高太尉陷

害你了。虽然目下暂时受苦，久后必然发迹。据你的大名，这表人物，必不是等闲之人，久后必做大官！（第九回）

宋江被发配江州后，因为没给节级银子，就被还不认识宋江的戴宗骂了一番：

你这矮黑杀才！倚仗谁的势要，不送常例钱来与我？（第三十八回）

管营、牢头向囚犯要例银是公开的，如果谁不孝敬那就是奇怪的事了。武松没有给管营例银，又受到好吃好喝的优待，别人和他自己都以为人家是准备要他的命了。在大宋王朝哪还找得到世上的公理。

《水浒传》中做事无处不需要银两，无处不需要行贿，一个当时世界文化最发达的国家，最富有的国家，却是政治最黑暗的国家。北方还处于逐草而居的游牧民族，刚刚从茹毛饮血原始社会走出来，还不知道城市为何物，却能横扫宋朝疆土。从宋朝的情况看，中国人勤劳有余，勇敢不足，是一个被欺负惯了的民族，我们有时候拿成吉思汗说事，可惜那是人家蒙古人的祖先，也是汉民族的征服者。而宋朝被欺负的重要原因之一，就是举国的腐败。

中国人还需要知耻而勇，肃贪治吏，发现文天祥那样的文人，选拔出岳飞那样的武将，神州大地上就会充满希望的曙光。

（四）押解犯人的解差

《水浒传》中押解犯人解差的代表是董超、薛霸，他二人在林冲被陷害时出场，刚出开封府，先是林冲的丈人张教头送了银子给二人，紧接着陆谦代表高太尉给了二人 10 两金子。董超起初还不肯害人，架不住薛霸一力应承，金子确有诱惑力，也就答应了。陆谦答应事成之后再给二人 20 两金子，那可是好大一笔钱，至少够二人全家 7～8 年的开销，一趟公差下来，尽管辛苦一些，收获还真不少。

在卢俊义被发配的时候，二人又是押解卢俊义的解差，管家李固霸占了卢家财产，必要杀卢俊义以绝后患，他先送给二人“两锭大银”，应为每人 100 两，答应事成之后每人送黄金 50 两，真是暴富的机会，二人见财起意，忘记了野猪林的教训，在行凶的时候，被燕青两箭毙命。

多行不义必自毙，两个恶人躲过一次仍不思悔改，终于在第二次行凶的时候，遭到报应，命丧黄泉。按迷信的说法，他们死后直接去第 18 层地狱。

在大家普遍按规则行事的社会，不遵守规则就要付出代价，在多数人不遵守规则的社会，遵守规则就意味着吃亏。在贪腐已经成了气候的时候，不贪者被认为是破坏规则，他会被孤立、排挤、打击，承受一个人对抗整个社会的巨大压力，要么同流合污，要么精神崩溃，还有就是像陶渊明那样，远离尘世找个桃花源隐居。

四、高薪不能养廉

由于历代贪腐问题都是难除之病，有人提出了高薪养廉的主张，以为只要官员的薪水高了，生活好了，就不会发生腐败问题。这样的论断实在迂腐，宋朝被史学家誉为经济最繁荣的王朝，GDP 占当时世界总量的 60%，官员收入是清朝的几倍，但还是挡不住蔡京、童贯等巨贪的出现。其实，任何一种权力，如果在执行中不被监督，就必然造成权力的滥用。

官员手中都有一定的权力，如果从制度上给了权力寻租的机会，就必然出现寻租的市场，发生腐败现象。

中国人喜欢清官政治，官员讲究“公生明，廉生威”，说到底都是要求手中有权力的官员做好自我约束，但能够严格自我约束是很难的，毕竟有“先天下之忧而忧，后天下之乐而乐”境界者是少数，大多数人还需要外在的制约。何况古代历朝都有朝廷卖官的行为，那些买官者怎么会廉呢？他们是在做生意，花出去的钱连本带利一定要赚回来，这才是合乎情理的逻辑。

“高薪”要高到什么程度呢，多少才算高呢？宋朝官员的收入可谓高，宰相、枢密使一级的高官，每月俸钱三百千（即三百贯），春、冬服各绫二十四、绢三十匹、绵百两，禄粟月一百石，正俸之外，还有各种补贴，如茶、酒、厨料、薪、蒿、炭、盐诸物以至喂马的草料及随身差役的衣粮、伙食费等，数量皆相当可观，年收入应超过白银 4000 两。就是这样的高薪，仍然挡不住蔡京造假账，领双份的宰相俸禄，贵为宰相尚且如此，遑论他人。多高的高薪也抵不住蔡京女婿梁中书两年就聚财白银 20 万两，在贪腐风险小或无风险的情况下，靠个人操守和所谓高薪抵御贪腐，无异于痴人说梦。

古代国家的强盛需要“文官不爱钱，武官不怕死”，但这两点恰恰很难做到的，明朝派去征剿努尔哈赤的军队，居然有为将者嚎啕大哭，这样武将带领的部队能和敌人对垒吗？既然武将不能带兵打仗，他做官为什么呢？他能不吃空饷、不贪污吗！

中国古代的贪腐，今天的贪腐，都不是中国一个国家独有的现象，在整个东南亚，我国过去的香港都是腐败的重灾区。东南亚某国，在美国的可口可乐刚进入该国的时候，每销售一瓶可乐，该国当时的一位副总理就获利 1 美分。那是一个靠近赤道的国度，其一年可乐销量是一个庞大的数字，那个高官每年贪进腰包多少美元？我国的台湾也是如此，陈水扁从一个穷小子起家，当了 10 年总统就聚敛了几十亿的财产，也就是台湾没有“巨额财产来源不明罪”，使陈家得意逍遥。

高薪不能养廉，宋朝的高薪实践就是明证。亚洲的新加坡值得我们认真研究和学习，现在的中国根除腐败还任重道远。

五、最可怕的是全民贪腐意识

和官员贪腐相比，如果形成了全民的贪腐意识，那就更为可怕。一个社会，如果贪腐是过街老鼠人人喊打，那这个社会还有救；如果贪腐变成了臭豆腐，闻着臭吃着香，还谁都想去吃一口，那这个社会就病入膏肓了。

作为个体的贪腐，不管他官职多高，贪腐数额多大，总是有范围、有数量的，比如明朝的严嵩，其靠贪腐聚敛了百万家财，但当皇帝明白了，当皇帝震怒了，就会被抄家、被罚没家产。再比如清朝的巨贪和珅，富可敌国，老皇帝乾隆恩宠有加，明知其贪而听之任之，但换了嘉庆皇帝就不同了，连人带财产一起处理，人被杀，财充公。

个体贪腐有时会影响很大，牵连许多人，但无论如何，在健全的制度下，这些问题都能发现，都能打击，参与的人员也能按其贪腐程度进行处理。严嵩案、和珅案都涉及许多人，处理过程中没有掀起什么波澜。

全民贪腐意识则不同，大贪、小贪、人人去贪，贪者洋洋得意，贪不着者垂头丧气。对贪者不是义愤填膺去鞭挞，而是充满羡慕之情，叹息自己没有机会去贪腐。一旦形成这样的局面，就会形成贪腐无人问，还一代一代前赴后继，造成不可收拾的局面。面对明朝末年的无官不贪，再勤勉、再励精图治的皇帝也无可奈何，只能眼睁睁地看着王朝走向灭亡。

六、怎么能控制人的贪欲

人对金钱的占有欲望有时让人觉得不可理喻，从道理上讲，谁都知道金钱生不带来，死不带去，占有数额巨量的金钱，对自己的生活、自己的人生并无太大的意义，甚至不能给自己带来幸福感，但从古至今，人们对钱财的追逐从来就没有停止过。

清朝著名的大贪官和珅倒台的时候，从家里抄出了巨额财物：赤金 5.8 万两，元宝 5.6 万个，京锞 583 万个，苏锞 315 万个，另在夹墙内藏匿赤金二 2.6 万两，地窖内埋藏银 100 万两。珠宝库里有桂圆大东珠 10 粒，珍珠手串 230 串，大映红宝石 10 块计重 280 斤，小映红宝石 80 块，映蓝宝石 40 块，红宝石帽顶 90 颗，珊瑚帽顶 80 颗，镂金八宝屏 10 架。玉器库里有高 2.5 尺玉鼎 13 座，玉磬 20 块，玉如意 130 柄，镶玉如意 1100 柄，玉鼻烟壶 48 个，玉屏两座共 24 扇，玉碗 13 桌，玉瓶 30 个。另外还有大量的古玩、瓷器、皮草等等。这些东西和珅别说用不过来，就是看也看不过来，那么这些贪来的东西，要了他全家性命的东西，究竟有什么用呢？

还有更可笑更可气的人，就是明朝的福王朱常洵，他是明神宗第三子，崇祯皇帝的亲叔叔。明神宗深爱此子，明万历 29 年封为福王，他的婚费达 30 万金，在洛阳修盖壮丽的王府，超出一般王制 10 倍的花费，并一次赐田 4 万余顷。明朝末年，河南连年旱蝗大灾，出现了百姓易子而食的惨剧，福王不闻不问，仍旧对百姓疯狂搜刮。当时退养在家的明朝南京兵部尚书吕维祺多次入王府劝福王，让他即使只为自己打算，也应该开府库拿出些钱财援饷济民，但他连基本的赈济样子也拒绝表示一下。公元 1641 年春，李自成率大军围攻洛阳，洛阳城极其坚固，农民军攻了整整一个白天也没攻下。为守住城池，驻军总兵到王府找朱常洵，要求其出钱应急给欠饷的士兵补几个月军饷，以鼓舞士气，但朱常洵一句：守城是军人分内的事，干嘛让我们家出钱！把总兵气得差点背过气儿去。大敌当前，自己家的库房里满是金银、粮食，却士兵饿着肚子，还欠着军饷去卖命守城，这样的人不死、这样的国不亡，天理也难容。结果怨气冲天的明军哗变，助李自成里应外合攻破洛阳，福王府中金银财宝以及粮食尽归李自成所有。体重300斤的福王被农民军剃毛去甲，又以药水灌肠排去粪便，里里外外弄干净后，和七八只剥了皮的梅花鹿一起投入一个巨锅之内，烹煮成“福禄宴”，供将士们享用。福王可谓舍命守财，他守住了什么呢？他在大锅里的时候，还有心思去想为什么不给士兵发点饷银了吗？

很多人都知道和珅和福王的故事，当然也知道他们的结局；很多人曾经对贪腐深恶痛绝，信誓旦旦自己绝不做贪官。但又有多少人能守住自己的底线呢？历史上像海瑞那样的清官之所以让人传颂，其重要原因是：清官实在太少了！离开一个地方，那里的风景就不再属于你了，珍视现有的有时就是最重要的。

美国很少发生严重的贪腐事件，是一个值得认真研究的问题，他们的高官原本过着很好的生活，却非要去竞选总统，把自己暴露在光天化日之下，从个人生活到家庭财产，任人查阅评说。美国前总统克林顿当上总统后，自己的年收入骤减，但却乐此不疲。克林顿卸任后，其妻希拉里放弃成功的高薪律师职业，加入竞逐美国总统的行列，竞选失败后，又在胜者的政府中出任国务卿，以中国人的心思很难理解。

可能是马斯洛的需求层次理论，决定了美国高官的行为，他们的人生需求已经全部得到满足，金钱已经不重要，他们需要最高层次的追求，实现自己人生的价值。他们追求青史留名，就要在政治上有所建树，所以他们放弃金钱，去竞选总统。美国的高官在个人追求上，在制度约束下，很难出现为满足个人私欲的巨额贪腐。另外美国舆论监督让贪者胆寒，几乎所有微小的事件，都会让媒体给曝露在阳光之下，谁不胆寒，谁还敢去伸手。

新加坡是亚洲政治最清明的国家，别人考察、研究其经验，得出了 3 点结论：一是领导人廉洁，当时的领导人叫李光耀，其做总理多年，无论是在任上还是退休之后，经过多次审计、调查，没有发现个人操守上的瑕疵；二是公务员的薪水能过体面的生活，这就类似我们说的高薪养廉，但其有了一个模糊的标准；三是严格的监察制度，伸手者必被擒，这是最核心的内容。

第十五章　正说《水浒传》中的招安

宋江招安思想的根源，来自其强烈的出仕愿望，他杀死阎婆惜触犯国家律法后，所有正常出仕的渠道全被堵死，如果还想当官，就只剩下造反再被招安一条路。宋江和高俅不同，上层没人关注，没人推举；下层的人气很旺，有一帮愿意为他卖命的铁杆兄弟，只知有宋江，不知有朝廷，这是宋江造反的基础，也是他能主导招安的底气。本章正说《水浒传》中的招安。

一、招安是朝廷维护政权安定的重要手段

招安一般是指朝廷通过给予官职等手段，对造反武装进行的招抚行为，是朝廷维护自身统治安定的重要手段。朝廷对造反的队伍只有两个办法，一是剿灭，二是收编即招安。无论是哪个朝代，都有啸聚山林的队伍，也就都有招安的行为。

三国时的诸葛亮七擒孟获，就类似于招安。孟获带领南方少数民族反叛蜀汉，诸葛亮带兵去征剿，他采取战场擒获其人再放走，连续 7 次，直至其口服心服，表示"公，天威也，南人不复反矣。"诸葛亮授予孟获官职，大量起用当地少数民族的上层分子，此后南中再没有发生过大规模叛乱。因有民

族关系的处理问题，这种招安不太典型。

风起云涌的农民起义多发生在政治黑暗，民不聊生的各个王朝统治的末期，王朝因外患和内部纷争，对一些占据山林的草寇无暇顾及，逐渐使其成了气候，政府剿起来吃力，就许以高官厚禄，进行招安。明朝末年农民军领袖之一的张献忠，1637年被明军战败，次年正月，率本部人马在湖北谷城接受了明朝兵部尚书熊文灿招安，被朝庭授予副将官职。副将是从二品武官，已经是很高的品级，应该不低于现在的军级干部。张献忠善于使诈，他未按原安排遣散部队，明显怀有二心。

民国时期许多土匪被国民党政府招安，东北的土匪座山雕、许大马棒等都被授予少将旅长的官职，在国民党战败后，又重回深山老林为匪。后来所谓的旅已经没有几个人了，就虚张声势唬人，把5个人编成一个组，号称一个连，60来人就号称一个团，企图负隅顽抗，最后都被剿灭。

古代朝廷招安也分对象，那些称孤道寡，占领朝廷州府者，已经犯下大逆不道之罪，必须杀之而后快；那些百八十人的小股盗贼，派点兵剿灭就行了，犯不着大张旗鼓去招安；政府要招安的对象就是宋江这样的，有一定规模，剿起来很费劲，干脆就收编了。宋江那样只反贪官，不反朝廷的队伍尤其是招安对象，还能派其去打其他不接受招安的反朝廷队伍，是一举两得的事。

有的人完全是迫于形势，为了活命或保存实力诈降，如张献忠、黄巢等。张献忠保持队伍建制，人马整体驻扎，熊文灿却不警惕，张献忠反后其被皇帝斩杀，也不算冤枉。黄巢就更厉害，他被招安后再叛，占领了唐朝的都城，使唐僖宗蒙尘流亡。

二、宋江对招安进行了细致的准备

宋江造反是为了招安，招安是为了出仕，出仕是为了封妻荫子，光宗耀祖，这是中国古代知识分子的毕生愿望。宋江为招安进行了细致的准备，而且终于达成了自己到朝廷为官的理想。

（一）在江湖上造成影响

以宋江的财力，以宋江所处的偏僻小县城，他本没有多少机会在江湖上造成那样大的影响，但他偏偏就做到了，而且比财力充裕的柴进影响还大，当然这种影响基本是在社会下层，不会有上层社会的人到郓城县，向宋江伸手要资助。宋江靠江湖影响，聚集了一批信服他，甚至肯为他掉脑袋的兄弟，这是他积累的个人人气。

（二）建立支持招安的队伍

为接受招安，宋江建立了两只队伍：一是从心里支持招安的队伍，他们可以不是宋江的铁哥们，但他们从心里拥护招安，是宋江招安的同盟军。这支队伍以军官、大地主和在朝廷系统工作过的人为主组成，以关胜、呼延灼、卢俊义、柴进等为代表，特别是过去在朝廷做高级军官、中级军官的人，回归正统愿望会很强。二是支持宋江的人马，他们中即使反对招安的人，也坚决支持宋江。在梁山泊这样的人占大多数，以李俊、李逵等为代表，宋江做出错误的决定他们也会跟着。花荣、朱仝那样的兄弟更不用说了。

（三）夺取梁山泊的领导权

宋江夺取梁山泊的领导权分两步实施：一是架空晁盖，二是实际做老大。

架空晁盖用了两个方法：一是建立自己的队伍。宋江刚上梁山泊，支持自己的人马就比支持晁盖的多，在后来上山的人中，也是与宋江有关系的多，基本和晁盖没有关系。与谁都没有关系的杨雄、石秀上山，晁盖因为他们偷店家的鸡吃，要斩二人，还是被宋江等人劝住，变成和宋江有了瓜葛。晁盖除了劫生辰纲的老兄弟，没有引进新兄弟，老兄弟中的智囊吴用也靠向宋江一方。二是建立功勋。宋江上梁山泊之后，先后发动祝家庄战役、高唐州战役、青州战役等等，为山寨获得大批的财宝、金钱、粮食，谁都看得到宋江对山寨的贡献。晁盖无奈带人去攻打曾头市，可惜一战殒命。晁盖死之前，宋江已经是山寨说话最算数的人。

晁盖死后，宋江根本就没准备执行晁盖的遗嘱，像花荣、李俊、李逵等兄弟，包括吴用、柴进等人，都会反对宋江执行遗嘱。卢俊义尽管活捉了史文恭，符合晁盖遗嘱做山寨的老大，但他在山寨只有燕青一个铁杆弟兄，根本没有力量和宋江抗衡，宋江众望所归地成了梁山泊的老大。

（四）造招安的舆论

宋江显然对舆论很重视，他用了 3 个方式大造招安舆论：一是把聚义厅改为忠义堂，二是挂起“替天行道”的大旗，三是作诗吟唱招安。

宋江做这些舆论一方面是要统一梁山泊头领的思想，让大家在他实施招安行动的时候不感到突然，同时也是给朝廷传达信息，告诉朝廷梁山泊是朝廷的队伍，正等着朝廷给办手续。宋江的目的显然达到了：李逵、武松反对招安，宋江及时做工作进行了化解，从后来的发展看，效果还不错；朝廷的大臣在朝堂上，因为忠义堂和老远就能看到“替天行道”的大招牌，向皇帝提出招安梁山泊人马的建议，实现了朝廷第一次到梁山泊的招安。

宋江的舆论攻势有一定的成效，但距离思想统一还有很大距离，这样重大的转变，仅凭一两次说教是远远不够的。

三、第一次招安为什么会失败

朝廷第一次招安梁山泊事发突然，朝廷和梁山泊都没有做好准备。在朝堂上提出招安动议的是御史大夫崔靖，他的地位与蔡京、童贯、高俅相比，要低很多，那几个皇帝倚重的大臣都没有招安的意思。

（一）高俅一心要剿灭梁山泊

高俅与梁山泊有私仇，他的堂弟高廉因梁山泊人马攻打高唐州，城破全家被杀，高俅心里想着要报仇，所以不同意招安。高俅知道是陈太尉去招安，马上登门去面授机宜。

> 今日朝廷商量招安宋江一事，若是高俅在内，必然阻住。此贼累辱朝廷，罪恶滔天，今更赦宥罪犯，引入京城，必成后患。不才奏过天子，整点大军，亲身到彼，剪草除根，是吾之愿。（七十五回）

高俅的意思表达的很明确，他是个复仇心很强的人。高俅实际上还代表了蔡京的意见。蔡京的儿子在江州险些被宋江等人所杀，江州被闹了个人仰马翻；女婿镇守的大名府也被梁山泊攻击，险些破城；女婿给自己拜寿的生辰纲就是被梁山泊之人所劫。这些仇恨加在一起，决定了蔡京对梁山泊的态度，但蔡京更老到，不像高俅那样直白。

（二）朝廷还不知道梁山泊的厉害

尽管朝廷先后派出了呼延灼、关胜等领兵征剿梁山泊，但那只能算是小规模的战役，征剿失利并没有引起蔡京、高俅等人对梁山泊实力的高度重视。高唐州、青州、东平府、东昌府等地被攻破，在他们看来还是因为没有主力部队，各自为战的结果。在他们心中，梁山泊就是一群乌合之众，一旦朝廷大军围剿就会土崩瓦解。

（三）朝廷对梁山泊并不了解

提议招安的崔靖对山寨并不了解，他只知道梁山泊悬挂着“替天行道”的招牌，认为其可以被朝廷所用。他的理由有两个：

> 臣闻梁山泊上立一面大旗，上书“替天行道”四字。
>
> 即目辽兵犯境，各处军马遮掩不及，若要起兵征伐，深为不便。（七十四回）

他没去有做过调查研究，凭道听途说就去招安，可见崔靖也是个官僚主义严重的人，后来因此获罪也不算太冤。在这个时候没有人想到把济州府官员招来，了解一下情况，济州太守张叔夜空有第一手资料，没有派上用场，都白白浪费掉了。

（四）朝廷招安官员傲慢

因为蔡京、高俅反对招安，朝廷对梁山泊情况又不了解，造成蔡、高二人派去的张干办、李虞侯妄自尊大，傲慢无礼，对梁山泊的人随意打骂，还到处指手画脚，动辄叫骂“反贼”，惹恼了众人。

梁山泊对朝廷招安也没有准备好，有见识的吴用尽管支持招安，却不同意稀里糊涂的就被招去，那样根本不会被朝廷重视：

> 吴用笑道：“论吴某的意，这番必然招安不成；纵使招安，也看得俺们如草芥。等这厮引将大军来到，教他著些毒手，杀得他人亡马倒，梦里也怕，那时方受招安，才有些气度。”
>
> 关胜便道：“诏书上必然写著些恫吓的言语，来惊我们。”（第七十五回）

吴用说的很清楚，如果被朝廷看轻，招过去也不会是给重要岗位，实现不了封妻荫子的愿望，那样还不如不去；招安的主要支持者关胜，这时候也认为招安时机不成熟。只有宋江招安心切。梁山泊也还没有很好的统一思想，李逵、阮家三兄弟坚决反对招安，李逵直接就撕毁了诏书，殴打了朝廷官员；阮家兄弟自己喝了御酒，换上了普通水酒捣乱，引发梁山泊首领的愤怒，招安现场一片混乱。

双方都没有准备好就要去实施，当然结果就只能是失败。

四、第二次招安为什么失败

第二次招安是偶发事件，高俅正率宋朝的主力大军征剿梁山泊，在战斗中俘虏了云中雁门节度使韩存保，这韩节度使不但自己官大，还与朝廷上层关系很深，被释放后回到了京城，游说了蔡京，引发了第二次招安。

这次招安同样不是朝廷重臣发起。高俅正在济州前线，尽管吃了两场败仗，尚未伤到筋骨，还觉得能剿灭梁山泊，所以从内心来说，高俅还是不支持招安。

> 待不招安来，又连折了两阵，拘刷得许多船只，又被尽行烧毁；待要招安来，恰又羞回京师；心下踌躇，数日主张不定。（第七十九回）

这时候有人给他出主意，偷改了诏书的意思，把“除宋江、卢俊义等大小人众，所犯过恶，并与赦免”，改成了“除宋江，卢俊义等大小人众，所犯过恶，并与赦免”，高俅心中豁然开朗，依计而行。

高俅的伎俩马上就被吴用、花荣等人识破了，招安也就失败了。高俅继续进剿梁山泊，最后战败被俘，朝廷彻底领教了梁山泊的厉害。

五、第三次招安成功的原因

在进行第三次招安之前，宋江做了多方面的准备，为招安的成功做好了铺垫；朝廷经过大兵进剿失利等原因，也愿意招安梁山泊人马；从双方来说，招安的时机已经成熟。朝廷派到梁山泊招安的人是宿太尉，这个朝廷高官是双方都信得过的人。

（一）招安的内部准备

1. 经过宋江的舆论宣传和两次招安实践，李逵、阮氏兄弟等反对招安的人已经看出，宋江的招安思想不可动摇，再加上他们本来就是“少数分子”，带头的李逵又是只反对招安，坚决听大哥话的人，在不能改变潮流的情况，只能随波逐流。

2. 梁山泊已经打败朝廷重臣带领的大军，对山寨进行的两次围剿，还活捉了第二次率主力进攻的太尉高俅，让朝廷知道了梁山泊的厉害。吴用等人的想法已经实现，朝廷心里怕梁山泊，宋江就有了和朝廷讨价还价，获得最大利益的筹码。这时招安派的思想已经高度统一，只等朝廷派人招安。

3. 梁山泊专门研究了招安计划

宋江、卢俊义、吴用、朱武等人专门研究了招安事宜，安排了招安计划，决定从两个方面行动，促使招安尽快实现。

一是打通和宋徽宗交往密切的名妓李师师的渠道，直接和皇上挂钩，让梁山泊盼望招安的心情和实际情况，通过枕边风直接传达给皇帝。二是打通宿太尉的渠道，这个朝廷重臣是朝堂上的一股势力，可以向皇帝直接提出建议。

（二）朝廷的情况

1. 朝廷经过童贯、高俅两次大军征剿梁山泊失利，已经很难再调动大批人马进剿。从蔡京、高俅等人来说，招安已经变成惟一的选择。尽管他们和梁山泊有仇，作为缓兵之计，把宋江等招下山来，再找机会收拾，是更可行、更稳妥的办法。

2. 大宋王朝正经历外忧内患，北有辽国犯境，已经占据大宋朝的几个州府；南有方腊称孤道寡，已经拥有了江南大部分国土。大宋朝南北两条战线已经很吃力，完全处于守势还节节败退，已经没有力量再分兵作战。招安梁山泊人马，可以组成生力军，至少可以挡住一面，给朝廷喘息之机。

（三）带队招安的人

朝廷派重臣宿太尉上梁山泊招安，这是一个谦谦君子，完全没有蔡京、高俅家人上山时吆五喝六的样子，山寨的头领从心理上能够接受。宋江有“遇宿重重喜”的箴言，对宿太尉格外信任，再加上重要随员济州太守张叔夜一向主张客气对待梁山泊的人，所以山寨的首领感受到了尊重，招安十分顺利。

（四）招安有功人员

宋江是招安的始作俑者，自不必说，山寨其他对招安有功的人员主要有二人：一是浪子燕青，他依靠自身的魅力，和李师师拉近了关系，直接向皇上报告了山寨的情况，对招安成功起到了决定性作用，没有燕青穿针引线，招安不会那样顺利。二是神机军师朱武，他提出走宿太尉的门路，在招安中也起到了很大的作用。直接去宿太尉家的人也是燕青。

六、招安成功的结果

宋江朝思暮想的招安终成功，宋江达成了曲线出仕的愿望，但并不能让宋江、吴用等招安派满意，朝廷把他们安排在陈桥驿驻扎，除宋江、卢俊义外，别人都没有授予什么官职，宋江授的官职品级也不高，众人心情压抑、沉重。

（一）宋江获得的官职

宋江被招安后，没有获得官职，这是出乎宋江意料的，他对招安也太心急，没有谈好条件就离开了老巢，再想回去谈何容易。宋江被封了个征辽的先锋官，卢俊义为副先锋，根本不是真正的官职，其他人连个称号都没有，宋徽宗的昏聩无以复加。

宋江为朝廷立下大功后，众人被授予了官职：

> 宋江为保义郎，带御器械，正受皇城使；副先锋卢俊义加为宣武郎，带御器械，行宫团练使；吴用等三十四员，加封为正将军；朱武等七十二员，加封为偏将军。（第一百一十回）

宋江的官职明显低于关胜、呼延灼、秦明上梁山泊之前的官职，与宋江的期望值有很大差距，那些曾经的朝廷高、中级军官当然也不会满意，所以宋江也难免有牢骚：

> 想我生来八字浅薄，命运蹇滞。破辽平寇，东征西讨，受了许多劳苦，今日连累众兄弟无功，因此愁闷。（第一百一十回）

其实宋江哪里是为众弟兄，纯粹是为自己未能如愿而伤感。剿灭方腊后，宋江被授予了高官，楚州安抚使，兼兵马都总管，是品级很高的官职，应该相当于现在的将军，可算是光宗耀祖了。

（二）打不替天行道的强盗

宋江标榜自己替天行道，但从皇帝到大臣一直对其存有戒心，基本上是用而不封，哪里有恶仗，就把他们派到哪里，打不替天行道的强盗。以宋江、吴用的智慧，当然明白朝廷的伎俩，但上了人家的船，必然要听人家的吆喝。

（三）兄弟战死、逃散

宋江率梁山泊人马征剿方腊，取得了胜利，却付出了惨重的代价，阵亡59人，病故11人，还有的头领如李俊、燕青等离开了宋江，随其班师回朝的只有27人，“去时三十六，回来十八双”，已经是云烟。但宋江心里不一定在乎这些，慈不掌兵，他为了出仕的理想，为了他高品级的乌纱帽，没有什么他不能接受的。

后 记

我从小喜欢看历史书，也喜欢看小说，还在上小学的时候，正遭遇全国批判《水浒传》的热潮，也就稀里糊涂地读了72回本的《水浒传》。尽管当时认不了几个繁体字，对书中很多内容也弄不明白，但少年心中还真对英雄的豪气充满羡慕。考大学的时候，依然混沌，选了个百无一用的中文专业，但却有机会读了很多小说，《水浒传》也读了很多遍。

历史有时惊人的相似，中国王朝更替周而复始，有些占有天下者想过很多办法，采取过很多堪称毒辣的措施，妄想着自己后人能千代万代为君王，但却无一例外难逃历史的宿命。历史中的人物也有惊人相似之处，魏武帝曹操“宁教我负天下人，不教天下人负我”，《水浒传》中宋江拉朱仝、卢俊义上山入伙，让李逵给他陪葬的不讲道理，其思想根源如出一辙，只是曹操以天下为舞台，眼界很宽，而宋江的生活范围局限在郓城县和梁山泊，显得小家子气多了。

本书是自己读《水浒传》的体会或说是心得，愿与喜欢《水浒传》的朋友们分享。常言说“少不看水浒”，我现在的感觉是：人岁数大了，有了一定的人生阅历，火气也褪去很多之后，更能在平和的心态中，理解《水浒传》热闹表象背后的内涵。

2013年5月6日